Finny Ludwig

Wer ist Paul?

Liebe und andere Missverständnisse

FSC
www.fsc.org
MIX
Papier aus verantwortungsvollen Quellen
Paper from responsible sources
FSC® C105338

Impressum

Bibliografische Information der Deutschen Nationalbibliothek: Die Deutsche Nationalbibliothek verzeichnet diese Publikation in der Deutschen Nationalbibliografie; detaillierte bibliografische Daten sind im Internet über http://dnb.dnb.de abrufbar.

Lektorat: Sabrina Cremer | textwerkstatt.org
Korrektorat: SF Korrektorat
Covergestaltung: Buchgewand Coverdesign | www.buch-gewand.de
Verwendete Grafiken/Fotos: depositphotos.com: palsur, paint-mm, Lubianova | stock.adobe.com: Svetlana, patungkead, Lana, Naturestock | shutterstock.com: alina_shteinberg

Finny Ludwig wird vertreten durch *finNY Books, Eschenweg 6, D-72535 Heroldstatt*
www.finny-ludwig.de | info@finny-ludwig.de

ISBN: 978-3-75921-075-3

Herstellung und Druck über tolino media GmbH & Co. KG, München.
Printed in Germany

Liebesroman

Wer ist Paul?

Tegernsee

LIEBE UND ANDERE MISSVERSTÄNDNISSE

FINNY LUDWIG

Buch

Was hat Julia da nur angerichtet? Eigentlich wollte sie ihren Kollegen Max mit ihrem Tipp doch nur vor einer neuen Verkupplungsaktion seiner Mutter retten. Eine lose Beziehung, die sich erst noch entwickeln muss, hört sich nach der perfekten Ausrede an, um vor unerwarteten Frauenbekanntschaften sicher zu sein. Jedenfalls bis zu dem Zeitpunkt, an dem Max die Frage nach dem Namen seiner Freundin mit Julia beantwortet und der Zufall es will, dass sie kurz darauf seine Familie am Tegernsee kennenlernt.

So war das nicht geplant! Max hatte weder die Absicht, seine Mutter zu belügen, noch seine Kollegin Julia in die Sache reinzuziehen. Doch egal, wie oft er auch versucht, den kleinen Schwindel um seine vermeintliche Beziehung klarzustellen, es kommt immer zu neuen Missverständnissen. Dummerweise führt Max' Spitzname für Julia zu weiteren Verwirrungen, und plötzlich fragen sich alle: »Wer ist Paul?«

Chaos ist vorprogrammiert, denn Max und Julia kommen sich unerwartet näher als geplant …

Für alle hoffnungslosen Romantikerinnen und Romantiker …
Ihr habt euch ein Happy End verdient!

KAPITEL 1

Um nicht die Beherrschung zu verlieren, wiederholte Julia ihr Mantra in Gedanken immer und immer wieder: Der Kunde ist König!

So genervt sie auch war, der Leitspruch ließ sie schmunzeln. Denn in ihrem Fall war dieser aufgeblasene Felix Schulz am anderen Ende der Leitung zwar Kunde und König, aber ein klein wenig *König* war sie auch. Oder genauer gesagt, der Mann, mit dem sie zusammenarbeitete, und das im wahrsten Sinne des Wortes: Maximilian König. Besser jedoch, sie behielt diesen witzigen Gedanken für sich. Für den Moment tat sie jedenfalls gut daran, ihr aufgebrachtes Gegenüber in der Telefonleitung zu beruhigen.

»Wie ich schon sagte, Herr Schulz, Herr König ist bereits in die Verhandlungsgespräche eingestiegen. Er wird sich nach seiner Rückkehr bei Ihnen melden und Ihnen ein Update zum aktuellen Status geben.«

»Und wann wird das sein?«

Die Bürotür ging auf und wie auf Kommando trat Max ein, der seinen Handgepäck Trolley hinter sich her zog. Er bemerkte sogleich, dass sie am Telefon war und sprach leise: »Paul, wenn das wieder mal Schulz am Telefon ist, dann sagen Sie ihm bitte, dass ich noch zwei Wochen in der Karibik bin und die Provision verprasse, die mir sein letzter Vertrag eingebracht hat.«

Julia musste an sich halten, um nicht zu lachen. Obwohl sich der Handball-Spieler des TVB München aufplusterte, als wäre er einer der ganz Großen, hätte die Provision für Max vermutlich nur für ein verlängertes Wochenende am Chiemsee gereicht. Wenn überhaupt.

»Voraussichtlich morgen.«

Max schüttelte vehement den Kopf.

»Ach nein. Ich sehe gerade, dass er den ganzen Tag in Terminen sein wird. Es wird demnach erst übermorgen mit dem Rückruf klappen.«

»So spät? Er weiß schon, dass ich mir auch jederzeit einen anderen Agenten nehmen kann.«

»So weit wollen wir es doch nicht kommen lassen. Ich gebe ihm Bescheid, dass er sich schnellstmöglich meldet. Schönen Tag noch, Herr Schulz.« Da durchaus die Gefahr bestand, dass der sich vernachlässigt fühlende Schulz noch etwas ergänzen wollte, beendete Julia rasch das Gespräch. Sie sah zu Max, der zufrieden nickte.

»Gut gemacht«, seufzte dieser erleichtert. »Den Kerl hätte ich jetzt nicht auch noch ertragen.«

»Wie war die Reise? Ich habe gesehen, dass Ihr Flug gestern Abend Verspätung hatte.«

»Fragen Sie nicht, Paul, eine Katastrophe. Wenigstens hob der Flieger am Ende dann doch noch ab. Nicht auszudenken, wenn ich heute zu spät zu dem Meeting gekommen wäre.«

»Dann haben Sie ja nichts von Berlin gesehen.«

»Leider nein. Aber ich war ja auch zum Arbeiten dort und nicht zum Vergnügen.«

Max arbeitete eindeutig zu viel. »Das eine lässt sich auch mit dem anderen verbinden.«

»Sagt ausgerechnet die Frau, die ein Bett in ihrem Büro aufstellen könnte? Wie viele Überstunden haben sich eigentlich im Laufe des letzten halben Jahres bei Ihnen angesammelt, Paul?«

Seltsam, wie sehr sie es mochte, dass er sie mit ihrem Nachnamen ansprach. Sie war schon so daran gewohnt, dass es inzwischen merkwürdig wäre, wenn er sie plötzlich Julia oder gar Frau Paul nennen würde. Dabei war es nur ein kleines Missverständnis gewesen, das dafür gesorgt hatte, dass ihr Nachname plötzlich zu ihrem Spitznamen geworden war, hatte er damals doch mit einem neuen Werkstudenten Namens Paul gerechnet. Umso größer war seine Überraschung gewesen, plötzlich vor einer Frau zu stehen. Es war mehr als Spaß von ihr gemeint gewesen, als sie ihm daraufhin angeboten hatte, dass er sie gern Paul nennen dürfte, wenn es ihm besser gefiel. Niemals hätte sie gedacht, dass er das Angebot annehmen würde. Doch das hatte er und nannte sie immer noch so.

»Ich weiß es nicht.« Das war gelogen. Julia wusste sehr wohl, dass sich auf ihrem Überstundenkonto bereits mehr als zweihundert Stunden angesammelt hatten. Was sie aber nicht sonderlich störte. Sie arbeitete wahnsinnig gern mit und für Max.

»Warum glaube ich Ihnen das nicht?«

Es gefiel ihr, wenn der sonst so ernste Maximilian König sich zu einem verschmitzten Lächeln hinreißen ließ. Es hatte ein bisschen was von einem Lausbuben und Julia konnte sich gut vorstellen, dass er als Kind sicher das ein oder andere angestellt hatte. Jedenfalls wirkte sein

Lächeln ansteckend.

»Weil Sie ein zutiefst misstrauischer Mensch sind.«

Getroffen fasste er sich an die Brust. »Wie können Sie nur so etwas behaupten?«

»Schon vergessen, ich war dabei, als Sie die Großpackung Fruchtkaramellen ausgeleert haben, um zu überprüfen, ob sich darin auch wirklich die eintausend Stück befinden, die auf der Verpackung angegeben waren.«

»In Ordnung. Ertappt«, lenkte er ein. »Aber ich frage aus gutem Grund nach Ihren Überstunden. Noch bin ich dafür verantwortlich, dass Sie sich auch mal eine Auszeit gönnen. Und so sehr ich Ihren Einsatz, Ihr Engagement und Ihre Bereitschaft, alles zu lernen, zu schätzen weiß, so muss ich Ihnen dennoch mitteilen, dass eine Pause noch niemandem geschadet hat.«

Julia versuchte zu intervenieren. »Aber ich hatte doch erst an Ostern Urlaub.«

»Das waren exakt zwei Tage, Paul, an denen Sie Ihre Familie besucht haben. Wie wäre es mit einem weiteren Besuch zu Pfingsten?«

Julia legte den Kopf schief und sah ihn skeptisch an. »Hm, das hört sich beinahe so an, als ob Sie mich loswerden möchten. Wie steht es denn um Ihre Pläne zu Pfingsten?«

»Ich plane tatsächlich, schon am Freitagnachmittag zu einer Familienfeier an den Tegernsee zu fahren und dort bis Montag zu bleiben.«

»Na, bitte.« Triumphierend streckte Julia ihre Hände in die Höhe. »Da könnte ich es Ihnen doch gleichtun. Ich fahre von Freitagnachmittag bis Montag ebenfalls zu meiner Familie und am Dienstag können wir munter weiterarbeiten. Die Verlängerung von Timo Trautwein steht an und verlangt unsere ganze Aufmerksamkeit. Wir wissen beide, dass auch Weigel um ihn buhlt.« Wenn Julia an den Stapel unerledigter Aufgaben auf ihrem Schreibtisch dachte, dann müsste sie das lange Wochenende eher durcharbeiten, als nach Bad Reichenhall in ihr Familienhotel zu fahren. Gerade in Hinblick darauf, dass die Vertragsverlängerung ihres wertvollsten Klienten im Raum stand. Nichtsdestotrotz hatte sie nichts dagegen einzuwenden, nach all den stressigen Wochen wieder einmal ihre Familie zu besuchen, auch wenn das schwierige Verhältnis zwischen ihr und ihrer Mutter sicher nicht zu Julias Entspannung beitragen würde. Vielleicht halfen ja die neuen Spa-Behandlungen. Es war erst wenige Tage her, als ihre Schwester ihr von ihren neuesten Angeboten vorgeschwärmt hatte und sie überreden wollte, für ein Wochenende zu Besuch zu kommen. Ehe der ganze Verhandlungsstress begann, würde ihr der kurze Ausflug sicher guttun. Zudem endete in Kürze ihre Probezeit und sie sollte sich dringend die Frage stellen, ob sie bei *Sportwerk* bleiben wollte. Die Arbeit mit Max machte ihr zwar Spaß und so nahm sie es gern in Kauf, bis zum Ende ihrer Probezeit noch organisatorische Aufgaben für ihn zu erledigen. Immerhin gab er im Austausch dafür sein Wissen an sie weiter und brachte ihr mehr bei, als sie sonst in der kurzen Zeit gelernt hätte. Doch sie wollte ihr eigentliches Ziel nicht aus den Augen verlieren: Sie wollte sich großartigen Athleten mit Handicap annehmen, die jede Chance verdient haben, unterstützt zu werden. *Sportwerk* war eine der größten und renommiertesten Agenturen in Deutschland, die sich neben der klassischen Betreuung von Athleten auch als Eventagentur im Sportbereich einen Namen gemacht hatte. Doch die Unterstützung und Förderung von Athleten mit Handicap würde mehr oder weniger Neuland bedeuten. Die Verträge waren weniger lukrativ und sie war sich nicht sicher, ob sich die Geschäftsführer darauf einlassen würden. Andererseits hatte sie sich vom ersten Tag an in die Arbeit gestürzt, sich bewiesen und nie ein Geheimnis daraus gemacht, was ihre Ambitionen waren.

»Wenn Sie sich mal etwas in den Kopf gesetzt haben …« Max schmunzelte. »Aber versprechen Sie mir wenigstens, das lange Wochenende zu genießen, wenn Sie sich schon weigern, ein paar Tage dranzuhängen.«

»Sie sind aber ganz schön streng heute«, erwiderte sie wenig vorwurfsvoll, denn um ehrlich zu sein, hätte Julia zu Beginn ihrer Karriere nichts Besseres passieren können, als von einem der erfolgreichsten Sportagenten Deutschlands unter die Fittiche genommen zu werden.

»Am besten rufen Sie Ihre Familie gleich an, bevor ich es mir noch anders überlege.«

Wie auf Kommando klingelte Julias Telefon. »Wenn man vom Teufel spricht«, sagte sie mehr zu sich selbst als zu Max. »Entschuldigen Sie bitte, ich kann später zurückrufen.«

»Gehen Sie ruhig ran. Ich muss eh erst einmal ankommen, meine Mails checken und dann brauche ich noch einen Kaffee.«

»Soll ich Ihnen einen holen?« Julia warf einen Blick auf ihr Handy, das penetrant klingelte und den Namen Toni im Display anzeigte.

»Wie oft soll ich das noch sagen …«

»Unter keinen Umständen«, war aus beider Münder gleichzeitig zu hören. Egal wann Julia Max angeboten hatte, ihm einen Kaffee zu holen, hatte er immer mit den

Worten *unter keinen Umständen* abgelehnt. Es war seine Art, ihr deutlich zu signalisieren, dass sie nicht seine Assistentin war – sie waren ein Team.

»Ich weiß.«

»Jetzt gehen Sie schon endlich ran, das Geklingel macht mich ganz nervös.« Er war beinahe in seinem Büro verschwunden, das über eine Durchgangstür mit Julias verbunden war, als er noch einmal innehielt. »Darf ich Ihnen einen Kaffee mitbringen?«

»Unter keinen Umständen.« Sie lachte vergnügt. »Aber wenn Sie sich zufällig noch fünf Minuten in Geduld üben würden und dann wieder hier vorbeikommen, könnte es gut sein, dass ich Sie zum Kaffeeautomaten begleiten werde.«

Mit einem kurzen Nicken verschwand er in seinem Büro und schloss die Tür hinter sich.

Julia vergewisserte sich mit einem letzten Blick, dass diese auch wirklich zu war, und wischte dann freudestrahlend über den grünen Balken am Display.

»Hi, Toni.«

* * *

Max ertappte sich selbst dabei, wie er sich lächelnd in seinen teuren Bürostuhl fallen ließ. Seit drei Jahren war er nun schon als Sportagent für die Agentur *Sportwerk* tätig, doch bisher hatte noch keine Zusammenarbeit so problemlos funktioniert wie die mit Julia.

Im Büro nebenan hatten bereits fünf Personen gesessen, von denen ihr niemand auch nur ansatzweise das Wasser hatte reichen können. Seine erste Assistentin hatte sich mehr daraus gemacht, die Social-Media-Kanäle zu erkunden, als Dokumente zu überarbeiten und Termine zu vereinbaren. Die zweite Assistentin war chronisch krank gewesen und Max war sich sicher, sie niemals drei Tage am Stück gesehen zu haben. Nummer drei hatten schlicht und einfach organisatorische Grundkenntnisse und das Basiswissen für den Job gefehlt, dafür hatte sie Max jeden Morgen eine Tasse Kaffee an seinen Schreibtisch gebracht und einen seiner Lieblingskekse auf dem Unterteller platziert. Nummer vier war ein junger Kerl gewesen, kaum älter als zwanzig, der nach einer Ausbildung zum Fitnesskaufmann geglaubt hatte, Max die Welt erklären zu können. Und Assistentin Nummer fünf – Mareike Lehnhard – hatte das Fass zum Überlaufen gebracht, indem sie ihm ihre Liebe eingestanden hatte und fortan eine Zusammenarbeit kaum mehr möglich gewesen war.

Julia hingegen war ganz anders und Max froh darüber, dass er ihr im richtigen Augenblick die Stelle als Junior Sportagentin hatte anbieten können.

In Kürze endete ihre Probezeit und obwohl er wusste, dass dadurch auch ihre Abmachung endete, dass sie ihn in organisatorischen Belangen unterstützte, hoffte er darauf, Julia würde ernsthaft in Betracht ziehen, ihr Arrangement noch eine Weile zu verlängern. Wenigstens so lange, bis er die Assistenzstelle mit einer fähigen Person neu besetzen konnte. Allerdings wusste er auch, dass wenn er ihr von seinem heutigen Termin erzählen würde, sie keine Sekunde zögern würde, sich einer neuen Herausforderung zu stellen. Er musste sich also gute Argumente überlegen, um sie davon zu überzeugen, bei ihm zu bleiben. Glücklicherweise zählte Diplomatie zu seinen Stärken.

Der prüfende Blick in sein E-Mail-Postfach fiel kurz aus. Ein paar unwichtige Terminanfragen, Werbung und eine Nachricht seiner Mutter. Wie so oft hatte sie ihren kompletten Text in die Betreffzeile getippt, was Max ein Lächeln entlockte. Sie bat ihn um einen Rückruf, den er auf später verschob. Jetzt würde er erst einmal Julia in ihrem Büro abholen und sich bei einer Tasse Kaffee kurz von ihr zu den letzten beiden Tagen updaten lassen. Dass Julia und er am späten Nachmittag gemeinsam in die Teeküche gingen und sich dort bei einer Tasse Kaffee über die anstehenden Aufgaben und den Tag austauschten, war inzwischen ihr Ritual geworden.

Er stand auf, hängte seinen Blazer über die Rückenlehne des tiefschwarzen, ledernen Bürostuhls und ging wieder zurück zur Verbindungstür, die er öffnete.

»Ich melde mich, versprochen. Ich liebe dich, Toni.«

Wie auch immer es dieser Toni schaffte, Julia strahlte jedes Mal, wenn sie mit ihm telefonierte. Trotzdem war es nicht Max' Absicht gewesen, dem Gespräch zu lauschen. »Entschuldigung. Ich wollte nicht stören.«

Erschrocken fuhr Julia auf, als sie seine Stimme hörte. »Oh, kein Problem. Was gibts?«

»Ähm, Kaffeedurst. Aber ich kann auch noch fünf Minuten warten.«

»Keine Chance.« Julia stand so schwungvoll auf, dass der Bürostuhl donnernd gegen den Metallaktenschrank knallte. Sie zuckte zusammen und sah Max schuldbewusst an, denn dieses laute Malheur war ihr nicht zum ersten Mal passiert. »Sorry, irgendwann werde ich mich an das hässliche Ding hinter mir gewöhnen.«

»Immerhin weiß ich dann, dass Sie hier sind.« Er deutete auf ihren Schreibtisch. »Und vielleicht haben Sie ja noch ein paar der leckeren Kekse in ihrer Schreibtischschublade versteckt?«

»An dem Tag, an dem diese Kekse ausgehen, ist mein Leben sinnlos.«

Max lachte und war der festen Überzeugung, dass Julia keine Ahnung hatte, wie lustig sie sein konnte. Vor allem in diesem Augenblick, als sie ihm versicherte: »Ich schwöre, darüber mache ich keine Scherze.«

Auch das unterschied Julia von vielen anderen Frauen, die er kannte. Im Gegensatz zu seinen flüchtigen Bekanntschaften, die am liebsten auf ein paar ungewürzten Salatblättern herumkauten, war Julia herrlich normal. Sie aß gern und verfiel nicht gleich dem Zwang, nach einem Stück Pizza eine vierwöchige Fastenkur machen zu müssen. In ihrer Schreibtischschublade hatte sie immer einen kleinen Vorrat ihrer Lieblingskekse und im Kühlschrank in der Teeküche war immer mindestens eine Milchschnitte von ihr zu finden.

»Das glaube ich Ihnen. Aber vielleicht haben Sie ja noch zufällig einen für mich übrig? Bitte.«

»Na klar doch. Außerdem steht mein Angebot nach wie vor. Sie können sich jederzeit bedienen. Die einzige Bedingung ist, dass Sie mir rechtzeitig Bescheid geben, bevor sie leer sind.«

»Aber natürlich«, antwortete er ihr, wobei er nicht vorhatte, sich in Versuchung führen zu lassen und sich öfter als notwendig an Julias Keksvorrat zu vergreifen.

Während Julia die Packung Butterkekse mit Schokoladenüberzug aus dem Schreibtisch nahm, stellte sie beiläufig exakt die Frage, vor der Max sich gefürchtet hatte. »Wie war eigentlich Ihr Termin in Berlin? Was genau wollte dieser Wellbrock denn von Ihnen?«

»Ach, nichts Interessantes oder Wichtiges. Das, was so reichen Menschen eben durch den Kopf geht, wenn sie sich gefühlt alles leisten können.«

»Dann ist es wieder eine PR-Geschichte? An wem ist er interessiert?«

»Es ging um keine konkrete Person, sondern vielmehr um …« Max fiel ein riesiger Stein vom Herzen, als er vom Klingeln seines Handys unterbrochen wurde, denn er wusste noch immer nicht, was genau er Julia von dem Gespräch mit Jan Wellbrock erzählen sollte. Rasch zog er das Telefon aus seiner Hosentasche und stellte erleichtert fest, dass es seine Mutter war und nicht dieser Schulz. Wobei Max selbst dessen Anruf entgegengenommen hätte, um sich vor einer Antwort an Julia zu drücken.

»Entschuldigung, das ist meine Mutter. Da muss ich kurz rangehen.«

»Kein Problem. Soll ich uns schon einen Kaffee rauslassen?«

»Das geht ganz schnell.« Wenn Julia jetzt allein in die Teeküche gehen würde, hätte sie viel zu viel Zeit, sich über den heutigen Termin Gedanken zu machen. Besser sie blieb hier und würde – ebenso wie er selbst – vom Anruf seiner Mutter abgelenkt.

Julia grinste frech. »Sind Sie sich sicher? Immerhin reden wir von Ihrer Mutter.«

Damit hatte sie recht. Max' letztes Telefonat mit ihr hatte weit über eine halbe Stunde gedauert, und am Ende hatte sie ihn in Bedrängnis gebracht, sich zu einem wichtigen Termin zu verspäten.

»Nach spätestens fünf Minuten eilen Sie mir zu Hilfe, ja?«

»Was springt dabei für mich raus?«

Sie hatte wirklich gutes Verhandlungsgeschick. »Die nächste Überstunden-Pizza geht auf mich.«

»Na gut, einverstanden. Aber ich will nicht unerwähnt lassen, dass die immer auf Sie geht.«

Schmunzelnd tippte Max den grünen Hörer an. »Hallo, Mama. Schön, dass du anrufst. Ich habe eben deine Nachricht gesehen.«

KAPITEL 2

Julia setzte sich an ihren Schreibtisch und öffnete die Packung mit den Keksen, die sie so sehr liebte. Die Erfahrung hatte ihr gezeigt, dass es gern mal ein paar Minuten länger dauern konnte, wenn Max' Mutter anrief. Normalerweise zog er sich immer in sein Büro zurück, wo er ungestört mit ihr telefonieren konnte, doch dieses Mal blieb er einfach an Ort und Stelle stehen. Es hatte den Anschein, als würde er seiner Mutter damit das Signal senden wollen, dass er in Eile war. Dumm nur, dass sie ihn nicht sehen konnte.

Gefolgt von Max' Blick, löste Julia die durchsichtige Folie der Umverpackung und nahm sich den ersten, perfekt mit Schokolade überzogenen Keks.

»Weniger essen würde helfen.«

Bei seinen Worten sah sie ihn ertappt an. Ja, sie hatte ein wenig zugenommen, aber was ging ihn das an? Sie mochte ihre Kurven, auch wenn ihre Jeans gerade ein bisschen kniffen. Und überhaupt, seit wann kommentierte er ihre Essgewohnheiten?

Da er auf ihren Schreibtisch zuging, behielt sie den Keks argwöhnisch in der Hand, anstatt wie gewöhnlich die überstehende Schokolade vom Rand zu knabbern. Er beugte sich vornüber und deutete auf die Kekse.

»Darf ich?«, flüsterte er verschwörerisch.

Mit einem kurzen Nicken stimmte sie zu, wunderte sich aber zugleich, dass er nach so einem unpassenden Kommentar ganz selbstverständlich zugriff.

»Dann soll er sich eben einen neuen kaufen.« Ehe Max abbiss, leckte er sich voller Vorfreude über die Lippen und ließ die Hälfte des Kekses in seinem Mund verschwinden. Genüsslich kauend lauschte er den Worten seiner Mutter. »Natürlich weiß ich, wie teuer ein neuer Anzug ist. Aber es hilft alles nichts, wenn der alte zu eng ist. Du kochst einfach viel zu gut, Mama.«

Erleichtert atmete Julia tief durch. Es ging nicht um sie und ihre Vorliebe für Süßes. Vielmehr hatte Max seinen Vater im Visier.

»Er hat was? Einen Süßigkeiten-Vorrat im Schreibtisch?« Die zweite Hälfte verschwand in seinem Mund.

Augenblicklich färbten sich Julias Wangen rot, als wäre sie auf frischer Tat ertappt worden. Sie konnte seinen Blick auf sich spüren, während sie schuldbewusst die Schublade anstarrte, in der sich noch weitere Leckereien verbargen.

»Sei nicht so streng mit ihm. Sein Geldbeutel wird einen neuen Anzug verkraften.«

Als sie ihn wieder ansah, zwinkerte er ihr verschwörerisch zu, ehe sich seine Gesichtszüge veränderten. »Das ist nicht dein Ernst. Du willst Papa die nächsten beiden Wochen wirklich auf Diät setzen? Das wird er dir nie verzeihen.«

Ein breites Grinsen legte sich auf Julias Gesicht. Zwar kannte sie Max' Eltern nur von der Fotografie in seinem Büro, doch sie konnte sich lebhaft vorstellen, wie seine

Mutter das Kommando übernahm und ihren armen Mann bei Wasser und Brot schmoren ließ.

»Ich sehe Sie grinsen, Paul«, flüsterte er ihr ein weiteres Mal zu.

»Ich Sie auch, Herr König.« Irgendwie hatte diese Szene etwas Urkomisches.

»Wie?« Max zog kurz die Augenbrauen zusammen und ging ein paar Schritte zum Fenster. »Nein, ich habe mit Paul gesprochen.«

Ihren Namen zu hören, ließ Julia erneut lächeln.

»Du weißt doch, wir haben viel zu tun.«

Bekräftigend nickte Julia. Immerhin hatten sie sich eben einen Kaffee holen wollen.

»Unter keinen Umständen, Mama. Du spielst nicht die Kupplerin. Wenn ich ein Date brauche, werde ich mich selbst darum kümmern.«

Sogleich bereute Julia, dass sie ihr Büro nicht verlassen hatte, als sich ihr die Gelegenheit geboten hatte. Zwischen Max und ihr gab es eine Übereinkunft: Sie redeten nicht über Privates. Wobei sie sich sicher war, dass sein Privatleben um ein Vielfaches interessanter war als das ihre. Immerhin lebte sie seit über fünf Monaten ausschließlich für die Arbeit und hatte außer einem einzigen Date, das nicht sonderlich gut gelaufen war, und gelegentlichen Cocktail-Sessions mit ein paar ihrer ehemaligen Kommilitonen keinen Kontakt zur Außenwelt.

Geradezu aufgebracht oder vielmehr verzweifelt stapfte Max zurück in die Mitte des Büros und raufte sich die Haare. Er tat ihr leid, denn so wie es aussah, führte er diese Diskussion mit seiner Mutter nicht zum ersten Mal.

»Sagen Sie ihr doch einfach, Sie haben jemanden

kennengelernt und es ist noch ganz frisch.« War sie denn bescheuert? Was ging sie das Ganze an?

Max' Augen hingegen weiteten sich und ihm war anzumerken, wie die imaginären Rädchen in seinem Kopf langsam in Schwung kamen. »Du brauchst dich nicht darum zu kümmern, weil ich kürzlich jemanden kennengelernt habe.«

Selbst Julia konnte den freudigen Aufschrei seiner Mutter am Telefon hören und fragte sich, ob sie Max mit ihrem Tipp einen Gefallen getan hatte.

»Beruhige dich bitte. Natürlich werde ich dir alles in Ruhe erzählen.« Max stieß den Atem aus und sah fragend zu Julia. »Ihr Name?«

Völlig überrumpelt hob sie die Hände und dachte darüber nach, welchen Namen sie Max' nicht existenter Freundin geben konnte. »Ich … Keine Ahnung«, flüsterte sie völlig überfordert.

»Ja, ähm, sie heißt …«

Vor Aufregung hielt Julia den Atem an.

»… Julia.«

Julia? War Max noch ganz bei Trost? Wie konnte er unter Millionen von Frauennamen ausgerechnet ihren wählen?

»Ja, ich finde auch, dass das ein schöner Name ist. Und nein, sie wird mich nicht zu eurem Hochzeitstag begleiten. Dafür ist es noch zu früh.« Gestresst rieb sich Max die Augen. »Entschuldige, wenn ich dich unterbreche, Mama, aber können wir den Rest am Wochenende besprechen? In zwei Tagen komme ich nach Hause, und dann haben wir alle Zeit der Welt. Jetzt muss ich aber wirklich weiterarbeiten.«

Nachdem er das Telefonat beendet hatte, ließ er den

Kopf nach vorn sinken und tippte mit seinem Handy gegen die Stirn. Er sah geknickt aus und Julia musste keine Hellseherin sein, um zu erkennen, dass es ihm schwergefallen war, seine Mutter anzuschwindeln. »Ich habe meine Mutter angelogen. Das habe ich noch nie getan.«

Julia fühlte sich schuldig. Immerhin hatte sie ihm die Worte mehr oder weniger in den Mund gelegt. »Es tut mir leid. Mir ist auf die Schnelle nichts Besseres eingefallen.«

»Schon gut. Ich hätte ja auch einfach nichts sagen können, aber …« Ihm musste ihre Abmachung wieder eingefallen sein, denn er beendete seinen Satz nicht. Stattdessen deutete er zur Tür. »Wollten wir nicht eigentlich einen Kaffee holen?«

Zerknirscht nickte Julia, stand auf und bot Max einen weiteren Keks an. »Seelenfutter?«

Dankend lehnte er ab. »Wir wollen doch nicht, dass ich auch noch einen neuen Anzug kaufen muss.« Wenigstens lächelte er wieder. Zwar gequält, aber besser als nichts. »Paul?«

»Ja?«

Er legte lediglich seinen Zeigefinger über die Lippen und Julia verstand, dass er nicht mehr darüber sprechen wollte und dass sie das Gehörte vertraulich behandeln sollte.

* * *

Ein kurzes Nicken von Julia genügte, damit Max sich wieder entspannen konnte. Trotzdem verbrachten sie die darauffolgenden Minuten hauptsächlich schweigend. Während Julia in der modernen Küche zwei Tassen vom Regal nahm und nacheinander unter den Vollautomaten stellte, ließ er sich ungewöhnlich lange Zeit bei der Wahl der Kaffeelöffel und der Zuckersticks. Dabei trank er seinen Kaffee nicht einmal gesüßt. Sie war diejenige, die mindestens zwei Zuckerwürfel in das aromatische Heißgetränk warf. Bei ihm gab es hingegen nur schwarz oder weiß. Entweder trank er bitteren Espresso oder Cappuccino mit einer extra Portion Milchschaum.

Das Telefonat mit seiner Mutter wollte ihm nicht aus dem Kopf gehen. Bis auf ein paar wenige Male, bei denen er ihr gegenüber geflunkert oder besser gesagt, die Wahrheit sehr weitläufig interpretiert hatte, war er seiner Mutter gegenüber immer aufrichtig gewesen. Doch vorhin, als sie ihn wieder einmal mit einem Verkupplungsversuch konfrontiert hatte, war ihm der Hinweis von Julia wie ein Segen erschienen. Ein Segen, den er bereute, kaum dass er die Notlüge ausgesprochen hatte. Wie sollte er ihr nur erklären, dass er nicht die Wahrheit gesagt hatte? Vielleicht könnte er behaupten, dass es zwischen ihm und seiner imaginären Freundin nicht geklappt hatte.

Max verdrehte die Augen, denn seinen Schwindel mit einer weiteren Notlüge zu untermauern, war einfach nicht die feine englische Art.

»Wenn das mal nicht unser Dreamteam ist. Und heute so betrübt? Wer hat euch ins Getränk gepinkelt?«

Robert Esken war so ziemlich der Letzte, auf den Max jetzt Lust hatte. Schon als er für die Agentur rekrutiert worden war, hatte er sich immer wieder die Frage gestellt, welcher Sportler sich freiwillig von diesem aufgeblasenen und arroganten Schönling vertreten lassen wollte. Gut, er war nicht auf den Kopf gefallen und landete gelegentlich auch tolle Coups, aber freiwillig würde doch niemand mit diesem überheblichen Heini zusammenarbeiten wollen. Er hingegen war ruhiger und bedachter in seinen Verhandlungen. Auf jeden seiner Termine bereitete er sich immer penibel genau vor und spielte vorab schon alle möglichen Fragen seines Gegenübers durch. Zudem bediente er sich einer hässlichen Fäkalsprache, aber anscheinend gab es Sportler, bei denen das ankam.

»Respekt, Robert. Wenn einer sich auszudrücken weiß, dann du.« Seit Monaten versuchten die beiden, sich zu übertrumpfen, doch bisher lag Max immer einen Tick vor Esken.

»Du hast immer noch keine Unterschrift von Trautwein?« Robert schnaubte herablassend. »Ich hätte dir mehr zugetraut. Hast wohl keine Zeit, dich auf die eigentliche Arbeit zu konzentrieren bei der ganzen Ablenkung.«

Max seufzte und schüttelte entrüstet den Kopf darüber, dass Robert die Frechheit besaß, Julia auf- oder eher abfällig zu mustern. Was glaubte er denn, würde zwischen Julia und ihm laufen?

Kampfeslustig verschränkte Julia ihre Arme vor der Brust. »Sie bewegen sich auf sehr dünnem Eis, Herr Esken, und ich möchte Sie bitten, sich zukünftig mit derartigen Anspielungen zurückzuhalten.«

Grinsend wandte sich Robert an Max. »Deine Assistentin scheint mir ein bisschen empfindlich zu sein. Die liebe Mareike hätte sicher anders reagiert.« Provokativ malte er mit den Fingern ein Herz in die Luft.

»Hörst du dir eigentlich manchmal selbst zu, was für dummes Zeug du da redest? Lass uns einfach in Ruhe und kümmere dich um deine eigenen Angelegenheiten. So weit ich weiß, laufen bei dir Ende des nächsten Monats gleich drei Verträge aus und du hast noch keinen verlängern können. Vielleicht solltest du deine Energie besser darauf verwenden, deinen Job zu machen, anstatt hier nur Müll zu erzählen und Unwahrheiten in Umlauf zu bringen.«

Mit gerecktem Kinn trat Robert an die Kaffeemaschine und nahm sich eine Espressotasse vom Regalbrett. »Oh, keine Sorge. Meine Unterschriften kommen, ganz sicher. Die Jungs buhlen nur ein bisschen um Aufmerksamkeit. Aber Trautwein scheint echtes Interesse daran zu haben, zu Weigel zu wechseln. Bin gespannt, wie du ihn wieder einfangen willst.« Um sich ein paar Sekunden des Ruhmes zu gönnen, drückte er auf den farbig leuchtenden Touchscreen, sodass das laute Mahlwerk ansprang und Max seine Stimme deutlich hätte erheben müssen, um über den Lärm hinweg zu hören zu sein. Den Triumph wollte er diesem Idioten nicht gönnen. Tatsächlich hatte er mit massiven Problemen zu kämpfen, was die Verhandlung mit Timo anbelangte.

Kaum dampfte der frisch aufgebrühte Espresso aus der winzigen Tasse, sprach Esken weiter: »Wetten, ich habe all meine drei Unterschriften, noch ehe du überhaupt den Stift bei Trautwein zücken konntest?«

»Du willst wirklich mit mir wetten? Das ist doch lächerlich!«

»Dann kneifst du etwa?«, provozierte Robert ihn in herablassendem Ton.

»Wir kneifen niemals. Sorgen Sie lieber dafür, dass sich der Wetteinsatz auch lohnt.« Das hatte Julia doch gerade nicht allen Ernstes gesagt? Irgendwann würde ihr

Temperament ihr noch zum Verhängnis werden. Wobei in diesem Fall es eher zu seinem Verhängnis werden könnte.

»Die Kleine gefällt mir. Spielt auf Risiko. Genau so jemanden brauchst du Mister *Safety First.*«

Erschüttert musste Max feststellen, dass Roberts verhöhnendes Lachen eine unangenehme Form von Aggression in ihm hervorrief. Und schon zum zweiten Mal an diesem Tag ließ sich Max von der Situation mitreißen. »Wie Paul schon sagte, wir sind dabei. Bleibt nur noch zu klären, was du uns nach unserem Sieg Gutes tun kannst. Und im Übrigen, Paul ist nicht meine Assistentin. Wir sind Kollegen.«

KAPITEL 3

Nach den letzten beiden hektischen Tagen in München genoss Max es, sich bei seiner Familie am Tegernsee eine kurze Auszeit zu gönnen. Es tat ihm gut, von Zeit zu Zeit dem Großstadtlärm zu entfliehen und zu seinen Wurzeln zurückzukehren – auch wenn in diesem Fall eine familiäre Verpflichtung auf dem Programm stand. Aber schließlich wurde sein Onkel Harald nur einmal sechzig Jahre. Und wenn der Knauser sich dazu herabließ, die ganze Familie und Verwandtschaft zu seiner Geburtstagsfeier einzuladen, ließ man sich das nicht entgehen. Schon gar nicht, wenn das Fest in einem der besten Restaurants am Tegernsee stattfand, wo es das leckerste Essen der Region gab. Sicher würden selbst all seine Cousinen und Cousins nebst ihren Familien anreisen, die mittlerweile in ganz Deutschland verteilt wohnten.

Da sein Vater noch arbeitete und seine Mutter bei den Vorbereitungen zur Feier half, war Max allein in dem Haus, das sein Vater vor knapp dreißig Jahren für seine Familie gebaut hatte. Das typische bayerische Landhaus hatten seine Eltern über die vielen Jahre gut in Schuss gehalten und Max mochte es, dass sich sein Elternhaus perfekt in die Nachbarschaft einfügte. Sowohl am Balkongeländer als auch an allen Fensterbänken hingen Blumenkästen voller bunter Geranien, die nach Sommer rochen. Es besaß die für diese Region typischen Fensterläden und natürlich auch die Holzverkleidung im ersten Stock. Mit seinen acht Zimmern war es relativ groß, aber nicht protzig. Man fühlte sich wohl und willkommen, was dem hervorragenden und wohnlichen Einrichtungsgeschmack seiner Mutter zu verdanken war.

Er und seine beiden Schwestern waren mit einem tagtäglichen Blick auf den wunderschönen Tegernsee aufgewachsen und erst als junger Erwachsener war Max bewusst geworden, wie privilegiert er seine Kindheit verbracht hatte. Hier gab es nicht die sozialen Brennpunkte wie in München, geschweige denn diese Schnelllebigkeit. Umso schöner war es für ihn, dem stressigen Alltagstrott zu entfliehen, und auf der Terrasse bei seinen Eltern die Seele baumeln zu lassen, während er das großartige Bergpanorama Richtung Westen mit dem Semmelberg, dem Sattelkopf und dem Zwergelberg genoss und das schimmernde Blau des Sees wie eine Art Therapie in sich aufsog. Für einen Moment schloss er die Augen, spürte die warmen Sonnenstrahlen auf seinem Gesicht und lauschte dem heiteren Vogelgezwitscher. Eines Tages würde er wieder an den Tegernsee zurückkehren. So viel stand fest.

»Onkel Max! Onkel Max!«

Er drehte sich um und entdeckte seine beiden Nichten, die ihm freudestrahlend entgegenstürmten. Er ging in die Hocke und breitete seine Arme aus, in die sich die fünfjährigen Zwillingsschwestern fallen ließen.

»Na, wenn das mal nicht Hanni und Nanni sind. Wer von euch beiden ist jetzt Hanni und wer Nanni?« Sein

Blick wechselte angestrengt zwischen den beiden Mädchen hin und her.

»Aber wir sind doch nicht Hanni und Nanni«, entrüstete sich eine der beiden und zog eine Schnute.

»Seid ihr nicht? Aber wer seid ihr dann?«

»Wir sind Max und Moritz.«

Herzhaft lachend stand Max auf und entdeckte seine Schwester, die gemeinsam mit ihrem Mann das Wohnzimmer durchquerte und auf die Terrasse zuhielt. Bei seinem letzten Besuch hatte er in Anlehnung an seinen eigenen Namen den beiden Mädchen von Wilhelm Buschs *Max und Moritz* erzählt und ihrer Vorliebe für Süßes. Dass sie sich das hatten merken können, überraschte ihn, aber er spielte gern mit. »Ihr meint Max und Moritz, die zwei Schlingel. Essen gerne Zuckerkringel?«

»Ja«, riefen die Mädchen begeistert und sprangen auf und ab.

»Na, wenn das so ist.« Er warf seiner Schwester einen fragenden Blick zu und wartete auf ihr Einverständnis, ehe er zum Haus deutete. »Dann solltet ihr unbedingt mal nachschauen, ob ihr meinen Koffer findet. Obendrauf müsste für jede von euch ein kleines Mitbringsel liegen.«

Jubelnd rannten die Zwillinge wieder ins Haus, vorbei an ihren Eltern.

»Aber nascht bitte nicht zu viel«, rief ihre Mutter ihnen noch hinterher. Max befürchtete jedoch, dass ihre Töchter sie nicht mehr hörten – oder vielmehr, sie nicht mehr hören wollten.

»Ich hoffe sehr, deine Überraschung hält sich in Grenzen. Nach deinem letzten Besuch hatten die beiden einen Zuckerschock. Weißt du eigentlich, wie anstrengend es ist, sie zu bändigen, wenn sie bis in die Haarspitzen mit Zucker vollgestopft sind?«

Seine Schwester hatte schon immer einen Hang zur Übertreibung. Seitdem sie ihr drittes Kind unter dem Herzen trug, toppte sie sich aber selbst.

»Keine Sorge, es sind nur zwei Schokoladen-Eier. Mehr nicht.« Erwartungsvoll breitete er seine Arme ein weiteres Mal aus. »Willst du mir nicht erst einmal Hallo sagen, ehe du mir den Kopf abreißt?«

»Hallo.« Seine Schwester schmiegte sich an ihn und schlang ihre Arme um Max. Jedenfalls so weit, wie es möglich war. »Du hast dich hier schon lange nicht mehr blicken lassen.«

»Das habe ich gemerkt, als ich deinen riesigen Bauch gesehen habe. Wow. Bist du dir sicher, dass es nicht noch mal Zwillinge werden?«

Empört stieß sie ihn gegen den Oberarm. »Fang du nicht auch noch an. Es ist nur *ein* Baby.« Sie wandte sich an Christian, der die Szenerie von der Terrassentür aus beobachtete. »Sag du doch auch mal was.«

»Hallo, Max.«

»Hey, Chris. Wann hat deine Frau ihren Sinn für Humor verloren?«

»Sie hat doch ihren Humor nicht verloren«, entrüstete sich dieser sichtlich gespielt. »Den hat sie lediglich in ihrem Mutterpass versteckt.«

Max stimmte in Christians fröhliches Lachen ein, merkte aber zugleich, dass seine Schwester den Witz überhaupt nicht komisch fand. »Komm schon, Anja. Das war doch nicht böse gemeint. Sag mir lieber, wie lange es noch dauert, bis ich das Würmchen in den Schlaf schaukeln kann.«

»Vierundvierzig Tage.«

»Ich kann es kaum erwarten«, antwortete Max versöhnlich und küsste ihre Schläfe.

»Ich auch nicht. Endlich bekomme ich ein wenig Unterstützung und das Verhältnis zwischen dem weiblichen und dem männlichen Anteil dieser Familie ist einigermaßen ausgewogen.« Es war nicht zu übersehen, wie stolz Christian war.

»Echt jetzt? Es wird ein Junge?« Egal welches Geschlecht dieses Kind haben würde, Max würde es von ganzem Herzen lieben. Dass er aber mehr darauf gehofft hatte, Fußball mit ihm zu spielen, als Puppen-Papa sein zu müssen, war nach seinem letzten Besuch zu Hause und der Überzeugungskraft der Zwillinge jedoch nicht verwunderlich.

»Ja.« Anja lächelte glücklich und strich sich versonnen über den Bauch. »Und vielleicht ist es ganz gut, dass wir dich gerade allein treffen. Es gibt da etwas, das wir mit dir bereden wollten.«

Dass Anja mit einem Mal so ernst wurde, verunsicherte Max. »Ist etwas mit dem Baby?«

»Dem Baby geht es gut. Es ist nur …, weil …« Hilfesuchend sah sie zu ihrem Mann.

»Was deine Schwester dir zu sagen versucht, ist, dass wir darüber nachdenken Lukas zu fragen, ob er Patenonkel werden möchte.«

»Aber das ist doch großartig.« Sein Neffe würde sich sicher darüber freuen. Er war gerade erst sechzehn geworden und es tat ihm sicherlich gut, Verantwortung zu übernehmen und für so ein kleines Würmchen Vorbild zu sein. »Und was genau wolltet ihr da jetzt mit mir besprechen?«

»Nun ja … es ist …« Anja stotterte ein weiteres Mal vor sich hin.

»Wir hatten die Befürchtung, du könntest dich übergangen fühlen, weil dieses Mal nicht du Patenonkel werden sollst.«

»Ach, Quatsch. Ihr entscheidet das schon richtig. Mit meinen beiden Prinzessinnen habe ich doch auch genug um die Ohren und ich selbst war auch erst achtzehn, als mich Steffi gebeten hat, Lukas' Taufpate zu werden.« Bei genauerer Überlegung konnte Max es nicht glauben, dass das schon sechzehn Jahre her war. Aus dem niedlichen Baby war inzwischen ein junger Mann geworden, der beinahe so groß wie er war.

»Dann bist du nicht sauer?«

»Anja, wir sprechen über Lukas und nicht über irgendeinen Wildfremden.«

Die Erleichterung war ihr deutlich anzusehen, denn sie entspannte sich merklich und lächelte wieder.

Nachdem er den Zwillingen beim Zusammenbauen ihrer Spielfiguren geholfen hatte, Anja dazu zu überreden versuchte, ihm den Namen für das Baby zu verraten und sich von Christian zu einem kühlen Weißbier überzeugen ließ, kehrten auch seine Eltern ins traute Heim zurück.

Entgegen seiner Befürchtung, seine Mutter würde ihn ohne Umschweife mit seinem Beziehungsstatus konfrontieren, ließ sie sich nach einer herzlichen Begrüßung mindestens zwei Atemzüge Zeit, ehe sie ihn nach Julia fragte. Sein Vater tat hingegen das, was er immer machte, wenn Max nach Hause kam: Er begrüßte ihn mit festem Händedruck und einem undurchdringlichen Blick, ehe er sich in sein Arbeitszimmer zurückzog.

»Wird er je darüber hinwegkommen?« Selbst er hörte die Enttäuschung in seiner Stimme.

»Eines Tages ganz sicher.« Seine Mutter drückte bekräftigend seine Hand. Ihre mitleidige Miene ließ erahnen, wie sehr auch sie unter der angespannten Situation zwischen Vater und Sohn litt. »Und nun erzähl mir endlich von Julia. Wie alt ist sie? Wie sieht sie aus? Kennt ihr euch schon lange?«

So glücklich wie seine Mutter war, würde ihr die Wahrheit sicherlich das Herz brechen. Doch er konnte sie unmöglich weiter anlügen.

Seine Schwester zeigte sich überrascht. »Du hast eine Freundin? Davon weiß ich ja gar nichts. Wie kannst du mir so etwas Wichtiges verheimlichen?«

Hatte Max ursprünglich darauf gehofft, er könnte seiner Mutter die Wahrheit schonend beibringen, mischte sich jetzt zu allem Überfluss auch noch seine Schwester ein und machte es ihm damit nicht leichter. Vielmehr fühlte er sich in die Ecke gedrängt.

»Ich habe nichts zu verheimlichen und es gibt auch noch nichts zu erzählen.«

»Wenigstens gibt es endlich wieder eine Frau in deinem Leben.« Christian klopfte ihm auf die Schulter.

»Keine Sorge, die gab es immer.« Diese Richtigstellung konnte sich Max nicht verkneifen, auch wenn seine Aussage nicht für die Ohren seiner Mutter bestimmt war.

»Und wann lernen wir sie kennen?«

Glücklicherweise blieb ihm eine Antwort vorerst erspart, denn kaum hatte Anja ausgesprochen, klingelte sein Telefon. Er entschuldigte sich, blickte auf das Handy, das auf dem dunkelbraunen Gartentisch aus Teakholz lag, und war sichtlich erleichtert, den Namen Paul zu lesen.

Auch seine Mutter hatte einen Blick auf das Display geworfen. »Das ist Paul. Sicher ist es wieder etwas ganz Wichtiges, das nicht warten kann.« Sie klang enttäuscht.

»Ich beeile mich, Mama. Versprochen.« Ihre bedrückte Miene ließ Max sich schuldig fühlen. Gleichzeitig war er froh über Julias Anruf, entkam er doch so im ersten Schritt den Fragen über seine nicht existierende Beziehung. Er nahm das Telefon vom Tisch und ging ein paar Schritte in den Garten. Der Rasen hatte ein sattes Grün und Max wünschte sich einen kurzen Moment nichts sehnlicher, als mit nackten Füßen durchs Gras zu spazieren und zu spüren, wie die Grashalme seine Fußsohlen kitzelten. Stattdessen tippte er den grünen Punkt auf dem Display an und nahm das Gespräch entgegen.

***

»Paul. Was gibt es? Sollten Sie nicht schon längst in Bad Reichenhall sein und sich ein schönes Wochenende gönnen?«

Julia stöhnte innerlich. Bevor Max sich gegen zwölf Uhr aus dem Büro verabschiedet hatte, hatte er sie um eine kurzfristige Reiseplanung für die kommende Woche gebeten und ihr beiläufig noch drei E-Mails weitergeleitet, mit der Bitte diese zu beantworten, ehe sie sich auf den Weg zu ihrer Familie machte. Was sie sonst nicht störte, nervte sie an diesem Tag ungemein. Immerhin hatte sie darauf gehofft, früh loszukommen, um dem Stau auf der Autobahn zu entgehen. Jetzt hingegen stand sie kurz vor Unterhaching auf der A995 in einer Vollsperrung. Stadtauswärts Richtung Süden bewegte sich nichts mehr und sie war mittendrin im Verkehrschaos.

»Das wäre ich ganz sicher auch schon, wären nächsten Dienstag nicht alle Flüge nach Madrid ausgebucht gewesen, und hätte ich mir nicht zwei Stunden lang die Finger wund tippen müssen, Sie doch noch in einer Maschine unterzubringen.«

»Oh.«

Sein *Oh* hörte sich schuldbewusst an, brachte ihr jetzt aber auch nichts. Zumal sie ihn heute nur um eine Sache gebeten hatte, die er prompt vergessen hatte. Es gab ein paar wenige Geschäftspartner, die trotz der Einkehr des digitalen Zeitalters noch immer auf eine Original-Unterschrift ihrer Verträge pochten. So auch Theobald Merk, der bekannt dafür war, sehr gewissenhaft darüber zu entscheiden, wem er Werbeplätze in seinem Sportzentrum zugestand.

»Ich kann Ihre Verärgerung verstehen. Aber ich hoffe, Sie wissen, dass der Termin sehr kurzfristig einberaumt wurde und äußerst wichtig für uns ist. Natürlich hätte ich Ihnen sonst schon viel eher Bescheid gegeben.«

Der Kerl war wirklich ahnungslos. »Das weiß ich, Herr König. Aber kann es sein, dass Sie womöglich etwas vergessen haben, bevor Sie in Ihr Wochenende aufgebrochen sind?«

Es blieb stumm in der Leitung.

Während sich die Wagen vor Julia in Bewegung setzten und sie langsam die Kupplung kommen ließ, hörte sie ihn fluchen. Anscheinend war es ihm wieder eingefallen.

»So ein Mist. Ich habe den Vertrag vom alten Merk vergessen. Paul, würden Sie ihn mir noch kurz einstellen? Ich unterzeichne ihn sofort digital.«

»Herr Merk akzeptiert nur Originale, das hat mir

seine Assistentin vorhin nachdrücklich am Telefon bestätigt.«

»Und wenn wir nachreichen?«

Als ob sie nicht daran gedacht hätte. »Leider nicht möglich.«

»Wann war noch gleich die Frist?«

»Am Fünfzehnten.«

»Der ist schon morgen.«

»Ja, ich ...«

»Ist denn sonst noch jemand im Büro, der eine passende Unterschriftsvollmacht besitzt?« Seine Stimme klang gequält und fragend zugleich.

»Leider nein. Sie sind alle schon ins Wochenende gestartet. Ich ...«

Erneut fiel er ihr ins Wort und Julias Frustrationslevel stieg. »Das hilft jetzt alles nichts. Dann fahre ich eben noch einmal zurück nach München. Wir können uns unter keinen Umständen leisten, bei Merk nicht zu unterschreiben. Sind Sie denn noch im Büro? Können Sie mir den Vertrag auf den Schreibtisch legen?«

»Nein.«

»Nein?«, hakte er verwundert nach.

»Hätten Sie mich zu Wort kommen lassen, wüssten Sie, dass ich bereits im Auto sitze.«

»Klar. In Ordnung. Dann sagen Sie mir einfach, wo ich ihn finden kann.«

Julia konnte schlecht einschätzen, ob er genervt oder eher frustriert war. Vermutlich hatte er sich den Beginn seines verlängerten Wochenendes anders vorgestellt. Aber sie auch. Außerdem hatte er es sich selbst zuzuschreiben. Immerhin war sie am Vormittag zweimal in sein Büro gegangen, um ihn darauf hinzuweisen. Trotzdem hatte sie in den sauren Apfel gebissen und nahm einen kleinen Umweg auf ihrer Fahrt in Kauf.

»Wenn alles gut läuft, bin ich in dreißig Minuten bei Ihnen und bringe Ihnen die Verträge vorbei. Ein Kurier wird den Umschlag gegen achtzehn Uhr abholen und morgen in Merks Firma zustellen.«

»Ich bin … Danke, Paul.«

»Bis nachher.«

Es kam nicht häufig vor, dass Julia sich über Max ärgerte, doch an diesem Tag hatte er es geschafft. Nichts lief so, wie sie es geplant hatte, und zu allem Überfluss hatte ausgerechnet derjenige, der ihr nahegelegt hatte, ihre Überstunden zu reduzieren, ihre Pläne durchkreuzt. Umso besänftigender war es, dass er sich bei ihr bedankt hatte.

Wenigstens hatte sich der Stau weitestgehend gelöst und sie konnte ihre Fahrt durch die malerische Landschaft Bayerns fortsetzen, mit dem Tegernsee als vorläufiges Etappenziel.

KAPITEL 4

Zu wissen, dass nach ihrem kurzen Abstecher an den Tegernsee auch auf sie das Wochenende wartete, ließ Julia endlich entspannen. Den ganzen Tag über hatte das Telefon nicht stillgestanden und im Büro war es zugegangen wie in einem Taubenschlag. Es war deutlich zu merken, dass einige Kollegen verzweifelt versuchten, ihre offenen Aufgaben noch vor ihrem Pfingsturlaub abzuarbeiten.

Wenigstens konnte sie sich so sicher sein, dass beinahe die Hälfte ihrer Kollegen in den nächsten beiden Wochen nicht da sein würden. Somit wäre es ruhiger im Büro und vielleicht würde sie es dann auch schaffen, dass ihr Aufgabenstapel kleiner würde. Doch irgendwie hatte Max einen Riecher dafür. Jedes Mal, wenn der Berg schrumpfte, tauchte er auf und ließ ihn wieder anwachsen. Nicht, dass sie sich beschweren wollte, so konnte sie immerhin von einem der Besten lernen. Aber manchmal war es ein bisschen viel.

Die malerische Landschaft des bayerischen Oberlands zog an ihr vorbei und der Blick auf den nördlichen Alpenrand hatte etwas unglaublich Beruhigendes. Von jeher konnte sie stundenlang in die Berge starren und die

Zeit dabei vergessen. Doch nicht heute. Heute lag ihr Augenmerk auf dem dichten Verkehr der Landstraße und darauf, schnellstmöglich an den Tegernsee zu gelangen, um Max die Unterlagen zu bringen und dann keine Zeit zu verlieren, um zu ihrer Familie zu fahren.

Obwohl Julia schon lange in München lebte, war sie doch noch nie zuvor am Tegernsee gewesen. Dabei zählte dieser zu den schönsten und saubersten Seen von ganz Bayern.

Wie schön er wirklich war, davon konnte sie sich selbst überzeugen, als sie Gmund verließ und sich zu ihrer rechten das strahlendblaue Gewässer erstreckte.

Sie seufzte versonnen und war sich einmal mehr der Tatsache bewusst, wie schön die Region war. Eigentlich sollte sie öfter Ausflüge unternehmen. Früher hatte sie das schließlich auch gemacht, um Bad Reichenhall und die Gegend dort zu erkunden. Dadurch war ihr auch der Umzug von Kiel in die malerisch gelegene Stadt nahe der österreichischen Grenze leichter gefallen, und sie hatte sich von Tag zu Tag mehr in ihre neue Heimat verliebt.

In der Ferne konnte sie bereits das gelbe Ortseingangsschild von Tegernsee erkennen. Seltsamerweise stieg ihre Anspannung, je näher sie dem Städtchen und somit Max' Elternhaus kam. Es fühlte sich nicht richtig an, derart in sein Privatleben einzudringen. Andererseits hatte er es sich selbst zuzuschreiben. Wenn er den Vertrag rechtzeitig unterschrieben hätte, so wie sie es zu ihm gesagt hatte, hätte sie sich ihren Abstecher hierher ersparen können.

Das Navigationssystem lotste sie durch die Stadt, Richtung Süden, vorbei am gelben Rathaus mit den taubenblauen Fensterläden, dem Schlosscafé und den Tegernsee-Arkaden, sowie einem hellen Gebäude mit dem Schriftzug *Herzoglich Bayerisches Brauhaus Tegernsee.* Unsicher folgte sie der weiteren Wegbeschreibung der stereotypischen Frauenstimme. Alles deutete darauf hin, dass sie Tegernsee wieder verlassen würde, deshalb warf sie einen prüfenden Blick auf die eingegebene Adresse.

»Hm, alles korrekt. Wo führst du mich nur hin, Klärchen?« Ihrem Navi einen Namen zu geben, fühlte sich gut an, da sie doch beinahe allem einen Namen gab. Für gewöhnlich war Klärchen auch zuverlässig. Aber heute?

»In einhundert Metern links fahren.«

Gespannt duckte sich Julia, um unter der Sonnenblende hindurch einen Blick auf ihren weiteren Weg zu werfen. In Ordnung, es ging hoch hinaus. Das Haus musste sich auf dem weitläufigen Hang zu ihrer linken befinden.

»Jetzt links abbiegen.«

Nach weiteren zweihundertfünfzig Metern hatte sie ihr Ziel erreicht und war beeindruckt, was nicht nur an dem großen Haus lag. Der Ausblick auf den Tegernsee war atemberaubend. Wenn Max hier aufgewachsen war, konnte sie nicht verstehen, was ihn nach München verschlagen hatte.

Sie parkte ihren grasgrünen VW Polo, der seine besten Zeiten schon vor Jahren hinter sich gehabt hatte, am Gehsteig vor dem Haus und stieg aus. Das musste eindeutig das Haus von Max' Eltern sein, denn sein schwarzer BMW stand vor einer der Garagen.

Unsicher sah sie sich um. Ob sie einfach klingeln sollte? Immerhin wollte sie nicht stören. Sie könnte Max auch anrufen. Er brauchte nur kurz vor die Tür zu kommen, damit sie ihm die Verträge überreichen konnte, und dann wäre sie auch schon wieder weg.

Überzeugt davon, dass das die bessere Alternative war, holte sie ihr Handy aus dem Ablagefach der Mittelkonsole und wählte seine Nummer. Es war eine seltsame Angewohnheit von Julia, doch sie zählte stets die Klingelzeichen mit, denn ihr war einmal gesagt worden, dass man es niemals länger als acht Mal klingeln lassen sollte. Öfter galt als unhöflich. Dass sie inzwischen bei Nummer zehn angelangt war, machte sie deshalb nervös. Doch es half nichts. Sie musste ihm die Verträge geben. Vermutlich hörte er sein Telefon nicht. *Mist.* Sollte sie nun doch an der Haustür klingeln?

»Paul?«

Endlich. »Herr König, ich stehe vor dem Haus. Würden Sie kurz rauskommen, damit ich Ihnen die Verträge geben kann?«

»Ich bin gleich da.«

Seltsamerweise klang er außer Atem und Julia fragte sich sogleich, was der Grund dafür war. Unterdessen öffnete sie die Beifahrertür ihres Wagens und griff nach den Vertragsunterlagen auf dem Sitz.

»Paul?«

Julia hörte die ihr vertraute Stimme und entdeckte Max, der über den gepflasterten Weg, der hinters Haus führte, barfuß auf sie zukam. Er trug noch immer seine Anzugshose, nur waren seine Haare und sein Hemd nass, oder vielmehr feucht, so als käme er gerade völlig verschwitzt vom Joggen zurück.

»Ach, da sind Sie ja. Haben Sie gut hergefunden?«

»Auf Klärchen ist Verlass.«

Seine Mundwinkel zuckten und Julia wusste, wie sehr

er sich stets darüber amüsierte, dass sie allem einen Namen gab.

»Klärchen?«

»Mein Navigationssystem.«

Er warf einen Blick in ihren Wagen, wo die Saugnapfhalterung an der Windschutzscheibe ein graues Kästchen fest umschlossen hielt. »Sie wissen, dass ihr Handy ebenfalls eine Navigationsfunktion hat?«

»Und doch hänge ich an Klärchen. Bisher hat sie mich immer sicher ans Ziel gelotst.« Das war gelogen. »Vielleicht mit ein paar Umwegen, aber ich betrachte das als Abenteuer. Sie hingegen sehen aus, als ob Sie an den Tegernsee gejoggt wären.«

»So fühle ich mich auch.«

Julia verstand seine Anspielung nicht, konnte aber auch nicht darauf eingehen, weil sie von Kinderstimmen abgelenkt wurde.

»Onkel Max, wo bist du?«

»Onkel Ma-a-a-a-x!«

»Gehen Sie besser in Deckung, Paul. Bis gerade eben waren die beiden noch bewaffnet.«

Wen meinte er? Wer war bewaffnet? Was genau wollte er ihr sagen?

Ihre Fragen lösten sich augenblicklich in Wohlgefallen auf, als sie die beiden Mädchen sah, die um die Hausecke bogen und auf ihren Onkel zustürmten – gewappnet mit Wasserspritzpistolen, die beinahe so groß waren wie sie selbst.

»Ich ergebe mich.« Ergeben streckte Max die Hände in die Höhe. »Wollen wir eine kurze Pause einlegen?«

Die Mädchen antworteten ihm nicht, kamen hingegen neugierig auf Julia zu.

»Wer bist du?«

»Hi, ich bin Julia. Und wer seid ihr?« Dass die Zwillinge Wasserpistolen in den Händen hielten, machte sie nervös. Dem schelmischen Gesichtsausdruck der beiden nach zu urteilen, machte sich Julia auf alles gefasst.

Max lachte. »Das sind Tom und Jerry.«

»Gar nicht wahr«, fiel ihm eines der Mädchen ins Wort. »Ich bin Theresia, aber du darfst Resi zu mir sagen.«

»Ich bin Kati und bitte sag nicht Katharina zu mir. Das ist voll blöd. Was machst du hier?«

Dass die Mädchen ohne Umschweife auf den Punkt kamen, gefiel Julia und erinnerte sie auch ein wenig an sie selbst, war sie als Kind doch ebenso neugierig gewesen. »Euer Onkel Max hat bei der Arbeit etwas vergessen, das ich ihm vorbeibringen wollte.«

Kati runzelte die Stirn und schmollte. »Du hast gesagt, dass du nicht arbeiten musst.«

Max ging neben seiner Nichte in die Hocke und legte seine Hand auf ihren Arm. »Ich muss nicht arbeiten, versprochen. Es ist nur ein blöder Zettel, den ich unterschreiben muss.«

»Dann bleibt Julia nicht hier?«, wollte Resi von ihrem Onkel wissen.

»Leider nein, sie muss weiter, weil sie zu ihrer eigenen Familie fährt.« Er deutete auf die Wasserpistole, die Kati in den Händen hielt. »Soll ich sie dir abnehmen? Die ist doch sicher schwer.«

»Nein«, rief das Mädchen, drehte sich und drückte auf den Abzug, sodass Max eine Ladung Wasser im Gesicht hatte.

Max sah urkomisch aus und die Überraschung über

den unvorbereiteten Angriff stand ihm ins Gesicht geschrieben.

»Na warte.«

Die Zwillinge rannten kreischend davon, als ihr Onkel aufstand und zur Jagd auf sie ansetzte. Julia hingegen trat ein paar Schritte zurück, denn sie befürchtete, dass die Wasserschlacht noch lange nicht beendet war. Max musste ganz schön was aushalten, denn die beiden Mädchen nahmen keine Rücksicht auf seinen teuren Anzug. Seiner Geduld, mit der er Wasserstrahl für Wasserstrahl über sich ergehen ließ, zollte sie ihren größten Respekt.

»Was ist denn hier los?«

Julias Blick folgte der erheiterten Stimme, die vom Gartenweg her zu ihnen drang. Eine attraktive Frau, die sie auf Anfang sechzig schätzte, folgte dem Weg zum gepflasterten Hof und warf ihr einen neugierigen Blick zu. Ihr pfiffiger Kurzhaarschnitt und ihre weißblonden Haare standen ihr hervorragend und entlockten Julia ein anerkennendes Lächeln. Diese Frau besaß Stil, davon zeugten auch ihre lässigen Bluejeans und das weiße Oversized Hemd.

»Ach, Mama.« Er seufzte theatralisch. »Timm und Struppi sind wieder einmal nicht zu bändigen.«

Timm und Struppi? Tom und Jerry? Für Julia hatte es den Anschein, als ob Max sich gern einen Scherz mit den Zwillingen erlaubte.

»Hey«, protestierte Kati. »Wir sind nicht Timm und Struppi.«

»Nein, das seid ihr nicht, Mädchen. Was euer Onkel da wieder für einen Quatsch erzählt.«

Max' Mutter sah ihn tadelnd an, doch selbst Julia konnte an ihrem Lächeln erkennen, dass ihr die Neckerei ihres Sohnes gefiel. Die Mädchen waren zugleich besänftigt und rannten wieder davon. Einen kurzen Moment trafen sich ihre Blicke und Julia war, als ob die Frau ihr direkt in die Seele schauen konnte.

»Wie ich sehe, haben wir einen Gast bekommen. Willst du uns nicht vorstellen, Maxl?«

Die verniedlichte Anrede ihres Sohnes, ließ Julia schmunzeln.

»Natürlich, Mama. Das ist Paul. Sie kam kurz vorbei, weil ich noch Unterlagen unterschreiben muss.« Er deutete auf seine Mutter und sah Julia dabei an. »Paul, das ist meine Mutter, Susanne König.«

* * *

»Freut mich sehr, Sie kennenzulernen, Frau König.«

Es war zwar nicht geplant, dass Julia seine Familie kennenlernen sollte, doch er hätte es nicht mehr verhindern können. Nicht, nachdem sie wegen seiner eigenen Dummheit extra den Umweg über Tegernsee gefahren war und noch dazu die Abholung des Vertrags veranlasst hatte, was eigentlich nicht ihre Aufgabe war. Sie nahm ihm sowieso schon zu viele administrative Aufgaben ab. Zwar hatten sie die Abmachung, dass sie ihm während ihrer Probezeit bei exakt diesen Dingen unterstützen sollte, er selbst merkte jedoch, dass es allmählich überhandnahm.

Ob er sie hereinbitten oder ihr wenigstens zur Erfrischung etwas zu trinken anbieten sollte?

Da er vergebens auf eine Reaktion seiner Mutter wartete, warf er ihr einen fragenden Blick zu. Diese stand wie vom Donner gerührt vor Julia und starrte sie an, was ihn irritierte.

»Ist alles in Ordnung, Mama?«

»Das … das kann doch unmöglich Paul sein. Sie ist eine Frau.«

»Natürlich ist sie eine Frau. Hatte ich das nicht gesagt?« Julia mit dem Nachnamen anzusprechen, war ihm so in Fleisch und Blut übergegangen, dass es gut sein konnte, dass er diese Tatsache womöglich vergessen hatte zu erwähnen.

»Nein, bei all deinen vielen Erzählungen von Paul musst du wohl vergessen haben, dieses kleine Detail zu erwähnen.«

Die Aussage seiner Mutter verursachte ein seltsames Gefühl in seiner Magengegend, denn sie vermittelte den Anschein, als ob er ständig über Julia reden würde. Was natürlich völliger Quatsch war. Vielleicht hat er ja das ein oder andere Mal von ihr gesprochen, aber *viele Erzählungen* hörte sich so an, als ob er ständig von ihr sprechen würde. Vorsichtig wagte er einen Blick zu Julia und bemerkte, dass ihre Wangen sich röteten. Seine Mutter hatte ein wirkliches Talent, andere in Verlegenheit zu bringen.

»Ja, vermutlich.«

»Wo bleiben nur meine Manieren?« Sie schien sich wieder berappelt zu haben, denn sie trat auf Julia zu und reichte ihr die Hand. »Es freut mich ebenfalls, Sie kennenzulernen. Entschuldigen Sie bitte meine Reaktion. Ich war nur so … so überrascht.«

»Das kann ich verstehen, Frau König. Sie sind nicht die Erste, die überrascht darüber ist, dass sich hinter dem Namen Paul eine Frau verbirgt.«

»Ich muss Sie aber nicht Paul nennen, oder?«

»Wer ist Paul?«, wollte Resi wissen, die gerade angelaufen kam.

»Das ist doch Julia«, stellte Kati klar, die ihrer Schwester gefolgt war.

Kaum hatte seine Nichte den Namen ausgesprochen, wurde Max heiß und kalt zugleich. Ihm fiel wieder ein, dass er seine Mutter nicht nur angeschwindelt hatte, was seine vermeintliche Beziehung anbelangte. Er hatte ihr noch dazu gesagt, seine neue Freundin hieße Julia. Sie würde jetzt eins und eins zusammenzählen und dann gäbe es nur eine mögliche Schlussfolgerung.

Er konnte seinen Gedanken nicht zu Ende führen, denn der entzückte Aufschrei seiner Mutter, gefolgt von einer herzlichen Umarmung für Julia, unterbrach ihn. Was immer er da angerichtet hatte, er musste den Schwindel so schnell wie möglich aufklären.

»Mama, ich …«

Seiner Mutter schien es egal zu sein, dass er etwas sagen wollte. Sie redete unablässig auf Julia ein, die ihn verzweifelt ansah.

»Was hat Omi denn? Warum erdrückt sie Julia?«

»Omi freut sich einfach nur, dass Julia zu Besuch ist. Glaub mir, das ist gleich vorüber.« Spätestens wenn er ihr die Wahrheit sagen würde, würde ihr Freudentaumel enden. Warum war sie nur so versessen darauf, ihn in festen Händen zu sehen?

»Maxl, warum hast du kein Sterbenswort verraten?« Seine Mutter klang vorwurfsvoll und glücklich zugleich.

»Ich … Also, sie … Es war nicht geplant.«

»Umso größer ist die Überraschung.« Susanne zog Julia ein weiteres Mal in ihre Arme.

Unterdessen spürte Max Julias vernichtenden Blick

auf sich ruhen, der umgehende Richtigstellung forderte. Ihr war deutlich anzumerken, dass sie überfordert war, dennoch machte sie gute Miene zum bösen Spiel, was für ihn die eindeutige Schlussfolgerung zuließ, dass sie die Auflösung des Missverständnisses von ihm einforderte.

»Was ist denn hier los?«

Auch das noch! Nicht genug, dass er seiner Mutter den Schlamassel erklären musste, jetzt tauchte auch noch seine Schwester mit ihrem Mann auf. Am besten, er brachte es gleich hinter sich! »Anja, Chris, das ist …«

»Das ist Julia«, fiel seine Mutter ihm ins Wort. »Ist das nicht eine schöne Überraschung?«

»Etwa *die* Julia?« Seine Schwester sah ihn verblüfft an. »Du hast deine neue Freundin hierher eingeladen und sagst niemandem ein Sterbenswörtchen?«

Es wurde von Sekunde zu Sekunde schlimmer.

»Das ist alles ein Missverständnis«, versuchte er zu beschwichtigen und sah hilfesuchend zu Julia, die dem Anschein nach ebenso auf eine Erklärung von ihm wartete. »Paul wollte mir nur …«

»Wer ist Paul?« Chris sah ihn verwirrt an.

»Na, Julia«, antwortete Max' Mutter anstatt seiner.

»Wie jetzt, Julia ist Paul? Hä?«

Susanne nickte und grinste ihre Tochter an. »Aber ja. Julia ist Paul. Wer hätte das gedacht. Und ist sie nicht absolut reizend?«

Max fielen in diesem Moment viele Vergleiche für Julia ein. Reizend zählte nicht dazu. Schon gar nicht, wenn er daran dachte, auf welches Donnerwetter er sich einstellen musste, wenn diese Farce hier erst einmal vorbei war.

»Das Kompliment gebe ich gern zurück, Frau König,«

antwortete ihr Julia.

Max spürte einen harten Schlag gegen die Schulter und rieb sich die Stelle. »Au.«

»Du Fuchs, hast uns ganz schön hinters Licht geführt mit deinen Geschichten über Paul. Ich dachte wirklich, sie wäre ein Mann. Aber hey, das kann ich verstehen.«

»Jetzt beruhigt euch alle erst einmal wieder. Ich glaube, ich muss da eine Kleinigkeit klarstellen.«

»Ich weiß schon, ihr wollt eure Privatsphäre. Also bitte, wir gehen wieder.« Susanne wandte sich an Julia. »Aber versprechen Sie mir, noch ein paar Minuten zu bleiben.«

War es Verzweiflung oder Hilflosigkeit, die sich in Julias Augen widerspiegelten? Die Befürchtung lag nahe, dass beides zutraf, und Max beschloss, sich und Julia ein wenig mehr Zeit zu verschaffen. »Natürlich bleibt sie noch ein paar Minuten. Geht ihr doch schon vor, wir sind gleich da.«

Nur wer Julia wirklich kannte, wusste, dass es in ihr brodelte, während sie die freundliche Fassade aufrechterhielt. Da konnte sich Max gleich auf eine Standpauke einstellen.

KAPITEL 5

Nachdem auch seine Schwester und sein Schwager es sich nicht nehmen ließen, Julia zu begrüßen und auf sie einzureden, war es seine Mutter, die die Familie antrieb ins Haus zu gehen, damit sie einen Moment ungestört sein konnten. Die Zwillinge folgten nur widerwillig und verstanden nicht, warum Julia und er nicht mitkamen.

Mit dem Versprechen, ihrem Gast eine Tasse Kaffee einzuschenken und ein großes Stück ihres selbstgebackenen Zitronenkuchens für Julia abzuschneiden, verschwand seine Mutter als letzte hinter der Hausecke.

»Ihre Familie ist sehr freundlich.« Julia seufzte und strich sich eine Strähne hinters Ohr, die sich aus ihrem Zopf gelöst hatte. »Aber Sie wissen, dass Sie das Missverständnis aufklären müssen? Es ist mir sehr unangenehm, dass Ihre Mutter davon ausgeht, wir wären ein Paar.«

»Ich habe versucht, es richtigzustellen«, bekräftigte Max. »Aber jedes Mal, wenn ich etwas sagen wollte, fiel mir jemand ins Wort.« Die Situation war ihm äußerst peinlich. Nicht, weil Julia für seine Freundin gehalten wurde. Vielmehr, weil er sie in eine blöde Situation gebracht hatte. Er kannte Hunderte Frauennamen. Nur war ihm beim Telefonat mit seiner Mutter und ihrer Frage nach dem Namen seiner Freundin kein anderer so schnell eingefallen. Was wiederum nichts daran änderte, dass er beides schnellstmöglich aufklären musste. Dass Paul nicht seine Freundin war und eben auch, dass er nicht in einer festen Beziehung lebte. »Meiner Mutter wird das Herz brechen, wenn ich den Schwindel auflöse.«

»Ich verstehe, dass ich meinen Teil dazu beigetragen habe, dass Sie eine fiktive Beziehung als Ausrede nutzen, um dem Verkupplungsversuch Ihrer Mutter zu entgehen. Aber mussten Sie ausgerechnet meinen Namen nehmen?«

»Auf die Schnelle ist mir leider kein anderer eingefallen. Es tut mir wirklich leid, Paul. Ich konnte auch nicht ahnen, dass meine Mutter automatisch davon ausgeht, Sie wären jene Julia.«

»Jetzt ist es eh zu spät.« Sie reichte ihm den Umschlag. »Die Stellen zur Unterschrift sind wie immer markiert.«

»Wie? Sie wollen gehen? Aber meine Mutter hofft doch darauf, dass Sie noch auf eine Tasse Kaffee bleiben würden.«

»Machen wir es damit nicht nur noch schlimmer? Außerdem will ich Sie daran erinnern, dass Sie Ihre Beichte nicht unnötig länger hinauszögern sollten.«

»Ich weiß.« Wenn es eines gab, das Max hasste, dann, seine Familie zu enttäuschen. Allen voran seine Mutter. Ihr wollte er am allerwenigsten Kummer bereiten. Doch sie musste endlich damit aufhören, ihn mit ihren Verkupplungsaktionen in den Wahnsinn zu treiben. »Glauben Sie, dass sie mir die Täuschung verzeihen wird?«

Was war das denn für eine Frage? Natürlich würde

sie ihm die Flunkerei verzeihen, die Frage war nur, ob jetzt gleich, oder ob er sich auf ein angespanntes Wochenende einstellen musste. Vor allem ihre Enttäuschung würde ihm zu schaffen machen. Zudem: Seit wann sprach er mit Julia über private Angelegenheiten? Sie war ohnehin schon viel zu sehr in die ganze Sache involviert und jetzt fragte er sie nach ihrer Meinung? Andererseits gab es im Moment niemanden, dem er sich sonst anvertrauen könnte.

»Das wird sie, ganz sicher.« Julia blickte auf ihre Uhr und rang sich ein aufbauendes Lächeln ab. »Wenn Sie möchten, kann ich auch noch ein paar Minuten bleiben und Ihnen zur Seite stehen, bis Sie Ihre Beichte abgelegt haben.«

Ihr Angebot machte ihn stutzig, und er vermutete hinter ihrem Lächeln eine Taktik, was ihn trotz der Situation amüsierte. »Um dem Schauspiel beizuwohnen, oder um mir den Rücken freizuhalten? Wenn Sie auf Schadenfreude aus sind, Paul, dann müssen wir ein ernstes Wörtchen miteinander reden.«

»Wer? Ich? Niemals!«

Seltsam, wie vertraut ihm ihre Mimik und Gestik waren. Wenn sie Spaß hatte, zeigten sich immer ihre strahlend weißen Zähne und ihre Augen verengten sich zu Schlitzen. Ihr Lachen wirkte von jeher ansteckend, so auch dieses Mal.

»Ich warne Sie. Sollten Sie das jemals gegen mich verwenden, dann …«

»Dann erinnere ich Sie daran, dass Sie sich das selbst eingebrockt haben. Warum haben Sie denn Ihrer Mutter nicht einfach gesagt, dass Sie diese wilden Verkuppleleien nicht mögen?«

»Oh, ich habe es ihr gesagt. Tausend Mal.«

»Dann sagen Sie es ihr heute ein letztes Mal. Glauben Sie mir, sie wird es bestimmt verstehen.«

»Danke, dass Sie noch bleiben, Paul. Ich hatte ehrlich gesagt schon befürchtet, Sie würden mir den Kopf abreißen. Schließlich war das alles hier nicht geplant.«

»Ich gebe zu, ich fühlte mich kurz überrumpelt. Aber solange Sie es richtigstellen, ist alles in Ordnung.«

Mindestens ein großer Stein fiel Max vom Herzen, denn es lag ihm fern, Julia zu verärgern oder sie länger als nötig dieser Situation auszusetzen.

»Dann begleiten Sie mich auf die Terrasse. Ich verspreche Ihnen, dass Sie wenigstens einen herrlichen Ausblick und köstlichen Zitronenkuchen genießen werden, wenn es zum Showdown kommt.«

* * *

Während Julia Max folgte, um auf die Rückseite des großen Landhauses zu gelangen, konnte sie bereits einen Blick auf den Tegernsee erhaschen. Der Ausblick war fantastisch. Hier aufzuwachsen, war sicherlich besonders. Nichtsdestotrotz hatte sie das Gefühl, dass Max es in seinem Schneckentempo nicht gerade sonderlich eilig hatte, zu seiner Familie zu kommen. Auffällig oft beklagte er sich über kleine Steinchen, die sich in seine nackten Füße bohrten.

Noch so etwas, mit dem Julia nicht gerechnet hatte. Sie kannte bisher niemanden, der so korrekt und akkurat gekleidet war wie Maximilian König. Alles musste stets perfekt sitzen, vom Anzug über die Krawatte, zu den hochglanzpolierten Schuhen, bis hin zu seinem gescheitelten Haar. Ganz im Gegensatz zu ihr. Sie liebte es lässig. Angefangen bei ihren Jeans, ihren Sneakern und ihrer langen, dunklen Mähne, die sie mit Vorliebe zu einem wilden Messy Bun am oberen Hinterkopf trug.

Heute jedoch lief er barfuß durch die Gegend und wie wild seine Lockenpracht tatsächlich war, hatte sie erst vorhin bemerkt, als seine Nichten ihn nassgespritzt hatten und sich seine Haare kräuselten. Obwohl Max überhaupt nicht der Typ Mann war, auf den sie stand, musste sie sich dennoch eingestehen, wie sehr es ihr gefiel, ihn einmal nicht perfekt inszeniert zu erleben – sondern völlig natürlich und nahbar.

Vorbei an blühenden Fliederbüschen und Zierkirschenbäumen, die nach dem langsamen Abschied des Frühlings und dem nahenden Sommer dufteten, folgte sie Max, bis sie schließlich im Garten standen und sich ihr zum ersten Mal die wahre Schönheit der Lage seines Elternhauses erschloss. Augenblicklich bildete sich eine Gänsehaut auf ihrem ganzen Körper.

»Ihr ahnt ja nicht, wie froh und erleichtert ich bin, dass Maxl endlich jemanden fürs Herz gefunden hat. Ach, dass ich nicht schon viel eher darauf gekommen bin, dass es einen Grund haben muss, warum er so häufig von Paul erzählt hat, dieser Schlingel.«

Die Worte von Max' Mutter waren sicherlich nicht für ihre Ohren bestimmt gewesen, doch verfehlten sie ihre Wirkung nicht. Zeigten sie doch, wie fatal Max' kleiner Schwindel wirklich war. Susanne König konnte ihr nur leidtun. Sicher würde eine Welt für sie zusammenbrechen, wenn Max klarstellen würde, dass sie überhaupt kein Paar waren.

Max, der die Worte seiner Mutter ebenfalls gehört

hatte, hielt inne und Julia sah, dass ihm die Verzweiflung ins Gesicht geschrieben stand.

»So oft, wie er über Paul gesprochen hat, hatte ich schon andere Befürchtungen.« Max' Schwager hob beschwichtigend die Arme. »Nicht, dass es schlimm wäre, wenn er auf Männer stehen würde, aber irritierend fand ich es schon, wie häufig er über Paul geredet hat, zumal ich mich noch gut daran erinnern kann, dass er schon immer gut bei Frauen ankam.«

Dass das heute noch so war, wusste Julia aus Erfahrung. Natürlich nicht aus eigener. Max war weder ihr Typ noch vermischten sie Berufliches und Privates. Doch sie kannte seine Wirkung auf Frauen. Angefangen bei ihren Kolleginnen im Büro, bis hin zu zwei verzweifelten Anruferinnen, die sich nach einer gemeinsamen Nacht mit ihm nicht anders zu helfen gewusst hatten, als im Büro anzurufen und nach ihm zu fragen.

Eines musste sie ihm aber lassen: Er schob sie niemals vor, sondern regelte seine Angelegenheiten immer selbst.

»Da seid ihr ja.« Kaum hatte Susanne die beiden entdeckt, sprang sie auf und winkte sie aufgeregt zu sich. »Bitte, Julia, nehmen Sie Platz. Wie trinken Sie Ihren Kaffee?«

»Gern mit ein wenig Milch und zwei Stück Zucker, Frau König.«

Als Julia sich an den Tisch setzte, spürte sie deutlich, wie die Anspannung in ihr hochkroch, und sie inständig darauf hoffte, dass Max' Familie gut auf seine Beichte reagieren würde. Ihm war jedenfalls deutlich anzumerken, dass er unter Stress stand, und das hatte sie bisher nur selten erlebt. Generell war er nicht schnell aus der Ruhe zu bringen. Umso erstaunlicher war es, welche Wirkung oder vielmehr welchen Einfluss seine Mutter auf ihn hatte. Sie mussten ein enges Verhältnis pflegen, wenn er sich so sehr davor fürchtete, sie zu enttäuschen.

Susanne stellte das mit Milch gefüllte Porzellankännchen neben die passende Tasse des mit Blumen verzierten Service, in die sie Kaffee gegossen hatte, und schnitt ein Stück ihres Rührkuchens ab. »Ich hoffe, er wird Ihnen schmecken.«

»Danke. Er sieht zum Anbeißen aus.«

»Bekomme ich auch ein Stück Zitronenkuchen?«

Julia blickte zur geöffneten Terrassentür, wo ein älterer Herr unter dem Rahmen stand, der Max verblüffend ähnlich sah. Sie hatten die gleichen hellblauen Augen und wenigstens für den Moment die gleichen lockigen Haare. Wenngleich die von Max hellbraun waren und die des Mannes mit grauen Strähnen durchzogen.

Anja kicherte und strich sich versonnen über ihren Babybauch. »Aber Paps, Mama hat dich doch auf Diät gesetzt.«

»Ich habe ihn nicht auf Diät gesetzt. Wir müssen lediglich ein bisschen darauf achten, was er isst. Seine Anzüge sitzen zurzeit alle sehr eng.« Susanne zog den blauweiß gepolsterten Gartenstuhl neben Julia zurück. »Für dich gibt es heute also keinen Kuchen. Dafür darfst du Max' neue Freundin kennenlernen.«

Julia folgte Susannes Blick, die auffordernd zu Max sah. Anscheinend bestand sie darauf, dass er die Vorstellung übernahm.

»Ähm … Nun ja, was das anbelangt … ähm.«

Warum druckste er so herum? Das war doch die Gelegenheit, dass Missverständnis aufzuklären. Warum zögerte er also noch?

* * *

Die ganze Verwechslung vor seiner Mutter, seiner Schwester und seinem Schwager aufzuklären, war das Eine. Ihre Enttäuschung wäre bereits groß genug. Aber jetzt, da sein Vater dabei war, legte sich die Beichte wie ein großer Bleiklotz in seinen Magen. Wieder einmal machte sich das unbändige Gefühl in ihm breit, seine Erwartungen nicht zu erfüllen und damit das Verhältnis zu ihm noch weiter unnötig zu erschweren.

Julias drängender Blick war hierbei ebenfalls wenig hilfreich. Dabei konnte er gut verstehen, dass sie von der Scharade langsam genug hatte.

»Das ist Julia Paul, Papa. Eine Kollegin aus München.«

»Papperlapapp, eine Kollegin.« Susanne legte ihre Hand auf Julias Schultern. »Julia ist Maxls neue Freundin. Ich habe dir doch erzählt, dass er jemanden kennengelernt hat.«

»Und jetzt weißt du auch, warum er so auffällig oft von Paul erzählt hat«, ergänzte Anja.

»Dann sind Sie demnach Paul?« Sein Vater reichte Julia die Hand. »Es freut mich, Sie kennenzulernen. Und ich darf mit Sicherheit behaupten, dass ich mich selten derart über die Bekanntschaft eines *Pauls* gefreut habe.«

Julia erwiderte den Händedruck und Max stellte fest, dass sich ihre Wangen röteten. »Es freut mich ebenfalls, Sie kennenzulernen, Herr König.«

»Bitte, nennen Sie mich Franz. Darf ich Sie denn mit Julia ansprechen? Oder doch lieber mit Paul?«

»Gern Julia.«

»Dann verraten Sie mir doch, Julia, was Sie hier an

den Tegernsee verschlägt. Soweit ich weiß, hat unser Sohn Ihr Kommen nicht angekündigt. Umso schöner ist es, dass Sie hier sind.«

»Es gab ein kleines Missverständnis mit einem Vertrag, den Ihr Sohn dringend unterzeichnen muss.«

Max' Blick und der seines Vaters trafen sich und einmal mehr fühlte er sich, als ob er in seinem Leben nichts geregelt bekommen würde und selbst für eine Vertragsunterzeichnung zu dumm war.

»Es ist sehr freundlich von Ihnen, dass Sie extra deshalb hier rausgefahren sind.«

»Ich war sowieso unterwegs und der kleine Abstecher an den Tegernsee macht mir nichts aus.« Sie deutete auf den blauschimmernden See. »Immerhin werde ich mit einem großartigen Panorama, einer Tasse Kaffee und köstlichem Zitronenkuchen entschädigt.«

»Und unsere Mutter kann sich somit sicher sein, dass es Sie auch wirklich gibt.«

Bei den Worten seiner Schwester wurde Max hellhörig. Hatte seine Mutter womöglich bereits geahnt, dass er geflunkert hatte?

Unbeirrt fuhr Anja fort: »Der Ärmste hat schon allerhand ertragen müssen. Umso schöner ist es, zu wissen, dass meine Mutter sich ihre Verkupplungsversuche zukünftig ersparen kann. Teilweise waren sie schon sehr peinlich. Und obwohl ich ein sehr schadenfroher Mensch sein kann, hat er mir doch hin und wieder leidgetan.«

Wenigstens dieses Zugeständnis bestätigte ihn darin, dass nicht nur er die Aktionen seiner Mutter für übertrieben empfand. Ob sie das aber bei seiner kurz bevorstehenden Beichte beschwichtigen würde?

»Was erzählst du denn da, Anja? Was bitte soll denn

daran peinlich sein, seinem Sohn ein paar nette junge Frauen vorzustellen?«

Christian lachte. »Susanne, letztes Jahr wolltest du ihn mit der Aushilfskraft des Blumenladens verkuppeln, die aber schon verheiratet war.«

»Woher hätte ich das wissen sollen? Sie trug immerhin keinen Ehering«, empörte sich Susanne, während er sich an das peinliche Aufeinandertreffen mit besagter Frau erinnerte, die vom Verkupplungsversuch seiner Mutter ebenfalls völlig überrumpelt gewesen war.

»Und was war mit der Speeddating Geschichte?«

Würde seine Schwester jetzt allen Ernstes die ganzen unangenehmen Situationen aufzählen, in denen er schon gesteckt hatte? Das war sicher nicht für Julias Ohren bestimmt. »Bitte, wir wollen Paul doch nicht langweilen.«

»Du nennst sie immer noch Paul, obwohl ihr ein Paar seid?«

Der Argwohn in der Stimme seines Vaters ließ Max wie ein kleiner Junge fühlen, der seinem Vater gegenüber Rechenschaft abzulegen hatte. Die Situation wurde immer verzwickter und allmählich wusste Max nicht mehr, wie er den Beziehungsstatus zwischen ihm und Julia aufklären sollte. Für gewöhnlich brachte ihn nichts so schnell aus der Ruhe, doch seine Verzweiflung wuchs allmählich ins Grenzenlose. Wie hatte die kleine Flunkerei nur ein derartiges Ausmaß annehmen können?

»Denken Sie sich nichts dabei. Ich spreche Ihren Sohn bis heute noch mit Herrn König an. Das ist womöglich unser Ding.« Julia nippte an ihrem Kaffee und sah Max mitleidig an. »Außerdem bewahrt uns das vor unangenehmen Fragen von Kollegen und Klienten.«

Max fuhr sich aufgebracht durch die Haare. Was tat

Julia da nur? Mit dieser Aussage befeuerte sie geradezu ihren Beziehungsstatus seiner Familie gegenüber. Es dauerte ein paar Sekunden, ehe er begriff, dass sie vorhatte, das Schauspiel weiterzuführen – was eindeutig eine hirnrissige Idee war. Dennoch fühlte er sich ungemein erleichtert. Wenigstens für den Moment.

KAPITEL 6

Julia konnte es selbst nicht glauben, dass sie sich hatte dazu hinreißen lassen, die Komödie für Max' Familie weiterzuspielen. Sein verzweifelter Gesichtsausdruck, gepaart mit den Geschichten über den Einfallsreichtum seiner Mutter, ihren Sohn unter die Haube zu bringen, hatten Sie jedoch völlig unvorbereitet getroffen, sodass sie nicht anders konnte, als ihm loyal zur Seite zu stehen. Nicht nur, dass ihm das Geschehene sicher schon peinlich genug war, nun wusste sie zu allem Überfluss auch noch darüber Bescheid. Wie hätte sie sich da nicht erweichen können, ihn vor weiteren Offensiven seiner Mutter zu schützen.

Zwar hatte sie Susanne König als äußerst sympathische, freundliche und fürsorgliche Frau kennengelernt, doch sie wirkte auch überaus bestimmend. Sicher hatte Max deshalb auch schon mal das Nachsehen, gerade wenn es darum ging, sich selbstbestimmt auf die Suche nach einer Partnerin zu begeben.

»Ich weiß nicht, ob ich mit Ihnen schimpfen soll oder tief in Ihrer Schuld stehe, Paul. Was haben Sie sich nur dabei gedacht, die Scharade fortzuführen?«

Julia drehte sich zu Max um, der ihr gefolgt war, als

sie den Zwillingen versprochen hatte, ihnen beim Purzelbaumschlagen zuzusehen. Nun überschlugen sich die beiden Mädchen unablässig im Gras, während sie ihnen begeistert applaudierte und sie anspornte.

»Um ehrlich zu sein, weiß ich selbst nicht genau, was mich dazu verleitet hat. Doch Sie hätten mal ihren gequälten Gesichtsausdruck sehen sollen, als Ihre Schwester den Namen Bea soundso erwähnt hat. Sie mussten wohl schon einiges erdulden?«

»Meine Mutter ist eine sehr kreative Frau. Allerdings befürchte ich, wir haben uns jetzt nur noch weiter in die Geschichte verstrickt.«

Julia stöhnte verzweifelt. »Ich weiß. Auch, dass es meine Schuld ist. Ich wollte Ihnen helfen und nicht die ganze Situation noch verschlimmern.«

»Das weiß ich sehr zu schätzen. Aber was machen wir jetzt?«

»Sehr viele Auswahlmöglichkeiten gibt es nicht. Entweder Sie sagen die Wahrheit, oder ich sage die Wahrheit. Oder …«

»Oder?«

»Oder wir einigen uns auf eine Art Halbwahrheit.«

»Halbwahrheit?« Die Skepsis stand Max ins Gesicht geschrieben.

»Wir könnten doch sagen, dass wir noch unsicher sind und alles noch so frisch ist, dass wir nicht wissen, wo es uns hinführt. Dann wäre es jedenfalls nicht so schlimm, wenn unsere vermeintliche Beziehung nicht halten würde. Immerhin führen wir eine Arbeitsbeziehung.«

Max lachte. »Auch Sie können kreativ sein. Dennoch hört es sich verlockend an, für kurze Zeit keinen Verkupplungsversuchen ausgesetzt sein zu müssen.«

»Sehen Sie es positiv. Nach Ihrem Familienfest in zwei Wochen können Sie unsere Beziehung sofort wieder beenden und mir die Schuld dafür in die Schuhe schieben. Ihre Mutter wird es verkraften, glauben Sie mir. Und wenn nicht, dann hasst sie nur mich.« Kurz fragte sich Julia, wo Loyalität begann, wo sie endete und ob sie ihr Angebot noch irgendwann bereuen sollte.

»Meine Mutter wird auf alle Fälle darauf bestehen, dass Sie an dem Fest teilnehmen. Die Erneuerung ihres Ehegelübdes anlässlich ihres vierzigsten Hochzeitstages ist ihr unglaublich wichtig. Sie redet seit Monaten von nichts anderem mehr.«

Julia folgte seinem Blick zurück zur Terrasse, wo er seine Mutter dabei beobachtete, wie sie das Kaffeegeschirr zusammenstellte. In seinem Blick paarte sich bedingungslose Liebe mit Schuldgefühlen. »Keine Sorge. Ich werde ihr von meinem gebuchten Urlaub über Fronleichnam erzählen. Aber sind *Sie* sich wirklich sicher, dass wir das tun sollen?«

»Solange Sie mir versprechen, dass wir als Freunde auseinandergehen werden und ich keine Schuld am Ende dieser Beziehung trage. Ich befürchte nämlich, meine Mutter hat Sie bereits ins Herz geschlossen und es wäre kaum auszudenken, wenn ich mich von Ihnen trennen würde.«

»Ich verspreche Ihnen, dass ich die Schuld ganz allein auf mich nehmen werde.« Julia sah zum See und spürte den Windhauch auf ihrem Gesicht, der ein paar Blütenblätter davontrug, die vor ihr in der Luft tanzten. »Solange Sie Ihrer Familie gegenüber beteuern, dass ich kein gefühlskaltes Monster bin.«

»Natürlich.«

»Versprechen Sie es.«

Er streckte ihr auffordernd seine Hand entgegen. »Mein Wort.«

Mit einem etwas mulmigen Gefühl legte Julia ihre Hand in seine. Sie war warm, sein Händedruck fest. Hatte Sie ihm mit Ausnahme nach der Unterzeichnung ihres Arbeitsvertrages mit den beiden Geschäftsführern eigentlich jemals die Hand gereicht und ihn berührt? Nicht, dass sie wüsste. Schon gar nicht hatte sie sich so vertraut mit ihm ausgetauscht.

»Lasst euch nicht stören, ihr zwei Turteltäubchen«, war die Stimme von Susanne zu hören, die über den Rasen auf sie zukam. »Ich wollte nur kurz nachfragen, ob wir Sie nicht doch noch überzeugen können, zum Abendessen zu bleiben? Wir würden uns sehr freuen, Julia.«

Als wäre sie bei etwas Verbotenem ertappt worden, zog Julia ihre Hand zurück. Kurz sahen sie sich an. Max' Blick und sein Lächeln erinnerten sie wieder an ihren Plan.

»Leider nein, Frau König. Ich bin schon sehr spät dran und habe meiner Familie versprochen, rechtzeitig zum Abendbrot in Bad Reichenhall zu sein.«

»Wie schade. Aber vielleicht kann Maxl Sie ja davon überzeugen, ihn zu unserem großen Fest in zwei Wochen zu begleiten.«

»Leider muss ich auch diese Einladung ablehnen. Meine Schwester und ich haben bereits seit Längerem ein Wellnesswochenende geplant. Doch ich wünsche Ihnen jetzt schon einen wunderschönen Tag mit Ihrer Familie. Ich bin mir sicher, Ihr Sohn wird mir alles ganz genau berichten.«

»Sie kommen uns aber bald wieder besuchen, nicht?«

Julias Herz klopfte bis zum Hals und sie hoffte inständig, dass ihr kleiner Schwindel ihr nicht jetzt schon auf die Füße fiel. »Sobald sich wieder eine Gelegenheit ergibt, Frau König.«

* * *

»Julia scheint sehr nett zu sein.« Susanne hakte sich bei ihrem Sohn ein und winkte dem grünen Polo hinterher, mit dem Julia sich auf den Weg machte. »Ich kann dir gar nicht sagen, wie sehr ich mich freue, dass du endlich wieder eine Frau an deiner Seite hast.«

Max sah Julia mit gemischten Gefühlen hinterher. Die Scharade aufrechtzuerhalten war das Eine. Ein ganzes Wochenende mit seiner Familie zu verbringen, die unaufhörlich Zukunftspläne für ihn schmiedete, stand auf einem ganz anderen Blatt.

Mit ihr an seiner Seite hatte er sich sicher gefühlt und war der festen Überzeugung, dass sich alles fügen würde. Sie waren von Beginn ihrer Zusammenarbeit ein gutes Team gewesen und verstanden sich nahezu blind. Jetzt, als sie aber wieder ging, kroch ein bitteres Gefühl von Unsicherheit in ihm hoch. Er hasste es, nicht Herr der Lage zu sein.

»Freut mich, dass sie dir gefällt. Aber bitte, Mama, interpretiere nicht so viel hinein. Es ist alles noch sehr frisch und wir sind uns beide nicht sicher, wohin das Ganze führen wird.«

»Ach Maxl, ihr werdet ziemlich schnell erkennen, wie gut ihr zusammenpasst.«

Dass Julias Freund das auch so sehen würde, wagte Max zu bezweifeln. Mist, daran hatte er bisher gar nicht gedacht. Ob sie Toni von ihrem kleinen Arrangement erzählte? Ein eifersüchtiger Freund auf seiner Türschwelle würde ihm zu seinem Glück gerade noch fehlen.

»Ich bin jedenfalls fest davon überzeugt, dass euch beiden eine wunderbare Zukunft bevorsteht.«

»Mama, bitte …«

»Ist ja schon gut. Ich höre auf damit. Aber eines will ich dir noch sagen, wenn ich darf.«

Max musste schmunzeln. Als ob seine Mutter ihn um Erlaubnis fragen würde, um etwas loszuwerden. »Nur zu.«

»Ich mag Julia und ich hoffe, du hältst sie so fest, wie du nur kannst.« Liebevoll stieß sie ihn in die Seite. »Und jetzt lass uns den Tisch fürs Abendbrot herrichten. Steffi und Lukas müssten auch bald hier sein. Schade, dass sie Julia nicht kennengelernt haben.«

So sehr sich Max darauf freute, seine Schwester und seinen Neffen wiederzusehen, einer weiteren Schwester Rede und Antwort zu seiner vermeintlichen Beziehung zu stehen, drückte seine Stimmung.

»Wir reden jetzt aber hoffentlich nicht das ganze Wochenende nur über Julia, oder? Es wäre mir unangenehm, zumal das zwischen uns noch nichts Festes ist.«

»Du meinst, ich darf auf der Geburtstagsfeier von Onkel Harald nicht erzählen, dass du wieder in festen Händen bist?«

»Mama.« Seine Mutter machte es ihm nicht leicht, Julias und seinen Plan über eine lockere Beziehung ohne Status fortzuführen.

»Schon gut. Steffi und Lukas darf ich es aber erzählen.«

Ihr zerknirschter Gesichtsausdruck stimmte ihn milde, wusste er doch, wie gern sie derartige Nachrichten mit der Verwandtschaft und Freunden teilte. »Wenn du Pech hast, ist Anja schneller. Sie ist zwar in ihrer Bewegung eingeschränkt, ihr Mund läuft jedoch wie geschmiert.«

Das herzliche Lachen seiner Mutter erweichte sogleich sein Herz. »Wenn dem so sein sollte, dann ist es eben so.« Sie gab ihm einen mütterlichen Kuss auf die Wange. »Hauptsache, du bist glücklich, Maxl.«

Erleichtert darüber, dass seine Mutter keine Frage daraus formuliert hatte, folgte er ihr schweigend zurück zur Terrasse, ohne sich über seinen Gemütszustand äußern zu müssen. Er war nämlich vieles, aber nicht glücklich – vielmehr verwirrt und aufgewühlt und einmal mehr kurz davor, eine Beichte abzulegen. Doch die Erkenntnis, dass es hierfür mittlerweile zu spät war und er seiner Mutter die herbe Enttäuschung ersparen wollte, hielt ihn davon ab. Ebenso wie die Befürchtung, dass er seinem Vater damit einen weiteren Grund liefern würde, an ihm zu zweifeln.

Bei der Ankunft seiner Schwester Stefanie fing das Ganze jedoch aufs Neue an. Anja und seine Mutter konnten es kaum erwarten, Steffi von Julias unerwartetem Besuch zu erzählen und informierten sie innerhalb kürzester Zeit über seinen neuen Beziehungsstatus. Wohingegen Lukas sich sowieso lieber dem Gasgrill zuwandte und ihn fürs Abendessen anwarf. Nachdem Max alle Fragen von Steffi zu Julia und seinem Beziehungsstatus über sich hatte ergehen lassen und bei seinen Antworten stets darauf bedacht gewesen war, sich vage zu halten, gesellte er sich zu Lukas. Christian beschäftigte sich derweilen mit den Zwillingen. Sein Vater hatte sich direkt nach Julias Abreise wieder in sein Arbeitszimmer verkrochen. So wie immer …

»Kann ich dir helfen?«

»Klar. Du könntest mir Karten für das Auftaktspiel der *Ravens* gegen die *Falcons* besorgen.«

Max musterte Lukas von der Seite und bemerkte sein freches Grinsen. Der Junge war inzwischen fast so groß wie er selbst und im letzten Jahr unglaublich erwachsen geworden. »Ich dachte weniger an die kommende Footballsaison, vielmehr an Würstchen und Schnitzel.«

»Sorry, ich vertraue niemandem die Grillzange an. Nicht seit Onkel Chris uns im letzten Jahr dreimal hintereinander Briketts serviert hat.«

»Verstehe.« Bei einer der Grillpartys war Max selbst anwesend gewesen und sie hatte damit geendet, dass sie Pizza hatten bestellen müssen, weil alles, was sein Schwager auf den Grill legte, schlichtweg nicht mehr genießbar gewesen war. »Ich kann dir aber versichern, dass ich durchaus mehr auf dem Kasten habe als Chris.«

»Keine Chance. Ich habe richtig Kohldampf und wenn irgendetwas mit meinem Steak passieren würde, wäre ich glatt in der Lage, deine Hühnerstelzen anzunagen.«

Max liebte Lukas' freche und schlagfertige Antworten. Sie erinnerten ihn ein wenig an sich selbst, als er in diesem Alter gewesen war. »Das nimmst du zurück.«

Sein Neffe lachte provozierend auf. »Ha.«

Nachdem er und Julia den Nachmittag über das Hauptgesprächsthema gewesen waren, entschied sich Max zu drastischen Maßnahmen, um seine Familie auf andere Gedanken zu bringen, und tat etwas, das er seit

Jahren nur mit den Zwillingen gemacht hatte. Er startete eine große Wasserschlacht, der Lukas als erster zum Opfer fiel. Eine der Wasserpistolen lag nur ein paar Schritte entfernt von ihm im Gras und noch ehe sein Neffe begriff, was sein Plan war, hatte Max ihn einmal komplett nassgespritzt.

Es startete ein wildes Durcheinander, an dem sich neben Lukas die Zwillinge und auch Christian beteiligten. Wie nicht anders zu erwarten war, stürmte seine Mutter zum Wasserschlauch und drehte den Hahn auf. Schon als er ein kleiner Junge gewesen war, hatte sie diesen Spaß immer mitgemacht und ihn und seine Schwestern quer durch den Garten gejagt, mit dem Ergebnis, dass sie alle am Ende triefend nass gewesen waren. Daran sollte sich bis in die Gegenwart nichts ändern.

Ungefähr zehn Minuten später saßen sie alle pitschnass und völlig außer Atem im Gras.

»Das hat Spaß gemacht.« Kati ließ sich in Max' Arme fallen. »Das nächste Mal nehme ich auch den Gartenschlauch, wie Oma.«

Die ganze Familie stimmte in ein freudiges Lachen ein. Max und seine Schwestern wussten von der Kindersicherung. Ihre Mutter hatte sie in weiser Voraussicht angebracht, um eine derartige Situation zu vermeiden. Allerdings war die Vorsichtsmaßname vollkommen unnötig, denn selbst Steffi, Anja und er hatten es bis zu diesem Tag nicht geschafft, ihr jemals den Schlauch abzunehmen.

»An der Tür steht ein Bote, der einen Umschlag abholen will. Weiß jemand etwas darüber?« Max' Vater war auf die Terrasse hinausgetreten und sah sich argwöhnisch um, als befürchtete er, dass ihn ein Wasserstrahl treffen könnte. Was Max ebenfalls an seine Kindheit erinnerte. Als Kinder hatten sie oft stundenlang mit ihrer Mutter im Garten herumgetollt, aber Max konnte sich nicht daran erinnern, dass sein Vater einmal dabei gewesen war.

»Der ist für mich.« Hastig stand Max auf und sah an sich hinunter. Seine Anzughose hatte sich nun mit Wasser vollgesaugt und auf seinem weißen Hemd prangte ein großer Grasfleck. Der braune Umschlag lag auf dem Terrassentisch und war glücklicherweise verschont geblieben.

»Okay. Und was stinkt hier so nach Rauch?«

»Shit.« Lukas fuhr hastig auf und sah Max beleidigt an, nachdem er den Rauch entdeckt hatte, der aus dem Gasgrill aufstieg.

»Schon gut, schon gut.« Ergeben hob Max die Hände. »Ich gebe den Briefumschlag ab, ziehe mich um und fahre dann zum Fleischer. Irgendwelche besonderen Wünsche?« Hätte er mal bloß nicht gefragt, denn mit einem Mal redeten alle Durcheinander und äußerten ihre Wünsche, die sich Max unmöglich merken konnte.

Am besten, er holte einfach von allem etwas und davon reichlich.

KAPITEL 7

Gestresst blies Julia sich eine Haarsträhne aus dem Gesicht und ließ ihren Kopf in den Nacken fallen. Auf ihrem Schreibtisch türmte sich die Arbeit und obwohl sie sich freute, dass der Frühsommer auch einige gesetzliche Feiertage mit sich brachte, ließen die freien Tage ihren Aufgabenstapel stetig anwachsen. Kaum war ein Vorgang erledigt, tauchten neue Nachrichten in ihrem Posteingang auf, die es abzuarbeiten galt. Dabei hatte sie so sehr darauf gehofft, Max bei den nächsten Verhandlungen begleiten zu können. Allen voran zu dem Meeting mit Jan Wellbrock, der sich laut ihrem letzten Kenntnisstand wohl hauptsächlich für das Sponsoring interessierte. Wellbrock war einer der erfolgreichsten Unternehmer in Deutschland. Natürlich wollte sie dabei sein, wenn Max für die Agentur solch immens wichtige Verhandlungen übernehmen sollte. Da er sich ihr gegenüber äußerst bedeckt hielt, was die Fortschritte anbelangte, stieg ihr Frustrationslevel von Tag zu Tag. Immerhin war die Zusammenarbeit mit ihm der Grund, warum sie nach dem Studium und ihrer Tätigkeit als Werkstudentin in der Agentur geblieben war. Sie wollte von einem der Besten lernen und das war nun einmal Max. Sein Angebot war ein absoluter Glücksfall gewesen, auch wenn sie vorläufig noch einen Teil seiner organisatorischen Arbeiten übernehmen musste. Aber so lautete eben ihre Abmachung.

Nach all den Vertragsgesprächen, zu denen sie ihn hatte begleiten dürfen, freute sie sich deshalb umso mehr, dass er sie auch zu den persönlichen Vertragsverhandlungen mit Timo Trautwein hinzuziehen wollte.

Für sie stellte dies einen unglaublichen Erfolg dar, denn Timo zählte aktuell zu den höchstgehandelten Spielern der deutschen Fußballbundesliga. Seine Vertragsverlängerung war für *Sportwerk* immens wichtig, zumal im vergangenen Jahr zwei Profisportler zum größten Konkurrenten der Agentur abgewandert waren: Mario Weigel. Seitdem war der Name Weigel ein absolutes Tabu bei *Sportwerk*. Keiner ihrer Kollegen und Kolleginnen ließ ein gutes Haar an ihm, was Julia nicht nachvollziehen konnte. Allerdings vermutete sie schwer, dass dies am Konkurrenzdruck lag.

Sie selbst hatte den erfolgreichen Sportagenten ein paar Monate zuvor bei einer Charity Gala kennengelernt. Er war vielleicht ein bisschen zu offensiv gewesen, als er ihr bereits nach fünf Minuten einen Job angeboten hatte. Doch für sie war es nachvollziehbar, dass er ziemlich schnell potentielle Klienten für sich gewinnen konnte. Was nicht heißen sollte, dass Max sich damit schwertat. Vielmehr zählte er zu den Überkorrekten. Was einerseits natürlich perfekt in das Bild des Sportagenten passte, andererseits wäre hier und da ein bisschen Offenheit, Spontanität und Lässigkeit nicht verkehrt, um die Athleten auch menschlich abzuholen. Dahingehend ergänzten sie beide sich perfekt.

»Ich bin dann mal unterwegs und kümmere mich um die Vertragsverlängerung von Felix Schulz, ehe er noch weitere tausend Mal hier anruft.«

Julia sah von ihrem Schreibtisch auf und richtete ihren Blick auf Max, der in seinem dunkelblauen Anzug und mit seinem strengen Seitenscheitel einmal mehr das Bild des perfekten Saubermannes abgab.

»In Ordnung. Wollen wir nach Ihrer Rückkehr noch einmal über den Vertrag von Sven Buchholz sprechen?« Sie deutete auf einen kleinen Stapel Papier vor sich, an dem zahlreiche Haftnotizen klebten. »Soweit ich weiß, ist Weigel bereits an ihm dran.«

»Sie können den Vertrag wegsortieren oder einfach in den Abfallkorb werfen.«

Wie bitte? Warum sollte sie das tun? »Ich verstehe nicht.«

»Buchholz hat heute Morgen bei Weigel unterschrieben.«

Julia fühlte sich, als würde sie aus allen Wolken fallen. Buchholz hatte sich doch erst am Dienstag, also vor drei Tagen, gemeldet und um ein Gespräch gebeten. Wie war Weigel so schnell an eine Unterschrift gekommen? »Ist nicht wahr!«

»Nun, wir waren eben nicht schnell genug.«

»Aber … aber, ich habe doch …«

»Das war kein Vorwurf an Sie, Paul. Das muss ich mir selbst zuschreiben. Buchholz hatte mich vor vier Wochen bei einer zufälligen Begegnung im Stadion angesprochen. Ich habe nicht rechtzeitig reagiert. Das geht also auf meine Kappe.«

Frustriert schob Julia den Papierstapel an den Schreibtischrand und ließ die Blätter in die Schredder-

Box fallen. An die vielen Stunden, die sie in die Aktualisierung des Entwurfs gesteckt hatte, wollte sie lieber gar nicht denken.

»Tut mir leid, ich hätte es Ihnen gleich in der Früh sagen sollen, als ich es erfahren habe. Ich habe nicht dran gedacht.«

Dass Max so eine wichtige Information zu erwähnen vergaß, war schon merkwürdig, zeigte Julia aber zugleich, dass ihn etwas beschäftigen musste. Schon die ganze Woche verhielt er sich seltsam. Ob es an ihrem Zusammentreffen am vergangenen Wochenende am Tegernsee lag? Natürlich wollte sie seiner Familie ungern etwas vorschwindeln, aber was befürchtete er? Sie würde ihn sicher nicht verraten. War sein schlechtes Gewissen so groß?

»Geht es Ihnen gut?«

Er winkte ab. »Ja, mir geht es gut. Ich habe nur ziemlich viel im Kopf.«

Sein Handy klingelte und er blickte auf das Display. Seine Kieferknochen mahlten und sein Gesichtsausdruck verhärtete sich. Er wirkte angespannt und gestresst. Wer auch immer ihn anzurufen versuchte, Max hatte keine Lust, mit der Person zu sprechen. Er drückte den Anrufer weg, schob das Mobiltelefon in seine Hosentasche und sah nochmals zu Julia. »Ich werde nach dem Meeting nicht mehr ins Büro kommen. Meine Mutter und meine Schwestern sind für einen Shopping Ausflug in der Stadt und ich wollte sie zu einem frühen Abendessen einladen.«

»In Ordnung. Ich wünsche Ihnen viel Spaß und ähm …« War es blöd, ihn Grüße von ihr ausrichten zu lassen? Immerhin hatten sie die ganze Woche nicht über seine Familie gesprochen und waren dem Thema ausgewichen.

»Ja?«

»Ach, nichts.«

»Paul«, forderte er sie auf weiterzusprechen.

»Ich dachte nur, vielleicht würden Sie Ihrer Mutter und Ihrer Schwester Grüße von mir bestellen. Wäre es nicht merkwürdig, wenn …« Julia ließ ihren Satz unbeendet, weil sie selbst nicht genau wusste, wie sie am besten ausdrücken sollte, dass ihre Fake-Beziehung weiterhin Bestand hatte.

Er nickte nur und Julia bemerkte, wie gezwungen sein Lächeln war. Das Ganze schien ihn wirklich mitzunehmen. Höchste Zeit also, dass die Feier am nächsten Wochenende stattfand und sie ihre *Beziehung* für beendet erklären konnten.

»Viel Erfolg mit Schulz.«

»Werden Sie nicht frech, Paul. Sonst schicke ich Sie das nächste Mal allein zu ihm.« Wenigstens dieses Lachen von ihm war aufrichtig und zeigte ihr einmal mehr, welch tolles Team sie waren, und dass man den anderen auch mal aufziehen konnte.

Nachdem Max sich verabschiedet hatte und Julias Aufgabenliste in den darauffolgenden anderthalb Stunden nach und nach schrumpfte, beschloss sie, den Tag entspannt ausklingen zu lassen. Immerhin hatte sie mehr an Arbeit erledigen können, als sie gedacht hatte.

Es war kurz nach fünfzehn Uhr. In der Agentur waren nur noch einige wenige Mitarbeiter anwesend, was für einen Freitag nicht verwunderlich war. In sämtlichen Abteilungen fuhren sie ihre Rechner schon gegen Mittag herunter. Unter anderem auch Robert Esken, der es sich hatte nicht nehmen lassen, fies grinsend in ihrem Büro vorbeizuschauen und Max ausrichten zu lassen, dass er einen seiner drei Verträge bereits in der Tasche hatte.

Und wenn schon. Sie glaubte fest daran, dass sie die Unterschrift von Timo noch vor Eskens drittem Vertrag hatten.

An diesem Tag würde sie dahingehend allerdings nichts mehr ausrichten können. Warum sollte sie sich also nicht auch einen frühen Feierabend gönnen, wenn selbst die beiden Geschäftsführer sich schon ins Wochenende verabschiedet hatten?

Gerade als sie ihre Arbeitstasche auf den Schreibtisch stellte und den Laptop zuklappte, hörte sie Frauenstimmen auf dem Gang. Neugierig warf sie einen Blick durch das bodentiefe Fenster. Für einen endlosen Moment konnte Sie weder atmen noch sich bewegen. Sie stand nur da und starrte Susanne König an, die dicht gefolgt von Max' Schwestern, den Flur entlang auf sie zukamen und ihr begeistert zuwinkten.

»Bitte nicht,« flüsterte sie sich aufgelöst selbst zu. »Das darf doch nicht wahr sein.« Warum hatten sie die Kolleginnen vom Empfang nicht vorgewarnt? War dieser heute etwa auch nicht mehr besetzt?

»Klopf, klopf.« Susanne streckte den Kopf in ihr Büro und strahlte Julia an. »Dürfen wir hereinkommen?«

»Wie? Ja. Ja, natürlich. Kommen Sie herein.« Julias Herz hämmerte aufgeregt gegen ihre Brust und ihre Hände wurden feucht. Warum hatte Max sie nicht vorgewarnt, dass die Frauen ins Büro kommen würden? Weshalb … Mit einem Mal wurde ihr klar, dass Max keine Ahnung davon hatte. Er hätte seine Mutter und seine Schwestern niemals in die Agentur geschickt. Die drei mussten das selbst ausgeheckt haben, um Max und sie zu überraschen.

Die Überraschung war ihnen wahrlich geglückt.

»Es ist so schön, Sie wiederzusehen, Julia.«

Ehe sich Julia versah, umarmte Susanne sie herzlich. Gefolgt von Anja, deren Babybauch sie dabei auf Abstand hielt, und Steffi, die Julia bisher nur von einem Bild in Max' Büro kannte.

»Wenn Sie zu Max wollen, muss ich Sie leider enttäuschen. Er ist bei einem Termin, sagte aber, dass er sich später mit Ihnen zum Abendessen treffen wird.«

»Wir wollten doch nicht zu Maxl. Wir wollten Sie besuchen und wiedersehen.«

»Und wir wollten Sie überreden, uns zu begleiten.« Anja verstand es wirklich ausgezeichnet, ihre Karten als werdende Mutter auszuspielen, der man keinen Wunsch abschlagen wollte. »Mama holt heute ihr Kleid für die Feier ab und es wäre schön, Sie dabeizuhaben, da Sie doch leider nicht beim Fest dabei sein können.«

Auch das noch! Sie konnte unmöglich mitgehen. Aber was würden die Frauen von ihr denken, wenn sie ablehnen würde? Noch dazu war es mehr als offensichtlich, dass sie im Begriff war, Feierabend zu machen. »Ähm …«

»Bitte Julia, tun Sie uns den Gefallen. Bis zum Abendessen mit Maxl ist es noch so lange und vielleicht kennen Sie ja ein schönes Café, wo wir danach noch ein wenig plaudern können?«

Susannes erwartungsvoller Blick war geradezu herzzerreißend. Dieser Frau konnte man schlecht einen Wunsch ausschlagen.

Steffi, die sowohl in ihrem Auftreten als auch in ihrer

Erscheinung resoluter wirkte als Susanne und Anja, trat einen Schritt vor. »Also ich muss ehrlich sein, dieses ständige Siezen nervt mich. Stell dich drauf ein, dass wir dich von nun an duzen werden.«

Panik wallte in Julia auf. Nicht, dass sie etwas gegen ein vertrautes Du einzuwenden hatte, aber es war noch immer Max' Familie. Die Familie, die glaubte, sie wären ein Paar.

»Das ist eine hervorragende Idee«, lobte Susanne ihre Tochter. »Das machen wir so. Und jetzt gehen wir los, denn ich habe in dreißig Minuten meinen Termin in der Innenstadt.«

»Ähm …«, entfuhr es Julia erneut, doch sie wusste nicht, was sie sagen sollte. Wurde sie denn überhaupt nicht mehr gefragt?

Anscheinend nicht, denn drei Frauen trieben sie an, ihr Büro zu verlassen und ihnen zu folgen.

***

Max traute seinen Augen nicht, als er die Textnachricht von Julia öffnete und zum wiederholten Mal las.

Hilfe. Ihre Mutter und Ihre Schwestern sind im Büro aufgetaucht und zwingen mich, sie bei ihrer Shoppingtour zu begleiten. Was soll ich tun?

Er war so dumm. Hätte er nicht damit rechnen müssen, dass seine Mutter und seine Schwestern etwas im Schilde führten, als sie ihm von ihrem Besuch erzählt hatten? Sonst meldeten sie sich doch auch nicht, wenn sie nach München fuhren und dort Besorgungen erledigten. Das war nur eine Masche und er war darauf reingefallen. Wäre sein Kopf nicht dermaßen voll, hätten sie ihn sicher nicht täuschen können. Doch ihn trieben in dieser Woche ganz andere Sorgen um, die ihn hatten nachlässig werden lassen, was die ausgeklügelten, taktischen Manöver seiner Familie anbelangte.

Nun war es allerdings zu spät. Julia hatte die Nachricht schon vor über einer Stunde an ihn geschickt, als er noch im Gespräch mit Felix Schulz gewesen war.

Wie nicht anders zu erwarten war, hatte ihn der Handballspieler über Stunden vollgequatscht und dem Anschein nach noch immer nicht begriffen, dass seine besten Tage als Profi vorüber waren und seine Hoffnung auf einen Zweijahresvertrag somit schwindend gering sein würde. Was natürlich nicht bedeuten sollte, dass Max nicht alles in seiner Macht Stehende tun würde, um mit dem TVB München einen Vertrag mit längst möglicher Laufzeit auszuhandeln.

Wie er das Thema angehen würde, stand aktuell jedoch auf einem anderen Blatt. Jetzt musste er erst einmal das Schlimmste verhindern und Julia aus den Fängen seiner Mutter und seiner Schwestern befreien. Die Erfahrung hatte ihn gelehrt, dass Überrumplungstaktiken meist nicht gut ausgingen. Blieb zu hoffen, dass Julia nicht aus ihrer Rolle fiel.

Er parkte seinen Wagen im Parkhaus im Marienviertel und machte sich zu Fuß auf den Weg zum Viktualienmarkt. In einer der Seitenstraßen befand sich die kleine Boutique, von der seine Mutter ihm erzählt hatte, als sie auf der Suche nach einem Kleid einige Wochen zuvor in München gewesen war.

Über der Eingangstür des Ladens hing eine gusseiserne Tafel mit der Aufschrift *Seizinger*. Es gab lediglich ein kleines Schaufenster, das eine nackte Puppe zeigte und ein Preisschild, das darauf hindeutete, dass die Puppe bis vor Kurzem noch ein völlig überteuertes Kleid getragen hatte.

Die Ladenglocke läutete über ihm, als er die weiße Holztür öffnete und eintrat. Der Verkaufsraum war klein, ließ jedoch bereits erahnen, dass das Geschäft im hinteren Teil des Gebäudes weiterging. Er hörte erheitertes Gelächter und folgte den Stimmen, die eindeutig seinen Schwestern zuzuordnen waren.

Anja saß in einem Sessel und balancierte ein Glas Orangensaft auf ihrem Bauch, während Steffi einen Schleier von ihrem Kopf abnahm und auffordernd vor Julia damit herumfuchtelte. Von seiner Mutter war weit und breit nichts zu sehen. Vermutlich verbarg sie sich noch hinter dem Vorhang der Umkleidekabine.

Gerade als Steffi die Haarspange mit dem weißen Tüll in Julias Haare schob, machte er sich bemerkbar. »Störe ich euch?«, presste er hervor, während sein Blick auf Julia gerichtet war, die ihn ertappt ansah, sofort den Schleier wieder aus ihren Haaren zog und hastig an einem Glas Sekt nippte.

»Sieh nur, was du angerichtet hast, Max. Jetzt sind ihre Haare zerzaust.« Steffi sah ihn tadelnd an und deutete zu Julia. »Steht der Schleier Julia nicht ausgezeichnet?«

»Ich weiß, was du im Schilde führst, Schwesterherz. Aber das wird nicht funktionieren.« Seine Schwestern standen ihrer Mutter in nichts nach. Doch er führte nicht einmal eine reale Beziehung mit Julia, auf den Hochzeitszug würde er nicht auch noch aufspringen. Er musste jetzt schon viel zu viel erklären.

»Was machst du überhaupt schon hier?«, fragte Anja

und bemühte sich erst gar nicht, ihren Argwohn zu verbergen. »Wollten wir uns nicht erst in einer Stunde im Restaurant treffen?«

»Sonst schimpft ihr immer, wenn ich keine Zeit habe. Nun komme ich extra mal früher, und es ist auch nicht recht?« Er brauchte ihnen ja nicht auf die Nase zu binden, dass er eine Notfall-Nachricht erhalten hatte. »Außerdem muss ich noch etwas Geschäftliches abstimmen.« Er wandte sich an Julia. »Paul, können wir kurz reden?«

»Er nennt sie ja wirklich Paul«, entfuhr es Steffi überrascht. »Und ich dachte, ihr würdet mich verschaukeln.«

Julia stand auf. »Ich mag es, wenn er mich Paul nennt. Das gibt unserer Beziehung den besonderen Kick.«

Perplex sah Max Julia an, deren Wangen sich augenblicklich röteten. Sein Blick glitt zu ihrem Sektglas, das beinahe leer war, und er befürchtete, dass sie ein wenig angeschickert war.

»Das ist schon ihr zweites Glas«, ließ ihn Steffi wissen und grinste frech dabei.

O nein. Julia selbst hatte ihm erst kürzlich erzählt, dass sie selten Alkohol trank und ihn deshalb schlecht vertrug.

»Danke, für den Hinweis.« Er ging zu Julia, legte ihr seine Hand auf den Rücken und dirigierte sie zum vorderen Verkaufsraum, wohin sie ihm anstandslos folgte. Beim Blick in ihr zerknirschtes Gesicht fühlte er sich selbst miserabel.

»Paul, zwei Gläser Sekt? Sie sagten doch selbst, dass sie keinen Alkohol vertragen.«

»Ich wusste nicht, was ich tun soll«, antwortete sie ihm verzweifelt. Sie hatte die Stirn gerunzelt und ihre

Augenbrauen zusammengezogen. »Ihre Mutter und ihre Schwestern haben mir ständig Fragen gestellt. Anstatt auf jede Frage zu antworten, habe ich lieber an dem Sekt genippt, den mir die Verkäuferin in die Hand gedrückt hat. Außerdem habe ich Ihnen geschrieben. Wo waren Sie so lange?«

»Ja, ich weiß, tut mir leid. Schulz hielt mich hin. Gleich nachdem ich die Nachricht gesehen habe, bin ich losgefahren. Aber wie mir scheint, ist alles noch einmal gut gegangen.«

»Gut gegangen? Ich musste Susanne hoch und heilig versprechen, sie zum Abendessen zu begleiten.«

»Susanne?«

»Noch so etwas. Wir sind jetzt alle per Du.«

»Paul …«

Bestimmend presste sie einen Finger gegen seine Brust. »Hören Sie mir auf mit Paul. Hätten Sie mir von vorneherein erklärt, wie abgebrüht ihre Schwestern und ihre Mutter sind, hätte ich um zwölf Uhr das Büro verlassen und mich irgendwo verschanzt. Jetzt ist es aber schon zu spät.«

Julia war wirklich angetrunken und fatalerweise fand Max es durchaus amüsant, sie so zu erleben. Mit welcher Willenskraft sie versuchte, ihre Geschichte aufrechtzuerhalten, war beeindruckend und zeugte einmal mehr von ihrer absoluten Loyalität. Ganz im Gegensatz zu ihm, da er sie doch absichtlich nicht zum Gespräch mit Wellbrock eingeladen hatte. Aber das war eine andere Geschichte … »Was sollen wir jetzt unternehmen?«

»Ich könnte mich mit Kopfschmerzen rausreden. Immerhin wäre das nicht ganz gelogen. Der Fusel schmeckt grässlich.«

»Haben Sie denn Hunger?«

»Ich habe immer Hunger. Das sollten Sie doch zwischenzeitlich wissen, Herr König.«

»Dann sehe ich kein Problem darin, dass Sie uns ins Restaurant begleiten.« Hatte er Julia gerade ernstlich zum Abendessen eingeladen? War er noch ganz bei Trost? Wenn Sie sich nun aus ihrer Sektlaune heraus verplapperte? Obwohl, vermutlich war nicht sie diejenige, die Gefahr lief, etwas Dummes zu sagen. Vielmehr hatte er Angst davor, selbst etwas zu sagen, das ihn und seine Notlüge entlarvte. Mit Julia an seiner Seite fühlte er sich sicherer.

»Aber …«

Die bewunderten Laute seiner Schwester drangen an sein Ohr und die »Ohs« und »Awwws« machten ihn neugierig. »Lassen Sie uns nachschauen, wie weit meine Mutter ist.«

Gespannt darauf, wie seine Mutter aussehen würde, wenn Sie mit seinem Vater erneut vor den Altar treten würde, ging er zurück in den Umkleidebereich. Unlängst hatte sie ihn wissen lassen, wie sehr sie sich darauf freute, endlich das große Fest mit der Familie nachzuholen, hatten sie in jungen Jahren doch darauf verzichten müssen, weil alles schnell hatte gehen müssen. Immerhin war Steffi bereits unterwegs gewesen, die beiden hatten kein Geld gehabt und ihre Eltern waren auch nicht sonderlich begeistert von der Beziehung der beiden gewesen. Umso mehr gönnte Max es den beiden nach vierzig Jahren, in denen sicherlich auch nicht immer alles rosig gewesen war, dieses Fest so zu feiern, wie sie es verdient und sich immer erträumt hatten.

Der Anblick seiner Mutter verschlug ihm kurzzeitig

den Atem. Sie sah wunderschön aus. Ihre Augen glänzten freudig und er hatte sie selten so glücklich und ergriffen erlebt wie in dem Moment, als sie sich im Spiegel betrachtete.

KAPITEL 8

»Wow«, entfuhr es Julia bei Susannes Anblick. Dass Max' Mutter eine attraktive Frau war, war offensichtlich. Aber mit diesem Auftritt übertrumpfte sie sich selbst.

Anstelle des beigefarbenen Kostüms, für das sie sich ursprünglich entschieden und das sie bis kurz vor Max' Eintreffen getragen hatte, trug sie nun ein strahlendweißes Dirndl. Es verkörperte die perfekte Mischung aus Brautkleid und traditioneller Tracht und passte ihr wie angegossen. Das Oberteil und die Ärmel waren aus feiner Spitze mit Blumenmuster. Es hatte einen U-Boot-Ausschnitt und unter der Spitze schimmerte eine Corsage durch. Der Satinstoff um die Taille war als breites Band gerafft und der glänzende Rock fiel ausgestellt bis zu ihren Knöcheln. Die Schürze aus weißem Organza legte sich wie ein luftiger Windhauch über den Rock und die langen Bänder flatterten bei jeder Bewegung durch die Luft.

»Mama, du siehst wunderschön aus.« Ergriffen wischte sich Steffi eine Träne aus dem Augenwinkel.

Anja hingegen hatte den Kampf gegen die Tränen verloren und schluchzte. »Ich weiß gar nicht, was ich sagen soll, Mama. Außer, dass ich dich vom Fleck weg heiraten würde.«

Julia wagte einen Blick zu Max, der seine Mutter überwältigt und liebevoll ansah.

»Ich sagte es Ihnen doch, Frau König, das Dirndl wird Ihnen hervorragend stehen«, bestätigte nun auch die junge Verkäuferin Susannes Kleiderwahl.

»Denkt ihr nicht, dass es zu viel für mich ist? Immerhin bin ich schon über sechzig. Und es ist weiß. Kann ich so etwas Auffälliges überhaupt tragen? Außerdem ist es wirklich teuer.« Entschuldigend wandte sie sich an die Verkäuferin. »Nicht, dass es nicht jeden Cent davon wert wäre. Aber so ein Kleid? Für mich?«

»Ganz egal, was es kostet, wir nehmen es. Kann ich mit Kreditkarte zahlen?« Die Bestimmtheit in Max' Stimme, seiner Mutter dieses Kleid zu kaufen, bescherte Julia eine Gänsehaut und zeigte ihr einmal mehr, wie viel ihm seine Familie bedeutete.

Ungläubig starrte ihn seine Mutter an. »Maxl, das geht doch nicht. Das Kleid kostet beinahe zweitausend Euro. Ich habe es doch nur zum Spaß angezogen. Außerdem hatte ich mich doch schon für das beigefarbene Kostüm entschieden.«

»Mama, ich schwöre dir, wenn du an diesem besonderen Tag dieses Kleid nicht tragen wirst, bereust du das bis an dein Lebensende. Außerdem ist es ein Geschenk. Ein Geschenk von mir an dich. Nimm es also bitte an.«

»Das einzige Geschenk, das ich mir für diesen Tag wünsche, ist, meine ganze Familie bei mir zur haben. Und es ist ganz egal, was ich dabei trage. Einen alten Lumpen, eine Jogginghose oder ein Nachthemd. Hauptsache, ihr seid alle dabei.« Susanne griff nach Max' und Steffis Händen und sah liebevoll zu Anja, die noch immer schluchzend im Sessel saß.

So sehr Julia das Familienidyll der Königs genoss, schmerzte die Erkenntnis, dass sie hier eigentlich nichts zu suchen hatte und nicht dazugehörte. Max derart privat zu erleben, fühlte sich falsch an und doch war sie dankbar, dass sie an einem so schönen familiären Ereignis teilhaben durfte – würde es in ihrer eigenen Familie doch sicher nie dazu kommen.

»Und vielleicht, wenn Julia …«

Egal, wie sehr der Sekt Julias Sinne schon benebelt hatte und wie sentimental die Situation sie hatte werden lassen, sie wusste, dass sie Susanne auf keinen Fall aussprechen lassen durfte. Sie durfte sich nicht noch weiter in dem ganzen Schauspiel verstricken. »Klar gehe ich mit zum Abendessen«, fiel sie ihr ins Wort. »Dieses Kleid muss gefeiert werden. Wir müssen nur noch bezahlen und dann kann es losgehen.« Hektisch wandte sie sich an die Verkäuferin. »Zahlung mit Kreditkarte geht doch klar?« Da sie alle anstarrten, als wäre sie nicht ganz bei Trost, versuchte sie, die Situation aufzulockern. »Er ist übrigens kreditwürdig. Ich habe das geprüft.«

Zu Julias Freude lachten alle über ihren Kommentar, einschließlich Max.

Nachdem nur noch eine kleine Änderung am Kleid vorgenommen werden musste, verließen sie eine halbe Stunde später gutgelaunt die Boutique. Julia spürte in der frischen Abendluft allerdings gleich, dass der letzte Schluck Sekt, mit dem sie auf den Kauf angestoßen hatten, nicht hätte sein müssen. Sie musste dringend etwas essen, denn außer drei schokoladenüberzogenen Butterkeksen war ihr Magen an diesem Tag leer geblieben.

»Wohin gehen wir eigentlich zum Essen?« Steffis Frage war durchaus berechtigt. Sollte sich Julia auf Schickimicki Essen in Miniportionen einstellen, oder wurde es eher deftig, so in Richtung Hofbräuhaus?

»Nachdem Mama an Ostern erzählt hat, dass sie noch nie Sushi essen war, dachte ich, wir überraschen sie heute mal mit etwas Ausgefallenem.«

Sushi? Julia liebte Sushi und Max hätte ihr keine größere Freude bereiten können. Wohingegen sie wusste, dass er gut und gern darauf verzichten konnte.

»Im Ernst?« Anja klang verzweifelt. »Ich soll doch kein Sushi in der Schwangerschaft essen.«

»Keine Sorge. Daran habe ich gedacht. Es gibt dort auch schwangerschaftstaugliches Sushi. Sogar mit Obst.«

Susanne blickte zerknirscht drein. »Muss ich da mit diesen Stäbchen essen?«

»Aber nein. Du bekommst dort auch Besteck.« Irgendwie war es für Julia immer noch befremdlich, Max' Mutter zu duzen, während sie ihn siezte.

»Schmeckt das wirklich so gut?« Susanne schien noch nicht ganz von den Essensplänen ihres Sohnes überzeugt.

»Es ist wirklich lecker und falls du es doch nicht magst, können wir uns immer noch eine Currywurst und Pommes holen – das geht immer.«

»Werden hier etwa gerade meine Restaurant-Pläne vereitelt, Paul?«

Susanne lachte. »Sie ist nur ein Schatz und sorgt dafür, dass wir in der Not keinen Hungertod sterben müssen.«

Ein Schatz? Hatte Max' Mutter sie gerade wirklich so genannt? Es musste wohl am vielen Sekt liegen, dass es ihr gefiel, so genannt zu werden. Mit Ausnahme von

Toni nannte sie sonst niemand so, und selbst das kam äußerst selten vor. Wenn überhaupt, war *Süße* der bevorzugte Kosename für sie.

Max schien plötzlich bewusst, dass er seinen gut gemeinten Plan nicht zu Ende gedacht hatte, und wirkte enttäuscht. »Wir müssen nicht Sushi essen gehen, wenn ihr nicht möchtet.«

»Natürlich werden wir es ausprobieren, stimmts Ladys?« Spätestens jetzt wusste Julia, dass sie leicht betrunken war. »Susanne bekommt Besteck, Anja die schwangerschaftsfreundlichen California Rolls ohne rohen Fisch und wenn es euch nicht schmeckt, gehen wir halt noch ins Hofbräuhaus.«

Während die Frauen ihr einvernehmlich zustimmten, sah Max sie schulterzuckend an. »Wer bitte sind Sie, und wo ist Paul?«

»Paul ist schon im Feierabend. Heute gibt es nur noch Julia im Angebot.«

* * *

Zuvorkommend hielt Max den Frauen beim Betreten des Restaurants die Tür auf. Sofort schlug ihm der Duft von frischem Fisch, Sojasoße und Reisessig entgegen. Hatte er es bis vor wenigen Minuten noch für eine gute Idee gehalten, seine Mutter und seine Schwestern mit frischem Sushi zu überraschen, haderte er inzwischen mit seiner Entscheidung.

Die Reaktion seiner Mutter war eindeutig und auch Anja wirkte enttäuscht, weil sich ihre Auswahl durch die Schwangerschaft minimierte.

Hätte Julia nicht so gut reagiert, wären seine Pläne mit

hoher Wahrscheinlichkeit ins Wasser gefallen. Und statt in einem Sushi-Restaurant wären sie vermutlich in irgendeinem Gasthaus gelandet, bei dem typische Fleischgerichte auf der Karte standen, die seine Mutter mit Sicherheit besser zubereiten konnte – schließlich war sie eine hervorragende Köchin.

Julia betrat als letzte der Frauen das Restaurant. Es fühlte sich seltsam an, sie bei dem Familienessen dabeizuhaben. Weshalb hatte sie überhaupt zugesagt? Ihr musste doch klar sein, dass sie sich somit immer mehr in ihr Konstrukt aus Halbwahrheiten verstrickten.

»Ist alles in Ordnung?«, flüsterte er ihr zu, als sie an ihm vorbeiging.

»Nein. Nichts ist in Ordnung. Sie haben mich hängen lassen, ich musste beinahe drei Gläser Sekt auf nüchternen Magen trinken und Ihre Mutter erzählt mir ständig, wie sehr sie sich freut, dass wir zusammen sind.« Sie seufzte. »Es wird höchste Zeit, dass wir uns wieder trennen.«

»Tut mir leid, dass ich Ihre Nachricht erst so spät gesehen habe.« Weniger die Tatsache, dass er sich entschuldigen musste, machte ihm Sorgen, als dass er hätte ahnen müssen, dass seine Mutter etwas in dieser Art im Schilde führte. Warum war er nicht gleich misstrauisch geworden, als sie ihn vor zwei Tagen angerufen und von ihren Plänen erzählt hatte, nach München zu kommen? Er war in ihre Falle getappt und hatte Julia dabei unabsichtlich mit hineingezogen. »Aber warum haben Sie dann zum Essen zugesagt?«

»Weil ich Hunger habe.«

Ihre ehrliche Antwort entlockte ihm ein Schmunzeln. Er schätzte es sehr, dass Julia so unkompliziert war und die Dinge beim Namen nannte.

»Außerdem wissen Sie ganz genau, dass Ihre Mutter kurz davor war, wieder über die Feier zu sprechen und damit, dass ich Sie unbedingt begleiten soll. Gefühlt musste ich mir ihr Bedauern nämlich in Endlosschleife anhören, seitdem wir das Büro verlassen haben.«

»Hey, ihr beiden. Was flüstert ihr da?«

Max sah zu seiner Mutter, die ein paar Schritte entfernt von ihnen stand und sie fragend ansah.

»Habt ihr etwa Geheimnisse vor uns?«

Augenblicklich versteifte er sich und ein mulmiges Gefühl machte sich in seinem Bauch breit. Er hätte einfach »Ja« sagen und alles zugeben können. Doch das strahlende und glückliche Lächeln seiner Mutter hielt ihn davon ab.

Wann genau war das alles so kompliziert geworden?

»Durchaus, ein paar.« Julias prompte Antwort, die seine Mutter mit einem herzhaften Lachen quittierte, verdeutlichte es ihm: Kompliziert war es nur geworden, weil seine Familie Julia mochte. Demnach wusste er jetzt schon, dass es nicht einfach werden würde, ihre einvernehmliche Trennung bekanntzugeben.

»Schluss jetzt mit den Heimlichkeiten. Lasst uns essen.« Bestimmend winkte Susanne die beiden zu sich und wandte sich an den Restaurantangestellten, der an sie herantrat und sie begrüßte. »Guten Tag. Wir haben eine Reservierung auf den Namen König.«

Einladend bedeutete der Mann, ihm durch das minimalistisch eingerichtete Restaurant mit klaren Linien und einfachen Möbeln zu folgen. Anja leckte sich über ihre Lippen und stapfte ihm sogleich im Watschelgang hinterher. Daran, dass sie hungrig war, ließ sie keinen

Zweifel.

»Nett hier«, stellte Susanne fest, nachdem sie sich gesetzt hatte und ihren Blick durch die Lokalität schweifen ließ. »Ganz anders als in dem China-Restaurant in Bad Wiessee, in dem wir damals noch mit Oma und Opa waren.«

»Mama, das ist beinahe zwanzig Jahre her.« Ungläubig schüttelte Steffi den Kopf. »Lukas war damals noch nicht einmal auf der Welt. Sind Papa und du seitdem nie wieder chinesisch essen gewesen?«

»Papa macht sich nicht sonderlich viel daraus, essen zu gehen. Und ihr wisst doch, dass er fremde Gewürze nicht so gut verträgt.«

Was auch immer *fremde* Gewürze waren, fragte sich Max. Etwa Curry oder Ingwer? Die Option, dass am Ende Glutamat gemeint war, ließ ihn schmunzeln. Gleichzeitig war er sich aber auch sicher, dass es nur ein Vorwand seines Vaters war, der ungern Geld für Dinge ausgab, die er als unnötig erachtete, wie beispielsweise Essen zu gehen. Außerdem waren ihm die deftigen Speisen aus der heimischen Küche lieber.

Max hingegen genoss es, im weiteren Verlauf des frühen Abends mitzuerleben, wie sich seine Mutter mit Feuereifer auf die kleinen Reishäppchen stürzte und sich von Julia Ratschläge zu den passenden Dips geben ließ. Während er die klassische Sojasoße bevorzugte und gern mal zu Wasabi griff, zeigte sich diese experimentierfreudiger. Um ehrlich zu sein, wusste er überhaupt nicht, wie groß die Auswahl war: geröstete Sesamsoße, Honig-Chili, Mango-Avocado und Erdnuss-Dip waren nur ein paar wenige auf der Liste.

Auch Anja zeigte sich über die große Auswahl an

schwangerschaftstauglichem Sushi begeistert. Somit war Max glücklich, dass es allen schmeckte, einschließlich Steffi. Die Stimmung war gut und er war selbst überrascht, wie viel Julia aus ihrem Leben preisgab. Wohingegen er gut und gern darauf hätte verzichten können, dass seine Mutter und seine Schwestern Geschichten über ihn aus Kindheitstagen erzählten und sehr anschaulich darüber zu berichten wussten. Seine Bitte, sie sollten Julia weitere Einzelheiten ersparen, quittierte diese mit einem frechen Grinsen.

»Ich hätte gern noch ein paar Geschichten gehört.«

Max sah sie an und überlegte, ob es eine gute Idee war, Reiswein zum Essen zu bestellen. »Ein anderes Mal, Paul.«

»Ach, Paul. Wie sich das anhört. Deine Freundin hat einen wunderschönen Namen, noch dazu könnten wir ihr noch stundenlang Geschichten über dich erzählen.« Das überlegene Lächeln seiner Mutter versetzte Max in Aufruhr und wie sich zeigen sollte, nicht unbegründet. Sie wandte sich prompt an Julia, lehnte sich über den Tisch und tätschelte ihre Hand. »Du musst dir nur einen kleinen Schubs geben, das Wochenende mit deiner Schwester verschieben und Maxl nächste Woche zum Fest begleiten. Da werden wir dir sicherlich noch die ein oder andere Geschichte über ihn erzählen können. Außerdem ist sein Zimmer groß genug für euch beide und ich habe dich auch beim Essen mit einkalkuliert. Deine Schwester wird das bestimmt verstehen. Außerdem freut sich die ganze Verwandtschaft schon darauf, dich kennenzulernen.«

»I-Ich … Ich …« Hilfesuchend sah Julia zu Max, der glaubte, seinen Ohren nicht zu trauen.

»Hatten wir nicht vereinbart, dass du noch niemandem davon erzählst, Mama? Das zwischen Paul, ähm Julia und mir ist ganz frisch und wir wissen beide noch nicht, wo es hinführen wird. Es ist noch nichts Ernstes. Wir wollten es locker angehen lassen und sicher nicht direkt hinter dir und Papa zum Altar schreiten.« In seiner Hilflosigkeit bemerkte Max, dass er lauter sprach als beabsichtigt und in einem Restaurant als angemessen galt. »Entschuldigt mich bitte.« Von der Situation überfordert, schob er den Stuhl zurück, durchquerte das Lokal und stieß die Eingangstür auf. Er konnte es kaum erwarten, die frische, klare Abendluft zu inhalieren. Diese ganze Maskerade entwickelte sich immer mehr zu einer Farce und das nur, weil er die Verkupplungsversuche seiner Mutter satt hatte? Mochte ja sein, aber sie anzulügen war nicht länger eine Option.

»Starker Auftritt eben.« Julia war ihm nach draußen gefolgt und sah ihn nun mitleidig an.

»Danke. Warten Sie ab, gleich folgt Teil zwei.«

»Sie wollen ihnen also endlich reinen Wein einschenken?« Sie kicherte. »Apropos Wein. Ich habe zu viel getrunken.«

Wie sie das geschafft hatte, war Max ein Rätsel, doch trotz der Situation musste auch er schmunzeln. Julias Wangen glühten und er hatte sie zuvor nie so angeheitert und offen erlebt. Was nicht verwunderlich war, hatten sie bisher ihren Kontakt nur auf das Geschäftliche beschränkt. Dabei war ihm erst heute aufgefallen, wie wohl er sich in ihrer Nähe fühlte. Sie kannte ihn einfach zu gut, wusste genau, wie sie ihn aufziehen konnte, und wahrte dabei immer noch genügend Distanz. Ihr Humor war besonders. Auch sie hatte es verdient, dass er endlich die

Wahrheit sagte. »Das ist der Plan.«

»Dann wünsche ich Ihnen Nerven wie Drahtseile, wenn Ihre Mutter mit ihren Kuppelaktionen wieder zur Höchstform aufläuft.«

»Das ist nicht hilfreich, Paul.«

»Aber lustig.« Sie stieß ihn mit dem Ellbogen an. »Kommen Sie schon. Trauen Sie sich. Die werden Ihnen schon nicht den Kopf abreißen. Wenn überhaupt, dann mir.«

»Meine Mutter und meine Schwestern haben Sie bereits ins Herz geschlossen. Sie sind also sicher.« Max ließ Julia den Vortritt und war gerade dabei, die Tür zu öffnen, als sie die Stufe verfehlte und ins Straucheln geriet. Sie fiel nach hinten und Max konnte sie gerade noch auffangen, doch er konnte ihr nicht gänzlich ersparen, mit dem Hintern auf dem Boden zu landen.

»Au.« Betreten sah sie zu ihm auf. »Das tat weh. Erinnern Sie mich bitte das nächste Mal daran, weniger zu trinken, wenn ich mit Ihnen unterwegs bin. Die Rolle des Helden haben Sie nämlich nicht drauf.«

»Wie bitte?«

»Ein Held hätte mich aufgefangen. Sie hingegen haben mich auf den Hintern plumpsen lassen. Das sah sicher nicht sonderlich prickelnd aus. Weder schmeichelhaft für mich noch für Sie. Wer lässt denn schon die Prinzessin fallen?«

Max' Brustkorb bebte vor Lachen. »Jetzt sind Sie auch noch eine Prinzessin?«

»Na, wenn Sie der König sein dürfen, darf ich doch die Prinzessin sein, oder nicht?«

Julias Wortwitz kam aus dem Nichts und erheiterte ihn nur noch mehr. Wie oft hatte er sich schon Witze über seinen Namen anhören müssen – Tausende Male. Aber noch nie hatte ihn einer so unvorbereitet getroffen wie dieser. Sie war wirklich besonders. Betrunken. Aber besonders.

Er ging neben ihr in die Hocke und reichte ihr die Hände. »Darf ich Ihnen dann wenigstens beim Aufstehen behilflich sein?«

»Aber nur ausnahmsweise.« Sie legte ihre warmen Hände in seine und noch ehe Max aufstehen konnte, um sie hochzuziehen, öffnete sich die Tür ein weiteres Mal.

»Schaut euch nur mal an und dann erzählt mir noch einmal, dass das zwischen euch nichts Ernstes ist.«

Warum musste seine Mutter auch ausgerechnet jetzt dazukommen und ihn und Julia in dieser Situation sehen, die geradezu zu einem Missverständnis einlud?

Verdammt! Er war so knapp davor gewesen, endlich die Wahrheit zu sagen …

KAPITEL 9

Mit einem beklommenen Gefühl im Bauch ließ Julia die Landschaft der Münchner Vororte an sich vorbeifliegen. Seit Max sie vor ihrer Wohnung abgeholt hatte, hatten sie kaum ein Wort miteinander gewechselt – wie schon die ganze Woche, als sie sich, so gut es ging, aus dem Weg gegangen waren. Einzig der Termin mit Timo Trautwein tags zuvor hatte keine Möglichkeit geboten, voreinander zu fliehen. Doch immerhin hatte Max Wort gehalten und sie zur Verhandlungsrunde mit dem hochdotierten Fußballprofi mitgenommen.

Endlich durfte sie auch bei den größten Stars der Agentur unter Beweis stellen, was in ihr steckte. Zwar lag noch viel Arbeit vor ihnen, um den Fußballprofi davon zu überzeugen, seinen Vertrag bei *Sportwerk* zu verlängern. Julia zweifelte jedoch nicht im Geringsten daran, dass ihnen das gelingen würde.

An die hohen Summen, über die gesprochen wurde, hatte sie sich hingegen noch nicht gewöhnt. Das war eine andere Hausnummer als bei Felix Schulz und sie fragte sich, ob sie jemals in Max' Liga mitspielen konnte. Oder vielleicht auch wollte? Ihr Ziel war schließlich von Beginn an vom Besten zu lernen, aber nicht wegen der hohen Provisionen, die Max und auch die anderen Kollegen in der Agentur einfuhren. Vielmehr ging es ihr darum, etwas zu bewegen und vor allem auch Athleten zu unterstützen, die aufgrund von körperlichen Beeinträchtigungen nicht ständig mit lukrativen Verträgen gelockt wurden – so wie Toni. Ohne die passenden Sponsoren war es nämlich kaum möglich, nur durch den Sport seinen Lebensunterhalt zu bestreiten. Dass Toni den Traum zwischenzeitlich aufgegeben hatte, bedauerte Julia sehr. Doch vielleicht würde es ihr gelingen, den Traum für jemand anderes wahr werden zu lassen.

Max bremste scharf ab und Julia hielt sich reflexartig am Türgriff fest. Die Bremslichter der Autos vor ihnen leuchteten, allerdings war nicht ersichtlich, was der Grund für das abrupte Abbremsen war.

»Idioten«, fluchte Max genervt. »Bleibt doch zu Hause, wenn ihr nicht fahren könnt.«

Julia war schlau genug, nichts zu sagen, denn dass Max sauer auf sie war, ließ er sie überdeutlich spüren. Wie sollte er auch nicht. Sie konnte es ja selbst nicht glauben, dass seine Mutter ihr bei ihrem gemeinsamen Essen vergangenen Freitag eine Zusage zu ihrem Familienfest hatte entlocken können. Noch viel schlimmer war, dass Susanne selbstverständlich davon ausging, dass Julia ihn schon am Donnerstag an den Tegernsee begleiten würde, denn der Gute plante, insgesamt vier Tage dort zu verbringen. Vier Tage! So saß sie nun in seinem polierten BMW-Coupé und wagte vor Anspannung kaum zu atmen.

Als sie sich allerdings dem Autobahnkreuz München-Süd näherten, konnte sie doch nicht länger schweigen und musste ihn an ihrem Wissen teilhaben lassen. »Im

Radio wird schon den ganzen Morgen vor Staus auf der A8 ab München, in Richtung Salzburg gewarnt. Wir sollten vielleicht besser …«

»Danke, für den Hinweis, Paul. Denken Sie, ich weiß das nicht?«

So stinkig hatte sie ihn noch nie erlebt. Aber was er konnte, konnte sie schon lange. »Ich bin mir nicht sicher. Sie reden ja nicht mehr mit mir.«

Wieder herrschte Stille zwischen Ihnen, die nur von Michael Bublés ›It's a Beautiful Day‹ unterbrochen wurde, das im Radio lief. Eigentlich mochte Julia den Song, doch in diesem Moment hätte er nicht unpassender sein können. Auch wenn die Sonne strahlte und der Himmel wolkenlos war, ein schöner Tag war das sicher nicht. Viel eher grauste ihr davor, was ihr noch alles bevorstehen würde. Allein die Vorstellung ließ sie abwehrend den Kopf schütteln.

»Was?«

Verwundert sah sie ihn an. Hatte er etwa mit ihr gesprochen?

»Warum schütteln Sie den Kopf?«

Ach, das meinte er. »Es ist nicht richtig, was wir tun. Ich sollte nicht mitfahren.«

»Wenn ich Sie erinnern darf, waren Sie diejenige, die meiner Mutter das Versprechen gab, mich auf jeden Fall an diesem Wochenende zu begleiten. Ich wollte ihr am Freitag schon die Wahrheit sagen.«

»Und wenn ich Sie erinnern darf, Sie haben es nicht getan!« Okay, es war nicht richtig gewesen, dass sie in ihrem angetrunkenen Zustand doch auf das ständige Drängen von Susanne eingegangen war. Aber ihr nun die Schuld für alles in die Schuhe zu schieben, war nicht fair. »Es steht Ihnen frei, dies jederzeit nachzuholen.«

»Gut.«

»Gut.«

»Schön, dann werde ich es meiner Familie gleich bei unserer Ankunft sagen.«

Wenn er glaubte, Sie würde unter diesen Umständen ihre gemeinsame Fahrt fortsetzen, dann hatte er sich aber geschnitten. Julias schlechtes Gewissen hatte sich in Wut verwandelt. »Sie meinen wohl eher bei Ihrer Ankunft. Mich können Sie am nächsten Parkplatz aussteigen lassen. Ich rufe mir ein Taxi und fahre wieder nach Hause.«

»Prima. Wenigstens ersparen Sie mir den Umweg.«

Dass im Radio immer noch von einem wunderschönen Tag gesungen wurde, schien Max nicht länger ertragen zu können und schaltete es ab.

Erst nach ungefähr vier Kilometern war der nächste Parkplatz ausgeschildert.

Julia richtete sich auf, umklammerte mit einer Hand ihre Handtasche und deutete auf das Schild. »Da ist ein Parkplatz.«

»Wenn Sie jetzt glauben, dass ich Sie irgendwo in der Pampa aussteigen lasse, ohne sicher zu sein, dass Sie von hier wieder wegkommen, haben Sie sich geschnitten.«

Bockig sah sie zu ihm. »Das muss Sie nicht interessieren.«

»Paul, in Sauerlach gibt es einen Bahnhof. Wenn Sie unbedingt aussteigen möchten, dann dort.«

Na toll, daran hätte sie auch denken können.

Nur wenige Augenblicke, nachdem Sie am Ortsschild vorbeigefahren waren, bog er auf den Parkplatz ein und fuhr bis zum lachsfarbenen Bahnhofsgebäude vor. Kaum hatte er das Auto zum Stehen gebracht, löste Julia den Sicherheitsgurt, riss die Tür auf und stieg aus. Sie brauchte nur noch ihren Koffer und dann könnte sie sich wieder auf den Heimweg machen. Darüber, wie es zwischen ihr und Max nach diesem Wochenende weitergehen würde, wollte sie sich jetzt noch nicht den Kopf zerbrechen. In diesem Moment war sie einfach wütend und enttäuscht, was ihr zeigte, dass es gut war, Geschäfts- und Privatleben zu trennen. Das verursachte sonst nur Probleme.

Sie trat an den Kofferraum und suchte verzweifelt nach dem Öffner. Bei ihrem Polo war das kein Problem, doch wo zur Hölle befand er sich an diesem Luxus-Schlitten? Ihr entfuhr ein verzweifeltes »Shit«, denn ihr war klar, dass sie Max jetzt auch noch um Hilfe bitten musste.

»Brauchen Sie zufällig Hilfe?«

»Sehe ich so aus?« Wenn er zynisch sein konnte, konnte sie das schon lange.

Er trat neben sie, öffnete mit nur einer Fußbewegung den Kofferraum automatisch und stellte sich ihr und ihrem Koffer in den Weg. »Das fühlt sich nicht richtig an.«

Sie korrigierte ihn umgehend. »Das fühlt sich sogar ziemlich sch… schlecht an.« Der Augenblick war gekommen, an dem ihre Gefühle sie zu übermannen drohten und sie gegen die aufsteigenden Tränen ankämpfen musste. Zeigte sich Julia sonst stark und selbstbewusst, war sie im Grunde genommen verletzlich, sentimental und harmoniebedürftig. Wie sie weiterhin mit Max arbeiten sollte, wusste sie nicht. Zwischen ihnen hatte sich alles verändert. Dabei war in den letzten Monaten alles so gut gelaufen – ja, geradezu perfekt. Bis zu dem Moment, an dem die klare Trennung zwischen Beruflichem und Privatem verschwommen war.

Niedergeschlagen fuhr sich Max durch die Haare. Mit gesenktem Blick und leicht gerunzelter Stirn setzte er sich in seinem schicken dunkelgrauen Anzug auf die Kofferraumkante. »Was machen wir jetzt nur?«

Die Hilflosigkeit in seinem Blick berührte Julia, wenngleich sie keine Antwort auf seine Frage wusste. »Keine Ahnung.«

Sekundenlang sahen sie sich nur schweigend an und ihr wurde bewusst, wie vertraut er ihr in den letzten Monaten geworden war. Sie hatten von Anbeginn ihrer Zusammenarbeit den richtigen Draht zueinander und spielten sich die Bälle zu. Während sie in Sachen Verhandlung von ihm lernen konnte, profitierte er von ihrem Organisationsgeschick.

»Ich habe uns in einen ganz schön großen Schlamassel gebracht. Tut mir leid, Paul.«

»Mir tut es leid. Ich sollte endlich lernen, auch mal Nein zu sagen.«

Er lächelte zaghaft, was sie als gutes Zeichen wertete und sich neben ihn setzte.

»Dafür, dass Sie mir nur helfen wollten, habe ich mich wie ein blöder Idiot aufgeführt. Seltsamerweise enden alle Versuche meiner Mutter, mich zu verkuppeln, im Chaos.« Er seufzte. »Ich sollte aufhören, Ihnen die Ohren vollzujammern. Wir sehen ja, wo es uns hingeführt hat.«

»Ja. Auf direktem Weg zum Bahnhof nach Sauerlach.« Julia musste lachen und war erleichtert, dass er einstimmte. Endlich hatte sich der Knoten zwischen ihnen wieder gelöst.

* * *

»Jetzt aber Spaß beiseite. Was machen wir nur?« Max deutete zum Bahnhofsgebäude. »Ich kann verstehen, wenn Sie nicht mitkommen möchten. Aber ich will nicht, dass Sie allein mit dem Zug zurückfahren.« Er musste nicht auf seine Uhr sehen, um zu wissen, dass die Zeit nicht reichen würde, wieder zurück nach München zu fahren und rechtzeitig zum Festgottesdienst bei seinen Eltern zu sein. Seine Familie war nun einmal traditionell und katholisch, und er wusste, wie wichtig ihnen seine Teilnahme an der diesjährigen Fronleichnamsprozession war. Außerdem sollte Lukas in diesem Jahr zum ersten Mal eine Prozessionsfahne tragen. Da Max aus jahrelanger Erfahrung wusste, wie schwer so ein Ding sein konnte, wollte er zu gern miterleben, wie sich sein Neffe bei der knapp zweistündigen Prozession schlug. Er blickte auf Julia, die mit den Fingern über ihre Schläfen rieb. »Worüber denken Sie nach?«

»Über die Reaktion Ihrer Mutter, wenn ich nicht wie versprochen mitkommen werde. Dieses Wochenende ist ihr so immens wichtig und leider habe ich mich dazu verleiten lassen, ihr zuzusagen.« Zerknirscht sah sie ihn an. »Es tut mir so leid.«

»Wir können das Spiel mit den Entschuldigungen noch ewig so weitertreiben, aber es wird uns nirgendwo hinführen. Stattdessen sollten wir uns jetzt genau überlegen, was wir tun werden und unseren Plan dieses Mal auch durchziehen.«

»Okay«, stimmte sie zögerlich zu. »Haben Sie denn schon eine Idee, wie wir das Missverständnis aufklären, ohne ihren Eltern das Wochenende zu vermiesen?«

Max wusste selbst nicht, ob es richtig war, aber für den Moment fiel ihm nichts Besseres ein – vor allem, weil er Julia zustimmte: Er wollte seinen Eltern das Fest nicht verderben. »Wir bleiben einfach beim ursprünglichen Plan. Sie begleiten mich, genießen ein Wochenende am Tegernsee und verlieren bitte niemals ein Wort über unsere Abmachung. Meiner Mutter würde ansonsten das Herz brechen. Es genügt, dass ich weiß, dass ich sie angeschwindelt habe. Und unsere einvernehmliche Trennung erfolgt wie geplant nach diesem Wochenende.«

»I-In Ordnung?« Zwar stimmte Julia nach kurzem Zögern zu, doch ihre Unsicherheit war nicht zu überhören.

»Dann sind wir uns einig?«

»Die Frage ist doch eher, sind Sie sich sicher, dass Sie das auch wirklich wollen?«

Eine berechtigte Frage, denn noch sträubte sich alles in Max dagegen. Doch gemessen an der Alternative wollte er seine Mutter an diesem Wochenende nur Strahlen sehen und nicht Schuld an einer Familienkrise sein. Davon hatten sie in den letzten Jahren schon genug gehabt. Allein wenn er an das Drama dachte, das Steffi ungeplant schwanger geworden war und ihr Studium hatte abbrechen müssen.

Er reichte Julia seine Hand. »Wir haben es gemeinsam begonnen, wir bringen es auch gemeinsam zu Ende. Keine Entschuldigungen, keine Rückzieher und keine Planänderungen mehr. Schlagen Sie ein, obwohl Sie wissen, dass unsere Beziehung nicht von Dauer sein wird?«

»Respekt, Sie machen gleich zu Beginn unserer Beziehung Schluss mit mir. Das hat bisher noch keiner geschafft.« Sie legte ihre Hand in seine. »Kein Straucheln, kein Zögern und kein Hadern mehr. Versprochen?«

»Deal.« Noch wusste Max nicht, ob er erleichtert sein

sollte, dass Julia zugestimmt hatte, oder ob es ein Riesenfehler war. Doch ihm war klar, dass er es sehr schnell herausfinden würde. »Da wäre noch eine Sache.«

Julia schlug sich die Hände vors Gesicht. »Bitte nicht.«

»Ich bin Max und ich kann leider nicht dafür garantieren, dich immer mit Julia anzusprechen. Dafür ist mir Paul schon viel zu sehr ins Blut übergegangen.«

Verwundert sah sie ihn an. »Daran habe ich noch gar nicht gedacht.«

»Regel Nummer sechs.« Für seinen Berufsalltag hatte er ein paar Regeln festgelegt, die er mit Julia teilte und die auch ihm schon oft geholfen hatten. Sie tat demnach gut darin, sich diese zu merken. »Wenn du deinen Gegenüber überzeugen willst …«

»Brauchst du immer einen bis ans Ende durchdachten Plan.« Sie lächelte und stand auf. »Worauf warten wir dann noch?«

Es war schön, Julia wieder lächeln zu sehen. Die Leichtigkeit zwischen ihnen war zwar noch nicht wieder zurückgekehrt, aber nach den angespannten letzten Tagen war dies auch nicht weiter verwunderlich. Jedenfalls befanden sie sich auf einem guten Weg.

Ihre Weiterfahrt zum Tegernsee verlief dennoch keinen Deut entspannter. Je näher sie seiner Heimat kamen, desto mehr rutschte Julia aufgeregt auf dem Sitz neben ihm hin und her. Auch seine Nervosität stieg an. Das große Wiedersehen stand unmittelbar bevor und nach all den Überraschungen und Missverständnissen der letzten beiden Wochen befürchtete er bereits, dass das Treffen mit seiner Familie sich als Knallbonbon entpuppen könnte.

Es war kurz nach acht Uhr am Morgen, als sie ihr Ziel

erreichten. In Tegernsee herrschte reges Treiben. Zahlreiche Fußgänger schlenderten zum Kurgarten, wo um Punkt neun Uhr die Prozession beginnen sollte, die an der Pfarrkirche endete.

»Wow, hier ist am frühen Morgen ganz schön was los. Sagten Sie, ähm … sagtest du nicht, dass es erst um neun losgeht?«

»Der frühe Vogel fängt den Wurm, Paul.« Und schon war es das erste Mal passiert, dass er Julia trotz des Dus wie gewöhnlich angesprochen hatte. »Sorry, ich meine natürlich Julia.«

»Ist schon okay. Ich sagte doch, ich mag es, wenn du mich Paul nennst.«

Überrascht sah er sie einen Moment an. »Wie? Das war dein Ernst?«

»Ja, seltsamerweise schon. Vermutlich habe ich mich schon so daran gewöhnt, dass sich alles andere merkwürdig aus deinem Mund anhört.«

Sie sprach ihm aus dem Herzen. »Dann bist du mir nicht böse, wenn mir der Fauxpas noch das ein oder andere Mal passiert?«

»Nein, durchaus nicht. Ich lasse mir einfach auch einen Spitznamen für dich einfallen.«

»Bitte nicht.« Max hasste es, wenn man ihm Spitznamen gab. »Max ist die Abkürzung von Maximilian. Du brauchst also nicht über weitere Alternativen nachzudenken.«

»Du klingst ein bisschen panisch.«

»Kindheitstrauma.«

Julia schmunzelte. »Du weißt hoffentlich, dass ich jetzt genauer nachfragen werde.«

»Vergiss bitte nicht Regel Nummer fünf, die da

lautet …« Max kam sich wie ein Lehrer vor, der seine Schülerin abfragte, was im übertragenen Sinn ja auch stimmte.

»Die richtigen Fragen, zur richtigen Zeit.«

»Perfekt.« Er setzte den Blinker und bog nach links ab. »Und da wir gleich unser Ziel erreicht haben, noch ein letzter Hinweis. Regel Nummer zwei?«

»Erwarte stets das Unvorhersehbare.«

»Besser könnte ich meine Familie nicht beschreiben.«

KAPITEL 10

»Da kommen Mama und Lukas.« Steffi deutete zum Eingang des Biergartens und winkte den beiden zu, während Max hämisch grinste.

»Ich befürchte, Lukas werden wir vermutlich erst einmal in Eis packen müssen. Sicher tut ihm alles weh.« Er wandte sich an Julia. »Ich kenne das noch von früher. Die nächsten beiden Tage wird er höllischen Muskelkater haben.«

»Du musstest früher auch so eine Fahne tragen?«, hakte sie interessiert nach und wurde sich bewusst, wie wenig sie über den Mann neben sich wusste, mit dem sie vorgab, eine Beziehung zu führen.

»Ich durfte«, korrigierte Max sie. »Ich war zehn Jahre Ministrant und habe es mir verdient, das riesige Ding zwei Stunden durch die Gegend zu schleppen.«

»Wenn Mama wüsste, wie du daherredest, würde sie dir eine Standpauke halten.« Steffi seufzte. »Ich hingegen habe Lukas frei entscheiden lassen, bezweifle aber, dass er sich im nächsten Jahr wieder dazu überreden lässt.«

Entspannt lehnte sich Julia zurück, genoss die warmen Sonnenstrahlen auf ihrer Haut und den direkten Blick auf den blau schimmernden Tegernsee. Die Luft roch klar und unverbraucht, nach einer Prise Sommer. Wäre die Situation eine andere, hätte es sich wie Urlaub anfühlen können.

Dies führte sie wieder zu dem Gedanken, den sie den ganzen Vormittag über verdrängt hatte. Wo sollte sie in den nächsten Tagen schlafen? Ganz bestimmt nicht neben Max.

Als könnte er Gedanken lesen, lehnte er sich zu ihr und flüsterte: »Hey, was ist los mit dir? Stimmt etwas nicht?«

»Ich befürchte, wir haben ein Problem.« Ihr Tuscheln blieb nicht unentdeckt.

»Habt ihr beiden Geheimnisse?«

Max warf seiner Schwester einen ernsten Blick zu, woraufhin diese sich wieder abwandte. »Schon gut, ich sage ja nichts mehr.«

»Was für ein Problem, Paul?«

»Wo soll ich schlafen?«

Er sah sie an, als ob sie nicht bei Trost wäre. »Na, im Bett. Wo denn sonst?«

»Und wo schläfst du?«

»Mach dir keine Sorgen. Ich habe mir schon was überlegt.«

Julia hatte plötzlich Bilder aus kitschigen Liebesfilmen im Kopf, die sie nicht ausstehen konnte, und überlegte ernsthaft, ob er so dämlich sein und ein Laken als Trennwand zwischen ihnen vorschlagen würde. Egal mit welchen Ideen er kommen würde, ihm musste klar sein, dass sie nicht im selben Bett übernachten würden.

»Ich kann sehen, wie es in deinem Kopf rattert.«

Machte er sich gerade lustig über sie? »Das ist nicht witzig.«

»Vertrau mir einfach.«

Er hatte leicht reden, sie hingegen keine Ahnung, was er plante. Ihr blieb nichts anderes übrig, als abzuwarten und sich abzulenken, was ihr durch das Eintreffen der restlichen Familienmitglieder äußerst leichtfiel. Nachdem Susanne mit Lukas an den Tisch zurückgekehrt war und sie sich anhören mussten, wie anstrengend die letzten Stunden für ihn gewesen waren, traf die hochschwangere Anja mit ihrer Familie ein. Nur wenige Minuten später stieß auch Max' Vater dazu, der zahlreiche Verwandte im Schlepptau hatte, die sich Julia allesamt und mit äußerst herzlichen Umarmungen und Willkommensgrüßen vorstellten. Inzwischen belegten sie schon zwei Tischreihen im Biergarten. Eine der vielen Servicekräfte versorgte sie ausreichend mit Getränken, und kümmerte sich auch um das leibliche Wohl. Kaum hatten sie ihr Mittagessen bestellt, stand es schon bald darauf auf dem Tisch. Besonders die deftige Schweinshaxe schien es den Männern angetan zu haben. Julia hingegen hatte sich für einen Salat entschieden, schlichtweg, weil es ihr zu warm war und sie nach wie vor ein flaues Gefühl im Magen verspürte. Was sie sich jedoch nicht entgehen lassen wollte, war eine Kostprobe des Bieres. Sie trank ein paar kräftige Schlucke aus dem großen Glaskrug, setzte ab und bemerkte, dass Max' Familie sie fasziniert anstarrte.

Verlegen wischte sie sich über die Mundwinkel. »Ähm, entschuldigt bitte, ich hatte nur so großen Durst.«

Christian lachte. »Deinem verzückten und zufriedenen Seufzen nach hat dir unser Bier geschmeckt.«

Natürlich hatte es ihr geschmeckt. Sie hatte selten so ein gutes Bier getrunken. Die Kohlensäure prickelte auf ihrer Zunge und der bittere, malzige Geschmack war ein köstlicher Genuss. »Es ist wirklich sehr gut.«

Franz hob sein Glas und prostete ihr zu. »Dann solltest du auf jeden Fall noch einen großen Schluck nehmen. Je frischer, desto besser.«

Dieser Einladung konnte Julia nicht widerstehen. Sie hob ihr Glas ein weiteres Mal, prostete Max' Vater zu und genoss es, wie kühl und aromatisch ihr das Bier die Kehle hinab rann.

Während sie sich daraufhin weiter dem knackigen Salat auf ihrem Teller widmete, lehnte sich Max zu ihr. »Das Bier hat ganz schön viel Dampf. Vielleicht solltest du dir für den Durst lieber ein Wasser bestellen.«

»Ach, ich kann das schon ab. Nach der Aktion mit dem Kleid bin ich ja gerade in Übung.«

»Wenn du meinst. Aber sag hinterher nicht, ich hätte dich nicht gewarnt.«

Max' Bedenken in allen Ehren, aber was würde ihr ein Glas Bier schon anhaben können?

Leider blieb es nicht bei diesem einen. Noch ehe sie den letzten Bissen ihres Essens verspeist hatte, war ihr Glas leer und Franz hatte schon ein neues für sie bestellt.

»Wenn es ihr doch schmeckt ...«, rechtfertigte er sich vor seiner Familie, als auch diese Bedenken äußerte.

»Ehrlich, macht euch keinen Kopf. Ich vertrage schon was.« Zwar spürte Julia, dass Max recht hatte und dass bereits das erste Bier Wirkung zeigte, aber es schmeckte einfach zu gut, um abzulehnen. Kaum hatte die freundliche Bedienung das gefüllte Glas vor ihr abgestellt, hob sie es hoch, prostete den anderen zu und trank einen weiteren großen Schluck. »Hach, ist das köstlich.«

»Wenn ich dich erinnern darf, letzte Woche reichten zwei Gläser Sekt und ein Glas Reiswein, um dich umzuhauen.« Anja ließ das letzte Stück ihres Bratens im Mund verschwinden, lehnte sich zurück und strich sich zufrieden über ihren Bauch.

Anja hatte zwar nicht gänzlich unrecht, aber so schlimm war es nun auch nicht, dass man von *umhauen* reden konnte. »Es waren drei Gläser Sekt und ich hatte den ganzen Tag nichts gegessen. Gut möglich, dass ich deshalb einen Schwips hatte.« Sie deutete auf ihren Teller. »Das wird mir heute nicht passieren.«

»Du denkst wirklich, dass das bisschen Grünzeug helfen wird?« Unaufgefordert schob Steffi das Brotkörbchen vor sich über den Tisch. »Iss wenigstens noch eine Scheibe Brot dazu.«

Das wiederum ließ sich Julia nicht zweimal sagen. Inzwischen hatte sie unglaublich großen Appetit und bereute es, sich trotz der warmen Temperaturen nicht doch für ein deftiges Gericht entschieden zu haben. Sie nahm sich eine Scheibe Brot und sah auf Max' Teller, auf dem noch ein großes Stück Fleisch lag. »Isst du das alles noch auf?«

»Hättest du denn gern ein Stück davon?«

»Aber nur, wenn du es nicht allein schaffst.«

Hatte sie womöglich etwas Lustiges gesagt? Am Tisch lachten plötzlich alle und sie verstand den Grund dafür nicht. Was war so lustig daran, dass sie Max' Teller zu sich zog? Egal. Sie würde jetzt erst essen und dann könnte sie das immer noch hinterfragen.

* * *

»Hat sie dir gerade echt deinen Teller geklaut?«

Max sah zu Lukas, der neben ihm saß, und legte einen

Zeigefinger auf seinen Mund. »Pst, lass sie ruhig. Mir scheint, sie hat heute ziemlich großen Appetit.«

»Ist sie etwa betrunken? Sie hatte doch nur ein Bier bisher?«

»Ich befürchte, sie hat die Wirkung unterschätzt.«

Max lehnte sich auf der Bank zurück, stützte sich mit dem Arm auf der Rückenlehne ab und beobachtete Julia, die neben ihm saß und genüsslich seinen Braten in sich hinein schaufelte. Seine ganze Familie beobachtete sie dabei mit einem breiten Grinsen im Gesicht, allen voran sein Vater. Und auch er konnte nicht aufhören zu lächeln, dabei hatte sie ihm gerade sein Mittagessen geklaut.

Wenn Julia in diesem Tempo weitertrinken würde, wäre der Tag für sie ziemlich schnell zu Ende. Sie wäre immerhin nicht die Erste, die die Wirkung des Tegernseer Bieres unterschätzt hätte. Er erinnerte sich noch gut daran, wie er als Teenager zum ersten Mal eine halbe Maß getrunken hatte. Weder war das mit seinen vierzehn Jahren erlaubt gewesen, noch hatten er und seine Freunde es legal gekauft, sondern vielmehr aus dem Bierkasten von einem der Väter geklaut. Er hatte nicht einmal eine Flasche geschafft und war schon völlig hinüber gewesen, was seinen Eltern natürlich nicht verborgen geblieben war. Vier Wochen Hausarrest hatte ihn das Experiment damals gekostet und obendrein war ihm auch noch das Taschengeld gestrichen worden.

Im Fall von Julia war das Bier frisch gezapft und gekühlt, und Max wusste, wie köstlich es schmecken konnte – vor allem zu dieser Jahreszeit und wenn man durstig war. Noch dazu hatte sie nicht gefrühstückt. Das tat sie nie, wie er wusste. Der Tag versprach also durchaus, lustig zu werden. Solange sie sich nicht verplapperte, was ihr Arrangement betraf, war aber alles in bester Ordnung.

Und exakt so fühlte es sich für ihn in diesem Augenblick an. Das Wetter war schön, seine Familie in Harmonie vereint und er musste sich vor niemandem rechtfertigen, dass er Single war. Selbst sein schlechtes Gewissen konnte er kurz hintenanstellen und den Moment genießen. Alle waren auf Julia fixiert und auch er hatte Freude daran gefunden, ihr nicht nur beim Essen zuzusehen, sondern auch ihrer ausschweifenden Erklärung über ihr Lieblingsgericht zu lauschen. Dass es sich hierbei allerdings um Labskaus handelte, konnte er so gar nicht nachvollziehen. Als er vor vielen Jahren mit der Schule eine Studienfahrt zur Nordsee unternommen hatte, war ihnen Labskaus serviert worden. Mindestens die Hälfte seiner Mitschüler hatte nach dem Essen über Übelkeit geklagt, wobei er sich sicher war, dass kaum einer überhaupt davon gekostet hatte, einschließlich ihm selbst.

»Warum ausgerechnet Labskaus?«, wollte er von ihr wissen.

»Na, hör mal, ich komme ursprünglich aus dem Norden. Das ist unsere Leibspeise. Außerdem, die Mischung machts. Deshalb sollten neben roter Beete auch unbedingt Gewürzgurken dabei sein. Mir persönlich schmeckt es am besten, wenn neben dem gepökelten Rindfleisch auch ein eingelegter Hering mit dabei ist.«

»Boah, das hört sich ein bisschen widerlich an, findet ihr nicht auch?« Christian hatte kaum ausgesprochen, da stieß ihn Anja in die Seite.

Sie leckte sich die Lippen. »Wie kannst du nur so etwas sagen? Ich könnte jetzt gut und gern ein bisschen

Labskaus vertragen.«

»Du kommst aus Norddeutschland?«, hakte Steffi nach. »Wie hat es dich dann in den Süden verschlagen?«

»Meine Schwester stand schon früh auf Skiern und hat sich als Ausnahme-Athletin erwiesen. Deshalb sind unsere Eltern mit uns nach Bad Reichenhall gezogen, als wir noch klein waren. So hatte meine Schwester bessere Trainingsmöglichkeiten und meine Eltern haben dort ein Hotel übernommen.«

Christian lehnte sich interessiert nach vorn. »Fährt deine Schwester immer noch Ski? Wie ist ihr Name? Kennen wir sie?«

»Nein.« Julia schüttelte den Kopf. »Sie hatte vor ein paar Jahren einen Unfall und musste daraufhin leider ihre Sportkarriere beenden.«

Zerknirscht sah Christian sie an. »Oh, das tut mir leid. Entschuldige bitte meine Neugier.«

»Kein Problem. Ist ja kein Geheimnis. Ihr geht es außerdem sehr gut.«

»Mir tut es auch leid.« Zwar wusste Max bereits, dass Julias Schwester mit einem Handicap zu kämpfen hatte, ihm war allerdings nicht bewusst gewesen, wie erfolgreich sie gewesen sein musste. Ansonsten hätten ihre Eltern höchstwahrscheinlich nicht ihr Leben in Kiel aufgegeben, um am anderen Ende von Deutschland wieder bei Null zu beginnen.

»Mami, mir ist langweilig. Dürfen Kati und ich spielen gehen?« Theresia schob ihren leeren Teller zur Mitte des Tischs, wo sich augenblicklich der von Kati dazugesellte.

»Ich bin satt. Dürfen wir, Mami?«

»Ja, aber bleibt bitte in der Nähe, damit wir euch sehen können.«

Die beiden Mädchen ließen sich über die Lehnen der Bänke helfen und stürmten in ihren luftigen Sonntagskleidern davon. Max konnte sich gut daran erinnern, wie es auch ihn als Kind nicht am Tisch mit den Erwachsenen gehalten hatte. Es war also nicht verwunderlich, dass den beiden kurz darauf auch die drei Kinder seiner beiden Cousinen folgten.

»Was ist mit dir? Willst du nicht auch mit den Kindern spielen?«

»Ha, ha. Sehr witzig, Onkel Maximilian.« Lukas war versucht, Max einen Schlag gegen den Oberarm zu verpassen, tat sich aber schwer, seinen Arm zu heben.

Max lachte nur. »Glaub mir, die nächsten beiden Tage werden nicht leicht für dich.«

»Hättest du mir das nicht schon früher sagen können?«

»Hättest du auf mich gehört?« Sie sahen zu seiner Mutter, die freudestrahlend an ihrem Mineralwasser nippte und sich mit Julia über die Norddeutsche Küche austauschte. »Du hast deiner Großmutter heute eine große Freude bereitet.«

»Ich weiß. Aber nächstes Jahr kannst das gern wieder du übernehmen.« Lukas stöhnte gequält, als er sich am Tisch aufrichtete, um nach seiner Cola zu greifen.

»Ich sage nur zehn Jahre. Du hast noch viel vor, wenn du in meine Fußstapfen treten willst.«

»Ich bin mir nicht so sicher, ob ich das will.« Lukas deutete mit dem Kopf zu einem der anderen Tische. Max folgte seinem Blick, wo kein Geringerer als Wolfgang Obermayer mit seiner Frau Rita stand und sich mit ein paar Gästen unterhielt. Es war abzusehen, dass das Ehepaar in Kürze zu ihrem Tisch kommen würde. Sonst suchte Max das Weite, saß an diesem Tag jedoch zwischen Lukas und Julia gefangen auf einer Bank und sein überstürztes Aufbrechen hätte bestimmt für Redestoff gesorgt.

Vielleicht konnte er nicht davonlaufen, wenigstens verstand er nun, worauf Lukas angespielt hatte, als es darum gegangen war, nicht in seine Fußstapfen treten zu wollen. Immerhin eiferte sein Neffe ihm schon seit Kindheitstagen nach. Max war zwar weit davon entfernt, ihm ein Vaterersatz oder so etwas wie eine Vaterfigur zu sein, doch er hatte sich immer darum bemüht, ihm als Onkel und einer Art Bruder-Figur vertraut zu sein. Da Lukas damals alt genug gewesen war, um mitzubekommen, dass seine Beziehung zu Vanessa Obermayer nach sechs Jahren in die Brüche gegangen war und daraufhin der Haussegen bei den Königs schiefhing, war es nur verständlich, dass der Junge einer solchen Situation lieber aus dem Weg ging. Immerhin hatte er miterleben müssen, wie wütend sein Großvater über die geplatzte Fusion der beiden Kanzleien gewesen war und wie sehr seine Großmutter ihrer Freundschaft mit Vanessas Mutter hinterher trauerte.

»Noch kannst du ohne großes Aufsehen fliehen.«

»Und Paul, ähm Julia, hier allein zurücklassen?«

»Ich finde es cool, dass du sie Paul nennst.« Lukas grinste verschmitzt. »Sie ist auch bei Weitem nicht so spießig, wie ich deine Freundin eingeschätzt hätte.«

»Warum denkst du, dass meine Freundin spießig sein müsste?«

»Hey, Mann, ich kenne Vanessa noch und außerdem, hast du heute schon einmal in den Spiegel geschaut? Du bist hier im Anzug aufgekreuzt. Wäre es dein Trachtenanzug, hätte ich es ja verstanden, aber Hugo Boss? Julia ist viel gechillter. Ihr Look ist voll lässig. Du könntest dir ruhig eine Scheibe von ihr abschneiden.«

»Schon gut. Wenn ich das nächste Mal einkaufen gehe, nehme ich dich als …« Max beendete seinen Satz nicht, denn er war viel zu sehr davon abgelenkt, dass die Obermayers ihre Begrüßungsrunde fortgesetzt hatten und nun an ihrem Tisch standen. Genauso unterkühlt, wie er es erwartet hatte, reagierten sie auf seine Anwesenheit, während die beiden für den Rest der Familie ein etwas wärmeres Lächeln übrig hatten.

Selbst Julia nickte ihnen freundlich zu, lehnte sich dann aber dezent zu ihm und hakte leise nach: »Wer ist das?«

»Nicht so wichtig. Erzähl mir lieber, ob dir mein Braten geschmeckt hat.«

»Er war köstlich. Und weißt du was?«

»Was?«

»Ich glaube, ich vertrage sogar noch ein Dessert. Oder nur ein halbes?«

Max lächelte, denn bei der Frage, die sie sich selbst stellte, kniff sie die Augen zu winzigen Schlitzen zusammen und zog dabei eine herrlich komische Schnute.

»Würdest du die andere Hälfte essen?«

»Warum bestellen wir dir nicht einfach ein Dessert und du isst so viel, wie du schaffst? Um den Rest kümmere ich mich.«

Sie schnalzte und zwinkerte ihm zu. »Du hast immer ziemlich gute Ideen, das muss ich dir lassen.«

»Man tut, was man kann.«

* * *

»Dann hast du wohl doch noch die Richtige gefunden, Max, nachdem es unsere Vanessa allem Anschein nach nicht für dich war.«

Überrascht drehte Julia sich zu dem Mann um, der Max nicht sonderlich freundlich ansprach. In seiner Stimme klang Verachtung mit und sie konnte sich nicht erklären, was der Grund dafür sein sollte. Zugegeben, das Bier, das sie während des Essens getrunken hat, hatte seine Wirkung nicht verfehlt. Sie war dennoch nicht betrunken, höchstens angeschickert, aber nicht so, als dass sie die Feindseligkeit nicht spüren konnte, die von dem Mann ausging.

»Julia und Max haben sich bei der Arbeit kennengelernt. Die beiden sind erst ganz frisch ein Paar. Sie besuchen uns dieses Wochenende, weil Franz und ich doch am Sonntag unser Ehegelübde erneuern werden.«

»Wir hatten euch eine Einladung zukommen lassen, falls du dich erinnerst«, ließ Franz den Mann wissen.

»Ja, sicher«, antwortete dessen Frau kleinlaut. »Vielen Dank dafür. Wir waren uns nur nicht sicher, ob wir am Wochenende hier sein werden, deshalb haben wir nicht zugesagt.«

»Falls ihr es euch noch anders überlegt, seid ihr nach wie vor herzlich eingeladen, Rita.« Susanne reichte der Frau die Hand und Julia tat sich schwer, die Situation richtig einzuschätzen. Die beiden wirkten zwar vertraut, aber auch völlig distanziert. Als ob etwas zwischen ihnen stehen würde.

»Das ist nett. Falls es sich einrichten lässt, kommen wir natürlich gern.«

Die Frau verabschiedete sich mit einem Nicken und einem gequälten Lächeln. Der Mann hingegen machte sich nicht einmal die Mühe, seine miese Laune hinter einem freundlichen Abschiedsgruß zu verstecken. »Komm, lass uns gehen.«

Max' Familie sah den beiden hinterher, wie sie in Richtung des Parkplatzes gingen, doch keiner sagte etwas. Die Stimmung war gedrückt.

»Hey, lasst euch von dem Idioten nicht die Stimmung vermiesen.« Onkel Harald prostete ihnen vom anderen Tisch aus zu. »Ich gebe eine Runde aus. Julias Glas ist schon wieder halb leer.«

Um sie herum lächelten plötzlich alle wieder und nickten zustimmend, was ihr Warnung genug war. »Ich halte mich ab jetzt lieber an Mineralwasser.« So herrlich erfrischend das Bier auch geschmeckt hatte, aber sie war schon angeheitert genug und wollte vermeiden, ein weiteres Mal in Gegenwart von Max' Familie impulsiv zu sein. Es reichte bereits, dass sie sich in diese Situation gebracht hatte, sie wollte es nicht noch schlimmer machen.

»Kluge Entscheidung«, ließ Max sie wissen, während eine Bedienung das schmutzige Geschirr abräumte und weitere Bestellungen entgegennahm.

»Wer war der unfreundliche Mann, der gerade bei uns am Tisch stand? Und wer ist Vanessa? Deine Ex?« Julia plapperte einfach drauflos und merkte leider erst, als sie ausgesprochen hatte, dass sie das alles überhaupt nichts anging und sie ihre Neugier zügeln sollte. Wie unangebracht ihre Fragen waren, spürte sie sofort, denn an ihrem Tisch wurde es auffällig ruhig.

»Das erzähle ich dir später.« Max räusperte sich, richtete sich auf und Julia konnte an seinem Tonfall hören, dass sie einen wunden Punkt getroffen hatte. Es gab nicht viele Situationen, in denen sie ihn bisher abweisend und unnahbar erlebt hatte, deshalb war es auch nicht verwunderlich, dass die plötzliche Kälte zwischen ihnen ihr Unbehagen bereitete.

»Das brauchst du nicht. Entschuldige bitte, ich wollte nicht neugierig sein.« Sie berührte kurz seinen Unterarm und spürte die Wärme an ihrer Handinnenseite. Noch so etwas, das sie sich hätte sparen sollen. Seit wann fasste sie ihn an, noch dazu ungefragt? Hastig zog sie ihre Hand zurück und entgegnete seinem überraschten Gesichtsausdruck mit einem gequälten Lächeln. Sein Blick sendete elektrische Impulse durch ihren Körper und Julia verfluchte in diesem Moment das köstliche Bier. Denn an ihrem lockeren und unangebrachten Verhalten konnte nur dieses schuld sein.

Steffi lachte und schüttelte den Kopf. »Es ist ja kaum auszuhalten, wie ekelhaft verliebt ihr seid.«

Verliebt? Sie und Max? Julias Herz polterte mit einem Mal in ihrer Brust. Zwar entsprach die Unterstellung seiner Schwester in keiner Weise der Wahrheit, andererseits war es genau das, was sie und er versuchten, seiner Familie vorzugaukeln.

»Neidisch?«

Steffi ließ Max' Frage unbeantwortet, quittierte sie jedoch mit einem Augenrollen.

Susanne, die am Ende der Bank saß, stand auf, strich über den Rock ihres blauen Sommerkleides und wandte sich fragend an den Nachbartisch. »Ich gehe schon mal nach Hause. Möchtet ihr später noch auf einen Kaffee vorbeikommen? Es gibt Zitronenkuchen und wenn mein Teig von heute Morgen aufgegangen ist, auch frischen Hefezopf.«

»Ich habe Bananenschnitten gemacht und wollte euch

eigentlich zum Kaffee einladen.« Tante Gitte erhob sich von ihrem Platz, als ob Susanne sie dadurch besser verstehen könnte.

»Ich liebe Tante Gittes Bananenschnitten.« Anja leckte sich die Mundwinkel. »Und das Baby auch.«

Julia musste schmunzeln, denn es war schon verblüffend, was Anja alles essen konnte und mit welchem Glanz in den Augen sie darüber sprach.

Susanne sah in die große Runde. »Dann machen wir es doch einfach so, dass ihr den Kuchen holt und wir uns später bei uns treffen? Der Hefezopf muss sowieso noch backen.«

An den Tischen war einvernehmliches Nicken zu erkennen.

»Darf ich dich vielleicht begleiten und dir helfen?« Eine bessere Gelegenheit zur Flucht würde sich Julia so schnell nicht bieten und Steffis Anspielung ließ sie exakt das spüren: Sie wollte fliehen, ehe sie ein weiteres Mal etwas Dummes sagte oder tat. Bevor Susanne ablehnen konnte, sprach sie schnell weiter. »Ich glaube, es täte mir ganz gut, ein paar Schritte zu gehen.«

»Soll ich auch mitkommen, Mama?«, bot Steffi ihre Hilfe an.

»Ich denke, Julia und ich bekommen das gut zusammen hin.«

Susanne stand ihre Freude ins Gesicht geschrieben und Julia befürchtete, vom Regen in die Traufe geraten zu sein. Was, wenn sie ihren Fragen nicht gewachsen war oder sich verplapperte?

KAPITEL 11

»Endlich finden wir die Zeit, um uns ungestört zu unterhalten.« Susanne band sich ihre weiße Schürze um und wusch sich die Hände. »Erzählst du mir, wie es dir gefallen hat?«

Julia war sich sicher, dass Susanne damit die Prozession meinte. Auch auf die Gefahr hin, dass Max' Mutter ihr mit Unverständnis begegnen würde, wollte sie ihr nichts vormachen. »Die Altäre waren wunderschön mit Blumen geschmückt, und auch die ganzen Menschen in ihren Festtagstrachten haben mir sehr gut gefallen. Aber um ehrlich zu sein, ich kann mit der Kirche nichts anfangen. Das meine ich aber keineswegs despektierlich«, fügte sie hastig hinzu.

»Das habe ich so auch nicht verstanden.« Susannes warmes Lächeln unterstrich dies. »Jeder soll und darf das Glauben, was er will. Nur darüber sollten wir uns alle einig sein.«

Auf Julias ganzem Körper bildete sich eine Gänsehaut. Wenn das nur alle Menschen so sehen würden. »Darüber sind wir uns einig.«

»Hast du schon einmal einen Hefezopf geflochten?«

Ergeben hob Julia die Hände. »Nein, und bitte verlang nicht von mir, den Teig zu berühren. Es sei denn, ich soll ihn töten.«

»Ach herrje, dann geht es dir genauso wie Steffi. Sie hat auch schon alles versucht, backt die köstlichsten Kuchen und Torten, doch Hefegebäck darf sie nicht einmal ansehen und schon liegt es tot in der Schüssel.«

»Dann haben Steffi und ich das auf alle Fälle gemein.« Julia deutete zur Terrasse. »Wenn du möchtest, könnte ich aber in der Zwischenzeit schon den Kaffeetisch decken. Sicher wollt ihr im Freien sitzen und den wunderschönen Ausblick genießen?«

»Das wäre lieb von dir. Das Geschirr findest du in dem alten Landhausschrank, der neben dem Durchgang ins Esszimmer steht. Ich beeile mich und dann haben wir hoffentlich noch ein wenig Zeit zum Plaudern, bevor die anderen kommen.«

Es fühlte sich ein bisschen seltsam an, im Schrank von fremden Personen herumzukramen, doch allein das schöne Porzellan mit dem Streublumenmotiv einladend auf dem großen Gartentisch zu arrangieren, machte Julia wahnsinnig viel Freude. Es war schon Jahre her, dass sie so etwas gemacht hatte, wenn sie ihre eigene Familie einmal außen vor ließ. Aber selbst zu Hause begnügten sie sich meist nur mit einfachem Geschirr und betrieben keinen allzu großen Aufwand. Im Hotel sah das natürlich anders aus, aber darum kümmerten sich wiederum Mitarbeiter.

Mit ein paar frischen Zweigen und Blumen aus dem Garten hatte sie im Nu eine Kaffeetafel gezaubert, die ihresgleichen suchte. Umso schöner war es, Susannes verzückten Gesichtsausdruck zu sehen, als sie sich das Ergebnis von Julias Arbeit ansah.

»Wie wunderschön. I-Ich bin überwältigt, Julia. Woher kannst du so etwas?« Susanne griff nach einer der gerollten Servietten, die Julia mit ein paar Grashalmen festgezogen hatte.

»Hat nicht jeder so seine Geheimnisse?« Dummerweise hatte sie gleich mehrere davon.

»Ich bin schon sehr gespannt, womit du mich noch so überraschen wirst.«

Dass der Tisch nicht nur Susanne gefiel, sondern sich auch der Rest der Familie und der Verwandtschaft sich bei ihrer Rückkehr begeistert zeigte, freute Julia ungemein.

»Und, wie war es mit meiner Mutter? Irgendetwas, das ich wissen müsste?« Max wollte sie zwar nur aufziehen, doch schwang auch ein wenig Besorgnis in seiner Stimme mit.

»Wir hatten eine schöne Zeit, verstehen uns hervorragend und es gibt nichts, worüber du dir Sorgen machen müsstest.«

»Dann bin ich erleichtert.« Er deutete zum Treppenhaus. »Ich bringe rasch unser Gepäck nach oben und ziehe mich um, da der offizielle Teil für heute beendet ist.«

»Ähm, Max ..., weil du es gerade ansprichst.« So langsam wurde es Zeit, dass er sie in seine Pläne einweihte. »Wo genau soll ich schlafen?«

»Du schläfst natürlich bei Max.« Susanne, die eben die Küche mit einer Platte Bananenschnitten verließ, die Tante Gitte mitgebracht hatte, sah Julia irritiert an. »Hattest du etwa befürchtet, dass wir ein Problem damit hätten, dass ihr im gleichen Bett schlaft? Also nein ...« Sie blickte zu Max. »Wo bleiben deine Manieren, Maxl? Zeig

Julia das Zimmer, vielleicht will sie sich ja auch kurz frisch machen.«

Susannes Grinsen deutete eindeutig darauf hin, dass sie etwas anderes meinte, als sie sagte.

Julia spürte Max' warme Hand auf ihrem Rücken und die kurzen elektrischen Impulse, die seine Berührung hervorrief. Diese Art der Vertrautheit war einfach viel zu ungewohnt, wenngleich sie nichts Befremdliches hatte.

»Dann lass uns nach oben gehen.«

»Aber nicht zu lange!«, rief ihnen Susanne amüsiert hinterher. »Es gibt gleich Kaffee und Kuchen.«

Ihre beiden Koffer standen noch immer im Eingangsbereich des Hauses, von wo aus eine breite Holztreppe in den oberen Stock führte. Ehe Max das Gepäck und seine Notebooktasche greifen konnte, nahm Julia ihres an sich. Wie peinlich wäre es, wenn Max ihr auch noch das Gepäck hinterherschleifen würde.

»Paul, sofort den Koffer abstellen.«

»Aber, ich …«

»Würde ich ihn dich unter anderen Umständen tragen lassen?«

Gute Frage. Egal, was auch war, Max war immer hilfsbereit, zeigte sich zuvorkommend und mit tadellosen Manieren. Was mit Sicherheit Susannes Verdienst war. »Nein, vermutlich nicht.«

»Dann werde ich jetzt nicht damit beginnen.« Er deutete die Treppe hoch. »Geh ruhig voraus. Ich folge dir.«

Im oberen Stock bat er sie, die Tür zu öffnen, die direkt vor ihr lag. Sie zögerte kurz, weil es ihr im ersten Augenblick falsch erschien, in seine Privatsphäre vorzudringen, doch andererseits, welche Optionen hatte sie schon? Umso überraschter war sie, als sie das Zimmer betrat, von dem sie angenommen hatte, dass es eine Teenagerhöhle sein würde. Weit gefehlt. Anstatt alter Poster von Rockstars und halbnackten Frauen hingen moderne Kunstdrucke an den Wänden. Das Zimmer war hell gestrichen, lichtdurchflutet und roch gut. Unabhängig davon, dass es eingerichtet war, als würde sie sich in einer kleinen Hotelsuite befinden, gefiel ihr der Ausblick am meisten. Das Zimmer lag zum Westen hin und die breite Fensterfront gab einen herrlichen Blick auf den Tegernsee preis. Zu ihrer rechten stand ein großes Kingsize Bett mit hölzerner Rückenlehne, auf dem jemand ein Herz aus Pralinen ausgelegt hatte.

»Sorry, meine Mutter meint es wohl ziemlich gut mit uns.« Max stellte die Koffer ab, sammelte die Pralinen ein und legte sie auf den Schreibtisch, der direkt unter einem der Fenster stand. »Gefällt es dir?«

»Es ist wirklich sehr schön. Aber leider nicht groß genug für uns beide.«

»Mach dir darüber keine Sorgen.« Max trat an die Balkontür und öffnete sie. »Ich zeige dir was. Du musst aber ganz leise sein.«

Was hatten der Balkon und die Tatsache, dass sie leise sein musste, mit ihrer Übernachtungsproblematik zu tun?

Er bat sie hinauszutreten, wo sie die Stimmen von der Terrasse her hören konnte. Nachdrücklich presste er noch einmal den Zeigefinger auf seine Lippen und flüsterte: »Sieh mal nach rechts.«

Zwar kam Julia die Sache langsam seltsam vor, sie folgte seiner Anweisung jedoch. Ihr war nur nicht klar, was sie dort erkennen sollte. Dort befand sich ein Dach und sie erkannte darin zwei Dachfenster. Es musste sich wohl um das Garagendach handeln. Und jetzt?

»Was willst du mir sagen?«

»Wir haben über der Garage einen kleinen Familienraum. Neben einem Billardtisch steht dort auch eine Ausziehcouch. Es gibt eine Bar und eine Toilette.«

»Wenn du jetzt glaubst, dass ich hier jeden Abend einen auf Hochseilakrobatin mache, hast du dich aber geschnitten. Ich …«

»Quatsch, wo denkst du hin? Ich werde natürlich drüben schlafen.«

»Aber ist das nicht gefährlich?« Sie sah nach unten und war sich ziemlich sicher, dass ein Sturz von dieser Höhe mit schmerzhaften Konsequenzen verbunden war.

»Nicht, wenn man vorsichtig ist und sich nicht erwischen lässt. Außerdem könnte ich höchstens vom Dach auf den Balkon fallen.«

»Mir scheint, du hast das früher häufiger gemacht und …« In dem Moment, in dem sie sich zu ihm umdrehte, wurde ihr bewusst, wie nah sie beieinanderstanden. Sie musste ihren Kopf in den Nacken legen, um zu ihm aufzusehen. Unsinnigerweise beschleunigte sich ihr Puls, dabei war es doch nur Max, der vor ihr stand. Wieder einmal rief sie sich in Erinnerung, dass er absolut nicht der Typ Mann war, der ihr gefiel. Alles an ihm war einfach viel zu perfekt. Kurz war sie versucht, seine gescheitelte Frisur zu zerstören, einfach nur, um zu sehen, ob er auch ein Normalo sein konnte.

»Und?«

»Und, was?«

»Du sagtest, dass du vermutest, ich hätte das früher häufiger gemacht. Und?«

Sie hatte keine Ahnung mehr, was sie hatte sagen

wollen, doch sie spürte, dass ihr die Nähe zu ihm zu viel wurde. »Sorry, ich habe den Faden verloren.« Hastig ging sie an ihm vorbei und atmete tief durch. »Nachdem das jetzt geklärt ist, müssen wir nur noch auf Nummer sicher gehen, dass niemand bemerkt, dass du über der Garage schläfst.«

»Das dürfte kein Problem sein. Außer meinen Eltern lebt niemand mehr hier und die beiden nutzen den Raum über der Garage schon seit Jahren nicht mehr.«

»Dann ist ja alles in bester Ordnung.«

»Wir müssen nur dafür sorgen, dass meine Mutter nicht am frühen Morgen unerwartet ins Zimmer stürmt und ich nicht da bin.«

»Abschließen?«

»Ist in diesem Haus nicht erlaubt.«

Julia fragte sich, ob das sein Ernst war. »Du willst mich verkohlen?«

»Ich formuliere es mal so: Meine Eltern haben es früher nicht gern gesehen.«

»Glücklicherweise ändern sich die Zeiten.«

»Bevor ich es vergesse.« Er ging an ihr vorbei, öffnete die Zimmertür und deutete auf die Tür zu ihrer linken. »Das ist das Badezimmer. Meine Eltern haben ihr Schlafzimmer und Bad im Erdgeschoss. Du solltest also genügend Privatsphäre haben.«

»Gut, denn ich würde mich tatsächlich gern frisch machen.« Sicher hatte sich ihr Lidstrich schon aufgelöst und es konnte auch nicht schaden, ihre Nase zu pudern. Ganz zu schweigen von ein wenig Deo und Parfum. Sie kniete sich auf den Boden, öffnete ihren Koffer und griff nach ihrem Kulturbeutel.

»Ach, eines noch.« Das hätte sie beinahe vergessen zu

erwähnen. »Halte mich in Zukunft davon ab, wenn ich versucht bin, in Gesellschaft deiner Familie Alkohol zu trinken.«

Max lachte verschmitzt. »Also erstens, du bist alt genug. Und zweitens, du hast dieses Bier beim Mittagessen so schnell getrunken, da war ich quasi machtlos. Außerdem kann ich nichts dafür, wenn du zulässt, dass mein Papa dir ein weiteres bestellt.«

»Max.«

»Ist okay. Ich werde auf dich aufpassen. Aber du musst auch versprechen, auf mich zu hören.«

»Versprochen.«

»Stört es dich, wenn ich mich kurz umziehe, solange du im Badezimmer bist? Ich bin weg, bevor du zurückkommst. Es wird zu keinem peinlichen Aufeinandertreffen kommen. Ich schwöre.«

Die Vorstellung, Max würde hier in wenigen Minuten halbnackt herumlaufen, ließ sie erröten und Bilder vor ihrem inneren Auge erscheinen, die durchaus als unpassend zu bezeichnen waren. Wo kamen die so plötzlich her?

Sicher hing das einfach mit der ganzen Situation zusammen. Wenigstens konnte sie sich darauf verlassen, dass ab Montag wieder alles seinen gewohnten Gang nahm.

* * *

Nachdem die Badezimmertür hinter Julia ins Schloss gefallen war, nahm Max einen tiefen Atemzug. Seit Stunden war er nun endlich das erste Mal allein und alles, woran er denken konnte, war nicht etwa das peinliche

Aufeinandertreffen mit den Obermayers im Biergarten oder Wolfgangs dämliche Anspielung auf Vanessa. Nein, es war Julias blumiges und frisches Parfum, das seine Nase kitzelte, seitdem er mit ihr auf dem Balkon gestanden und ihr von seinem Plan erzählt hatte. Es lag noch immer in der Luft. Und zu allem Überfluss hatte sie ihren geöffneten Koffer auf dem Boden liegen lassen, wo ganz deutlich weiße Spitze zu erkennen war.

Immerhin hatte es ein Gutes, dass Julia dabei war: Sie lenkte ihn von den Geistern der Vergangenheit ab, die ihn für gewöhnlich einholten, wenn er seine Familie besuchte. Ob das nun Vanessa war oder der Streit mit seinem Vater. Julia hatte die Herzen aller im Sturm erobert und die Neugier seiner Familie ihr gegenüber bewahrte ihn, sich mit seinen Problemen auseinandersetzen zu müssen.

Einen weiteren tiefen Atemzug später zog er seine Anzugshose aus, warf seine Strümpfe in den Wäschekorb und ließ das weiße Hemd folgen. Er nahm seine dunkelblaue Lieblingsjeans aus dem Schrank und zog sie sich zusammen mit einem weißen Shirt, das die dezente Aufschrift Tegernsee trug, über. Seine hochglanzpolierten Halbschuhe stellte er neben den Schrank und genoss es, barfuß zu gehen.

Beim Verlassen seines Zimmers klopfte er an die Badezimmertür. »Ich gehe wieder nach unten. Bis gleich.«

»Bis gleich.«

Mit einem seltsamen Gefühl im Bauch ging er die Treppenstufen nach unten. Es war merkwürdig, sein Zimmer einer Frau zu überlassen. Denn obwohl er natürlich Freundinnen gehabt hatte, war keine von ihnen jemals allein in diesem Zimmer gewesen. Weder als er hier gelebt hatte, noch später, als er nur noch auf Besuch kam. Nicht einmal Vanessa. Wobei sie das eindeutig nicht gewollt hatte. Vielmehr hatten sie die meiste Zeit ihrer Beziehung in ihrer schicken Wohnung in der Stadt verbracht.

»Wo hast du denn Julia gelassen, Maxl?«, begrüßte ihn seine Mutter, als er die Terrasse betrat, wo sich die ganze Familie bereits am Kaffeetisch versammelt hatte.

»Sie wollte sich noch rasch frisch machen. Sie kommt gleich.«

Die Zwillinge stürmten auf ihn zu und zogen an seinem Shirt. »Onkel Max, spielen wir wieder mit den Wasserpistolen?«

»Vielleicht später, wenn nicht mehr so viele Gäste da sind.« Da den Mädchen die Enttäuschung ins Gesicht geschrieben stand, lockte er sie mit einem Stück Kuchen und dem Versprechen, stattdessen ein Spiel mit ihnen zu spielen.

Als Julia wenige Minuten später zu ihnen stieß, saß Max auf der Gartenbank neben Kati und Resi und versuchte, sich gegen seine beiden Nichten in einem Kartenspiel durchzusetzen. Der Kaffeetisch war zwar groß, dennoch bis auf den letzten Platz besetzt, weshalb er Julia zu sich winkte.

»Ich brauche Unterstützung. Die beiden sind gnadenlos und ich habe noch kein einziges Mal gewonnen.«

»Das ist erst unser zweites Spiel, Onkel Max.« Kati bat ihre Schwester, zu rutschen, damit Julia Platz fand. »Spielst du auch mit?«

»Wenn ich darf.«

Daran hatte Max nicht gedacht, als er Julia um Unterstützung gebeten hatte. Nur noch der Platz neben ihm war frei und der war unter keinen Umständen als vollwertige Sitzgelegenheit zu werten. Sie müsste sich schon halb auf ihn setzen, um noch auf die Bank zu passen. Doch für einen Rückzieher war es nun zu spät.

»Wollen wir uns nicht ins Gras setzen? Da haben wir mehr Platz.«

Einen Augenblick war Max versucht, sich gegen die Stirn zu schlagen. Er war so ein Idiot. Darauf hätte er auch selbst kommen können, anstatt in Panik zu verfallen. Moment, Panik? Warum machte ihm plötzlich die Nähe zu Julia zu schaffen? Irritiert sah er zu ihr auf. Sie lächelte, wie sie es meistens tat, mit Ausnahme der letzten Tage, aber dafür war einfach zu viel vorgefallen.

Die Mädchen waren schon aufgestanden und hatten die Spielkarten mitgenommen, während Max die Bank zurückschob, um überhaupt in dem kleinen Stück zwischen Tisch und Bank aufstehen zu können.

»Vielleicht solltest du die ganzen Sportler nicht immer nur vertreten, sondern auch mal mit ihnen trainieren. Du quälst dich beim Aufstehen wie ein alter Mann.«

Max warf Christian einen vernichtenden Blick zu. »Sagt ausgerechnet der Mann, der einen größeren Bauch hat als seine schwangere Frau?«

»Gar nicht wahr.«

Ungelenk versuchte Max, seine Beine zu befreien und über die Armlehne zu steigen. »Paul, kannst du mir bitte helfen?«

Hilfsbereit reichte Julia ihm die Hand und lachte. »Im Zirkus verlangen sie dafür übrigens Eintritt.«

Seine Tante sah sich irritiert um. »Paul? Wer ist Paul?«

»Julia.« Mit Ausnahme seines Vaters antwortete seine Familie wie aus einem Mund.

»Julia ist Paul?«

»Ja, Tante Gitte. Julia ist Pauuuuu...« Max, der mit einem Bein bereits sicher auf dem Boden stand, stieß sich den großen Zeh an der Armlehne und verlor das Gleichgewicht. Julia reagierte prompt, was allerdings zur Folge hatte, dass er geradewegs in ihren Armen landete und sie ein paar Schritte gemeinsam zurücktaumelten.

Sie hatte die Augen weit aufgerissen und sah ihn erschrocken an. Dabei fiel ihm zum ersten Mal auf, wie dunkel und satt das Braun ihrer Augen war. Ihre Brust hob und senkte sich aufgeregt, was er auf den Schreck schob. Er selbst fühlte sich, als ob er nicht fünf Schritte gestolpert, sondern vielmehr einen Marathon gelaufen wäre. Ihre warmen Hände stemmte sie gegen seine Schultern, während er seine Arme um sie geschlungen hielt. Einmal mehr kitzelte der blumige und frische Duft ihres Parfums seine Nase.

»Du riechst so gut.« Hatte er das gerade allen Ernstes zu ihr gesagt?

»Ähm, danke.«

KAPITEL 12

Nachdem Julia eine schlaflose Nacht verbracht hatte, in der sie alle Situationen des vorherigen Tages analysierte, war sie erst gegen fünf Uhr eingeschlafen. Umso erschrockener fuhr sie auf, als ihr ein Blick auf Max' Radiowecker zeigte, dass es schon kurz vor neun Uhr am Morgen war. Mist, sie hatte verschlafen. Hatte sie doch, oder? Und wo war Max?

Sie sah zur Balkontür. Die beigefarbenen Vorhänge waren noch immer zugezogen. Er konnte doch unmöglich noch schlafen? Er war ein Frühaufsteher und morgens oft vor ihr im Büro. War er womöglich einfach in das Zimmer gekommen, ohne dass sie es gemerkt hatte? Das würde er doch niemals tun. Oder?

Sie nahm ihr Handy von der Kommode neben dem Bett und sah, dass sie zwei Nachrichten erhalten hatte. Die erste war von Toni, die sie vorläufig ignorierte. Die zweite war von Max: »Guten Morgen, Paul. Ich bin eine Runde joggen gegangen und bringe frische Brötchen vom Bäcker mit. Wir treffen uns nachher auf der Terrasse. Gruß, Max. PS: Keine Sorge, ich bin durch die Garage gegangen.«

Auch das noch. Die Nachricht war schon kurz nach

sieben Uhr gekommen!

Hastig schlug sie die Bettdecke zurück, schwang sich aus dem Bett und fluchte sogleich, als sie beim Aufstehen auf ihre Sandalen trat, die sie am Abend achtlos hatte liegen lassen. In Windeseile zog sie sich an, hastete ins Badezimmer und überflog rasch die Nachricht von Toni: »Du und ich? Treffen auf halbem Weg?«

Sie musste schmunzeln. Doch so verlockend ein spontanes Treffen mit Toni auch klang, Julia sagte schweren Herzens ab. »Gern ein anderes Mal. Liebe dich.«

Aus dem Erdgeschoss waren Stimmen zu hören und sie hasste es, zu spät zu kommen. In diesem konkreten Fall war es natürlich hirnrissig – Max hatte ihr keine Uhrzeit genannt.

Keine fünf Minuten später eilte sie in ihren Jeans-Shorts und dem weißen Trägertop mit dem Schlüsselloch-Ausschnitt am Rücken die Treppe nach unten. Der Messy Bun an ihrem Hinterkopf wippte dabei aufgeregt bei jedem ihrer Schritte. Sie war gerade dabei, schwungvoll die Küche zu betreten, als sie gegen eine Männerbrust stieß und zwei warme Hände an ihrer Taille spürte, die sie festhielten.

»Hoppla. Na du hast es heute aber eilig.«

Während der vergangenen Nacht hatte sie immer wieder darüber nachgedacht, ob sie sich dieses Kribbeln auf ihrer Haut nur eingebildet hatte, als Max sie tags zuvor bei ihrem Zusammenstoß berührt hatte. Und es gab nur eine logische Erklärung dafür: Ja, es konnte nur Einbildung sein. Immerhin ging es um Max!

Jetzt war sie sich allerdings nicht mehr so sicher. Diese ganze Situation mit ihm und der Maskerade für seine Familie brachte alles durcheinander und wenn eines ganz sicher nicht geplant war, dann, dass ihr Gefühlsleben davon betroffen sein sollte. Sie mochte Max, mehr aber auch nicht. Dieses ständige Hinterfragen, das Kribbeln und diese kleinen Stromimpulse konnten ihr also gestohlen bleiben. Sie waren vom Sie zum Du übergegangen. Das musste für ein Wochenende genügen.

»Entschuldige bitte, ich habe verschlafen. Das passiert mir normalerweise nie.« Sie brauchte sich nicht von ihm zu lösen. Max hatte seine Hände bereits zurückgezogen und Julia fühlte sich an Regel Nummer drei erinnert: Lass dir niemals in die Karten schauen. Er zeigte sich freundlich und ließ keinen Rückschluss darauf zu, ob er von der plötzlichen Nähe ebenso irritiert war wie sie.

»Keine Bange. Du hast nichts verpasst. Ich bin auch eben erst zurückgekommen. Mein Ausflug in die Bäckerei hat etwas länger gedauert als beabsichtigt.« Er deutete zur Kücheninsel, auf der ein paar große Papiertüten lagen. »Noch hast du freie Auswahl.«

»Sagtest du nicht, wir sind heute Morgen mit deiner Mutter allein? Für wen hast du das alles gekauft?« Sie ging auf die Kücheninsel zu und öffnete neugierig eine der Tüten. Sofort mischte sich der verführerische Duft von frisch gebackenen Brötchen mit dem intensiven Geruch des aufgebrühten Kaffees. Es roch herrlich und ihre Vorfreude auf das Frühstück stieg.

»Ich habe mir überlegt, dass wir heute alle zusammen etwas unternehmen könnten. Anja erzählte mir, dass sie mit den Zwillingen gern mal das Freilichtmuseum am Schliersee besuchen möchte. Und das ließe sich mit einer kleinen Wandertour verknüpfen. Was hältst du davon?«

»Anja kann in ihrem Zustand doch unmöglich wandern gehen.« Max' Schwester stand nur wenige Wochen vor der Entbindung und das warme Wetter machte ihr jetzt schon Probleme. Das war sicher lieb von ihm gemeint, aber keinesfalls realisierbar.

»Ich dachte auch eher, dass wir Anja und die Mädchen dort heute Nachmittag treffen. Steffi und Lukas habe ich schon gefragt, ob sie mitgehen möchten. Steffi muss nur noch etwas für die Feier am Sonntag besorgen, und Mama meinte, dass wir mit dem Aufbau eh erst morgen beginnen können.«

»Ähm …« Wie sollte sie da Nein sagen?

»Der Plan ist noch nicht ganz ausgearbeitet.« Er deutete einladend zur Terrasse, wo Susanne saß und an einer Tasse Kaffee nippte. »Setz dich erst mal und frühstücke in aller Ruhe. Und bitte, mach dir keine Sorgen um die Brötchen. Die werden gegessen, so oder so.«

In der Tat waren die frischen Brötchen köstlich und auch die selbst gemachte Marmelade von Susanne schmeckte himmlisch. Dazu eine Tasse Kaffee, eine kühle Morgenbrise, die ihr übers Gesicht strich und der Blick auf den See. Ihre Gespräche mit Susanne und Max waren unverfänglich, wenngleich ihr anzumerken war, dass ihre Anspannung wegen der bevorstehenden Feier stieg. Sie wirkte nervöser als am Vortag und hinterfragte ständig, ob sie nicht etwas vergessen hatte und ob ihnen der eine Tag für die Vorbereitungen ausreichen würde. Max zeigte sich einfühlsam, was Julia sehr gefiel.

»Mama, was soll denn schiefgehen? Ihr wollt euer Ehegelübde erneuern. Wenn interessiert es, ob am Ende alle Schnittchen im gleichen Abstand auf den Tabletts liegen oder jemand zwei Sekunden länger auf sein Glas Sekt warten muss, um mit euch anzustoßen. Alle, die kommen, kommen wegen euch, und nicht, weil sie festlich geschmückte Tische sehen wollen.«

»Ach, du hast ja recht, Maxl. Keine Ahnung, weshalb ich so aufgeregt bin.«

»Nun ja, ein wenig Aufregung sollte immer dazugehören.« Julia sah Susanne an und lächelte. »Es ist wie das Salz in der Suppe und steigert die Vorfreude.«

Max' Handy vibrierte. »Apropos Vorfreude. Steffi hat sich eben gemeldet. Sie und Lukas wollen wissen, wann es los geht.«

»Es wird ein ziemlich heißer Tag. Wir sollten also möglichst früh aufbrechen. Dein Vater ist allerdings noch in der Kanzlei. Vielleicht kann er ja heute Mittag mit Anja und den Mädchen ins Museum kommen.«

»Dann rufe ich schnell Anja an und gebe ihr Bescheid. Chris könnte sich uns auch anschließen. Sagte er nicht, er habe heute Urlaub?«

Susanne nickte und stand auf. »Ich werde mal den Tisch abräumen, und einige Brötchen schmieren. Wir werden immerhin ein paar Stunden unterwegs sein.«

»Ich hätte da noch eine Frage …« Susanne und Max sahen Julia erwartungsvoll an. »Werden meine Sneaker die Tour durchhalten?«

»Ein Glück, dass ich nie etwas wegwerfe«, lobte sich Susanne selbst. »Lass uns gleich im Keller nachschauen. Ich habe sicher noch ein passendes Paar Wanderschuhe für dich.«

* * *

Es war sicher schon Jahre her, seitdem Max zu Fuß in den Bergen seiner Heimat unterwegs gewesen war, dabei hatte es ihn früher regelmäßig in die Ruhe und Abgeschiedenheit gezogen, die ihm die herrlichen Ausblicke in seine Heimat geschenkt hatte. In diesen Momenten fühlte er sich ganz bei sich selbst angekommen. Früher hatten ihn die Streitereien mit seinem Vater häufig hierhergeführt, doch irgendwann war der Augenblick gekommen, an dem er für sich erkannt hatte, dass er seinen eigenen Weg gehen musste und nicht das Leben führen wollte, das sein Vater für ihn geplant hatte.

Er nahm einen tiefen Atemzug und genoss den Moment, in dem sich seine Lungen mit der frischen, klaren und unverbrauchten Bergluft füllten. Sie waren schon vor geraumer Zeit am Riederstein Kircherl vorbeigekommen, hatten die Baumgartenscheid passiert und gingen nach dem langen Aufstieg nun im gemächlichen Tempo abwärts Richtung Neuhaus, wo sich das Freilichtmuseum befand.

»Ich hoffe, ich habe dich mit meiner kleinen Wandertour heute nicht überfallen?«, fragte er Julia, die kurz angehalten hatte, um einen Schluck zu trinken.

»Machst du Witze? Es ist wunderschön hier und zeigt mir einmal mehr, dass ich mich viel zu selten in der Natur bewege. Früher habe ich zu Hause noch häufiger Bergtouren unternommen, aber durch meine Ausbildung im Hotel und später dann durch das Studium wurde es immer seltener.«

»Bad Reichenhall hat auch ein paar ziemlich schöne Ecken. Als wir Kinder waren, haben unsere Eltern mal einen Ausflug mit uns zum Königssee unternommen.« Einer der wenigen Familienausflüge, bei dem sein Vater dabei gewesen war, wie sich Max erinnerte. »Doch egal, wo ich bin, und ist es dort noch so schön: Daheim ist es am schönsten.«

»Dann ist München demnach nur eine Station für dich, die dich irgendwann wieder an den Tegernsee zurückführt?«

»Vermutlich.« Vor einigen Jahren hatte seine Zukunft noch klar vor ihm gelegen, aber heute? So vieles hatte sich verändert, einschließlich ihm selbst. Doch er trug immer noch das Vertrauen in sich, zur rechten Zeit die richtige Entscheidung zu treffen.

Julia und er gingen eine Weile schweigend nebeneinanderher und er genoss es, nicht den Drang zu verspüren, sich unterhalten zu müssen. Sie konnten einfach nichts sagen und die Landschaft genießen. Dabei fiel ihm auf, wie herrlich unkompliziert sie sein konnte. Ganz anders als beispielsweise Vanessa, die sie niemals in alten, geliehenen Wanderschuhen auf eine Tour begleitet hätte. Mal abgesehen davon, dass sie vermutlich erst noch eine Stunde im Bad benötigt hätte, damit Kajal, Lippenstift und jedes Härchen perfekt waren. Julia hingegen verzichtete auf all das Make-up und sämtliche Eitelkeiten. Sie hatte mit seiner Mutter gemeinsam die Schuhe anprobiert, war ihr beim Belegen der Brötchen zur Hand gegangen und hatte sich zur Krönung einfach nur eine Sonnenbrille in die Haare geschoben.

Wenn Max ehrlich zu sich selbst war, stand sie Vanessa optisch in nichts nach. Julia war eine zauberhafte, junge Frau, voller Elan und Lebensfreude. Wenn er an die Verhandlungen dachte, zu denen er sie in den letzten Monaten mitgenommen hatte, wusste sie mit ihrem Geschick, ihrem Wissen und ihrer Art zu überzeugen. Sollte sie sich entscheiden, nach ihrer Probezeit zu bleiben, wäre sie definitiv ein Gewinn und eine absolute Bereicherung für die Agentur. Doch noch war da die Geschichte mit Jan Wellbrock und dieses Projekt, von dem er ihr bisher noch nichts erzählt hatte, und das könnte natürlich eine ganz andere Wende mit sich bringen.

Daran wollte er aber an diesem Wochenende nicht denken, denn obwohl er inzwischen Julias Anwesenheit genoss, haderte Max noch immer mit seinem schlechten Gewissen. Andererseits konnte er sich sicher sein, keiner peinlichen Verkupplungsaktion ausgeliefert zu werden, wie sie in den vergangenen Jahren durchaus häufiger der Fall gewesen waren.

Jedenfalls verbrachte er einen wunderschönen Tag mit seiner Familie. Wie nicht anders zu erwarten war, machten sich die Zwillinge begierig daran, das kleine Dorf mit seinen historischen Gebäuden zu erkunden. Gleich im Eröffnungsjahr hatte er das Museum einmal besucht, aber er musste sich eingestehen, dieses Mal mehr Zeit und Geduld für die Besichtigung mitgebracht zu haben.

Interessanter gestaltete sich hingegen der spätere Nachmittag, als Christian den Vorschlag machte, der Whiskey-Manufaktur vor Ort einen Besuch abzustatten. Während Anja den Abstecher als unpassend für ihren Umstand befand, noch dazu in Begleitung von zwei kleinen Kindern, ließ sie ihrem Mann dennoch das Vergnügen.

»Wenn ihr euch einig darüber seid, wer euch zurückfährt, setze ich die Person gern zu Hause ab, um den Wagen zu holen.«

Max schmunzelte vor sich hin, als Julia wie aus der Pistole geschossen antwortete. Anscheinend wollte sie an ihrem Vorsatz festhalten und das restliche Wochenende auf Alkohol verzichten.

»Ich. Ich kann euch nachher abholen. Ähm, aber nur, wenn mir jemand sein Auto anvertraut.«

Da offensichtlich er mit jemand gemeint war, ließ er sich dazu hinreißen, Julia seinen Wagenschlüssel anzuvertrauen. »Bitte, Paul, bring ihn in einem Stück zu mir.«

»Mein Frosch hat keinen einzigen Kratzer und keine Delle.« Sie gab sich gespielt entrüstet. »Jedenfalls nicht von mir.«

»Frosch?« Er hätte es wissen müssen. Sie gab wirklich allem einen Namen.

»Na, wie ein Panther sieht mein Polo nun nicht gerade aus.«

»Versprich mit bitte nur, auf mein Schätzchen aufzupassen.«

Sie lächelte verschmitzt und hob seinen Schlüsselbund noch einmal in die Höhe, als wäre er eine Art Trophäe. »Was ihr Kerle nur immer mit euren Autos habt.«

Zugegeben, er hatte ein mulmiges Gefühl, als Julia zusammen mit Anja, den Mädchen und seiner Mutter vom Parkplatz fuhr. Wenn er aber eines wusste, dann, dass er Julia stets sein Vertrauen schenken konnte.

Vier kleine Kostproben Whiskey und eine Autofahrt zum Tegernsee später, saß Max' Familie beim Abendbrot zusammen und die Zwillinge wurden es nicht leid, ihrem Großvater von ihren Erlebnissen des Tages zu berichten. Wohingegen Lukas noch immer mit der Tatsache zu kämpfen hatte, dass er außer einer Geruchsprobe bei der Whiskey Verkostung leer ausgegangen war.

Vielleicht lag es daran, dass er ein bisschen Alkohol im Blut hatte, aber Max fühlte sich so wohl wie schon seit langer Zeit nicht mehr. Daran konnte auch die

Textnachricht von Robert am Nachmittag nichts ändern, der ihn darüber informierte, dass ihm inzwischen nur noch eine Unterschrift zum Gewinn der Wette fehlte.

Gemeinsam besprachen sie den nächsten Tag, verteilten die Aufgaben, die es zu erledigen galt. Steffi goss ihrer Mutter ein Glas Sekt ein, der die steigende Nervosität deutlich anzumerken war. Ein rundherum gelungener Abend nahm einen schönen Ausklang. Als Max Julia zu seinem Zimmer begleitete, konnte er sich sicher sein, dass ihnen alle Augenpaare folgten.

»Gute Nacht, Julia. Wir sehen uns morgen.« Er hatte die Balkontür geöffnet und den ersten Schritt auf den hölzernen Boden gesetzt, als Julia ihn zurückhielt.

»Max, ich … ähm, vielen Dank für den schönen Tag. Ich hatte wirklich Spaß.«

»Freut mich sehr, dass es dir gefallen hat. Dadurch fühle ich mich auch gleich viel weniger schuldig, dich …«

»Bap, bap, bap. Wir haben eine Vereinbarung, schon vergessen?«

Ergeben hob er die Hände. »Ich vergaß. Mein Fehler.« Die kühle Abendbrise streifte über sein Gesicht und sein Blick fiel zum See, wo sich die Lichter der gegenüberliegenden Stadt im Wasser spiegelten. »Hast du noch ein paar Minuten Zeit? Ich würde dir gern etwas zeigen.«

»Was hast du vor?«

»Wie wäre es mit einem kleinen Abenteuer? Keine Angst, dir kann nichts passieren.« Er ging voran, nutzte am Ende des Balkons die Verzierung des Geländers als Stufe und hievte sich auf das flach abfallende Dach. Bis zum Dachfenster der Garage waren es nur drei große Schritte und die Bauart des Hauses erlaubte es ihm, bedenkenlos und ohne Gefahr dorthin zu gelangen, da selbst ein Sturz unwillkürlich auf dem breiten Balkon enden würde, der das Haus umgab. Allerdings wollte er nicht zur Garage, er wollte Julia den freien Seeblick zeigen.

»Das nennst du ein kleines Abenteuer? Hätte ich das gewusst, hätte ich erst einmal ein Testament gemacht.«

»Glaubst du mir, wenn ich dir sage, dass dir nichts passieren kann?« Er streckte ihr seine Hand entgegen.

»Habe ich denn eine andere Wahl, als dir zu glauben?« Nicht ohne eine gewisse Skepsis in ihrer Stimme stellte sie ihren Fuß auf die Sprosse und griff nach seiner Hand.

Max zog sie zu sich auf das Dach und bemerkte sofort, dass sie sich nicht sicher zu fühlen schien. Jedenfalls blieb sie wie angewurzelt stehen und hielt seine Hand so fest umschlossen, dass er Angst hatte, sie würde die Blutversorgung unterbrechen.

»Wenn du dich hier oben nicht wohl oder sicher fühlst, gehen wir sofort wieder runter. Du brauchst es nur zu sagen.«

»Sag mir lieber, warum wir überhaupt hier oben sind.« Sie starrte ihn immer noch an. Es war aber weniger Angst als Unsicherheit, die sich in ihren Augen widerspiegelte.

»Am besten drehst du deinen Kopf nach rechts. Dann wirst du es schon sehen.«

Julia kam seiner Aufforderung nach und noch ehe Max ein beeindrucktes »Wow«, von ihr hörte, hatte sie ihre Hand aus seiner gelöst.

»Schön, nicht?«

»Eher unglaublich, was nicht einmal zwei Meter

Höhenunterschied ausmachen können. Dieser Ausblick …«

»Von hier oben schränken die Baumwipfel den Blick nicht so ein. Ich habe früher hier gesessen, wenn ich nachdenken musste und ungestört sein wollte.«

»Das hört sich so an, als ob du öfter hier warst?«

Damit hatte Julia nicht unrecht. Tatsächlich hatte es in seinem Leben häufiger Zeiten gegeben, in denen er hier regelmäßig Zuflucht suchte.

»Entschuldige bitte, das geht mich nichts an.«

»Nein, ist schon gut. Auch bei einer Bilderbuchfamilie wie den Königs ist nicht alles Gold, was glänzt.«

KAPITEL 13

Max' Worte ließen Julia aufhorchen, denn die Bitterkeit, die in seiner Stimme mitschwang, kannte sie bisher nicht von ihm. Eigentlich hätte es sie nichts angehen müssen, doch Max war ihr so vertraut, dass sie es nicht übers Herz brachte, einfach darüber hinwegzugehen. Dafür war ihr in den letzten beiden Tagen viel zu häufig aufgefallen, wie distanziert er und sein Vater waren. Doch ihre Befürchtung bezog sich nicht nur auf das Vater-Sohn-Verhältnis. So glücklich die Familie König wirkte, befürchtete Julia, dass nicht nur ihre eigene Familie mit Sorgen und Problemen zu kämpfen hatte. Und bei dieser Bewältigung konnte auch ein noch so schöner Ausblick nicht helfen.

»In welcher Familie ist es das schon?«

»Das hört sich beinahe so an, als ob du weißt, wovon ich rede?«

Mit wackligen Knien machte sich Julia daran, sich auf das Dach zu setzen. Sicher war nun mal eben sicher und obwohl sie wusste, dass Max recht hatte, und sie nicht in ernsthafter Gefahr war – immerhin befand sich der breite Balkon nur ungefähr ein Meter fünfzig unterhalb von ihr – brauchte sie ihr Glück nicht herauszufordern. Er würde seine Gründe dafür gehabt haben, ihr diesen Platz zu zeigen. Und wenn ihr die letzten Tage eines verdeutlicht hatten, dann, dass sie nicht nur Kollegen, sondern irgendwie zwischenzeitlich auch Freunde waren.

»Meine Geschichte ist ziemlich sicher eine andere als deine, aber am Ende geht es doch um unsere Familien, unser Leben und darum, welche Entscheidungen wir für uns selbst treffen.«

Max setzte sich neben sie, wobei sein Bein ihres streifte. Wieder war da dieser kurze Stromschlag, der sich vertraut anfühlte. Nichts an der Situation fühlte sich merkwürdig an.

»Hast du Entscheidungen, die du getroffen hast, jemals bereut?«

»Ständig.« Julia musste lachen, denn sie dachte dabei weniger an lebensverändernde Umstände. »Ich kann zum Beispiel bis heute nicht verstehen, wie ich mich mit sechzehn habe dazu hinreißen lassen können, mir die Haare Pink zu färben.« Ein Fehler, den sie bis heute bereute, wenn sie sich Bilder aus der Zeit ansah. »Aber das ist sicherlich nicht die Art von Entscheidung, die du gemeint hast.«

Max' Brustkorb bebte und sie konnte sein leises Lachen hören. »Ich hatte als Jugendlicher mal kinnlanges Haar. Das war damals total angesagt und niemand konnte mich davon abbringen, meine Haare wachsen zu lassen. Du kannst dir sicher vorstellen, wie blöd ich mit meinen Locken ausgesehen habe.«

»Ich mag es, wenn du deine Haare nicht so streng frisiert hast und man deine Locken sieht.« Hatte sie das wirklich laut gesagt? »Also, ich meine … ähm, das steht dir. Wir merken uns also für die Zukunft, Locken okay, aber Länge beachten.«

»Ist notiert.«

»Und was die anderen Entscheidungen anbelangt, so denke ich, dass es der Lauf des Lebens ist. Manches, das wir tun, werden wir für immer bereuen und manchmal bedauern wir zutiefst, nicht unserem Herzen gefolgt zu sein. Gehört es nicht zum Leben, unsere Entscheidungen zu hinterfragen? Wer urteilt darüber, ob sie falsch oder richtig sind? Steht dieses Urteil nicht einzig und allein uns zu?« Julia, die sich von ihren eigenen Worten übermannen ließ, legte ihre Hand auf Max' Unterarm. Seine Haut fühlte sich warm an und die feinen Härchen kitzelten ihre Handflächen. »Versteh mich nicht falsch, ich spreche von Entscheidungen, die wir einzig und allein für uns treffen und für die wir am Ende selbst geradestehen müssen.«

»Dann hast du dich niemals von deiner Familie beeinflussen lassen?«

»Natürlich. Meine Ausbildung damals im Hotel habe ich sicher nicht gemacht, weil es mein Traumjob war. Ich wollte nur die Erwartung meiner Eltern erfüllen und eine gute Tochter sein.« Dabei hätte sie am liebsten nur ihre jüngere Schwester unterstützt und gemanagt, die damals vor dem Beginn ihrer Karriere als Profisportlerin gestanden hatte. »Wie war das bei dir? Wolltest du überhaupt Jura studieren oder wurdest du auch eher in die Richtung gedrängt?«

Max zog die Beine an und Julia fiel auf, dass sie noch immer seinen Unterarm berührte. Hastig löste sie ihre Hand und verschränkte ihre Arme vor der Brust, damit sie nicht ein weiteres Mal in Versuchung geriet, sich zu einer unpassenden Geste verleiten zu lassen.

»Mein Vater träumte immer davon, dass eines seiner Kinder eines Tages seine Kanzlei übernehmen würde. Steffi wurde während ihres Jura-Studiums schwanger und hat abgebrochen. Bei Anja war von Beginn an klar, dass sie in einen sozialen Beruf gehen würde. Also habe ich Jura studiert, um die Erwartungen meines Vaters zu erfüllen. Während des Studiums habe ich in der Kanzlei gearbeitet und ziemlich schnell bemerkt, dass das nicht meine Welt war.« Max seufzte. »Wie es der Zufall wollte, erhielt ich die Möglichkeit, ein Praxissemester bei *Sportwerk* zu absolvieren und da wusste ich, dass das exakt das war, was ich machen wollte.«

»Dein Vater war sicher nicht begeistert.«

»Begeistert? Nein.« Seine Stimme wurde leiser. »Kurz nachdem ich ihm meinen Entschluss mitgeteilt habe, mich anderweitig zu orientieren, erlitt er einen Herzinfarkt und ich bin geblieben.«

Julias Herz zog sich aus Mitgefühl schmerzhaft zusammen. »Du bist geblieben?«

»Ich habe das getan, was von einem guten Sohn erwartet wird. Habe die Fälle vorläufig übernommen, Tag und Nacht geschuftet, meine Beziehung vernachlässigt, bis der Punkt erreicht war, an dem ich nicht mehr wollte und keinen Sinn mehr hinter all dem gesehen habe.«

»Was hast du getan?« Julia wusste, dass sie nicht so neugierig sein sollte, aber sie konnte nicht widerstehen, Max' ganze Geschichte zu erfahren.

»Das einzig Richtige: Ich habe die Reißleine gezogen.« Und wieder waren da diese Traurigkeit und der Schmerz in seiner Stimme, die Julia nicht überhören konnte.

»Während mein Vater und der Vater meiner damaligen Freundin bereits eifrig Zukunftspläne schmiedeten, verfolgte Vanessa ihre eigenen Pläne. Es stellte sich heraus, dass die kleine Welt, die wir uns erschaffen hatten, ihr am Ende nicht groß genug war. Sie lernte in München einen Investmentbanker aus London kennen und zog es vor, ihre Lebensplanung ohne mich fortzuführen. Dabei hatte ich schon einen Ring für sie gekauft.« Abwesend fuhr er sich durch die Haare. »Ich hatte bereits so viel Zeit damit verbracht, andere Menschen glücklich zu machen, dass ich einen Entschluss fasste. Einen, der mich glücklich machen sollte. Ich setzte also meinen Vater in Kenntnis, brachte mich bei *Sportwerk* wieder ins Spiel und besuchte meine Familie von da an nur noch unregelmäßig.«

»Schade, man merkt dir an, wie gern du hier bist und wie sehr du die Zeit mit deiner Familie genießt. Denkst du, dass sich das mit deinem Vater irgendwann wieder einrenken wird?« Julia ließ Max die Zeit, über eine Antwort nachzudenken und ignorierte die Information, dass er seiner Ex-Freundin einen Antrag hatte machen wollen.

»Ich weiß es nicht, aber ich würde es mir wünschen.« Er seufzte ein weiteres Mal. »Genug herumgeheult. Whiskey lässt mich wohl rührselig werden.«

Es war nicht der Whiskey, der aus Max gesprochen hatte. Die Verkostung lag schon Stunden zurück und sie hatte zu keinem Zeitpunkt den Eindruck, dass er betrunken oder angeheitert war. Julia befürchtete eher, dass ihm der Kummer schon lange Zeit auf der Seele brannte und er bisher noch niemanden gefunden hatte, dem er sich öffnen konnte und wollte. Das wiederum rührte sie und verdeutlichte ihr einmal mehr, wie vertraut sie sich inzwischen waren.

»Entschuldige bitte, wenn ich dich eben vollgetextet habe, dabei wollte ich dir doch nur die schöne Aussicht zeigen.« Er stand auf und reichte ihr seine Hand. »Wir sollten schlafen gehen. Morgen wird ein anstrengender Tag, bis ich die ganze Liste erledigt habe, die mir Mama aufgetragen hat.«

»Ich helfe dir gern.« Sie griff nach seiner Hand und ließ sich von ihm hochziehen. »Susanne übergeht mich sowieso bei all den vielen Aufgaben und wie du weißt, ist Herumsitzen nicht mein Ding.«

»In Ordnung. Aber beschwer dich hinterher nicht bei mir.«

Es fühlte sich gut an, Max wieder lächeln zu sehen.

Vorsichtig folgte sie ihm bis zum Rand des Daches und ließ ihm den Vortritt. Mit zwei großen Schritten war er über das Geländer auf den Balkon gelangt und streckte ihr ein weiteres Mal hilfsbereit seine Hand entgegen. Einen kurzen Moment sah sich Julia in einer kitschigen Liebeskomödie wieder, bei der sich die Heldin der Geschichte wie von Zauberhand in einen Tollpatsch verwandelte und in den Armen des Helden landete. Nur war sie keine Heldin und Max kein Held. Es war auch keine Liebeskomödie, die sie hier spielten, sondern vielmehr ein improvisiertes Theaterstück, das ihnen jederzeit entgleiten konnte.

»Keine Angst, ich halte dich fest.«

Erst jetzt bemerkte sie, dass sie noch immer bewegungslos dastand und ihren abstrusen Gedanken hinterher hing. Merkwürdig, was ihr alles so durch den Kopf ging. Über sich selbst verwundert, setzte sie sich an den Rand des Daches, tastete mit ihren Füßen nach der obersten Sprosse des Balkongeländers und machte einen

Schritt nach dem anderen – ganz ohne seine Hilfe.

»Selbst ist die Frau. Das finde ich gut.« Er lehnte sich zu ihr. »Ich wäre dir trotzdem gern behilflich gewesen. Immerhin bist du nur wegen mir überhaupt da rauf geklettert.«

»Und ich danke dir sehr für den wunderschönen Ausblick. Lass uns das gern wiederholen, dann aber mit einer gesicherten Leiter und etwas mehr Licht.«

»Nur, wenn du mir dann auch was über dich erzählst.«

Ihr Herz schlug mit einem Mal schneller in ihrer Brust. »Über mich?« Er wollte, dass sie ihm mehr über sich erzählte?

»Eventuell gibt es zu den pinken Haaren ja noch eine wilde Outfitgeschichte.«

Ach, das meinte er. »Mal schauen.« Sie verabschiedete sich bei ihm mit einem Lächeln. »Gute Nacht, Max.«

»Gute Nacht, Julia.«

Es war nur eine beiläufige Berührung ihrer Hände im Vorübergehen, doch das Kribbeln in ihrem Bauch war ein eindeutiges Indiz dafür, dass sie die ganze Sache mit Max näher an sich heranließ als beabsichtigt. Dabei war es kein Geheimnis, dass sie ihn mochte und sie ein tolles Team waren. Sie musste sich dringend etwas einfallen lassen, um die Schmetterlinge in ihrem Bauch rechtzeitig wieder einzufangen, ehe diese zu großen Schaden anrichteten.

***

Max lag noch lange Zeit auf der ausziehbaren Couch über der Garage und starrte durch das Dachfenster zum Nachthimmel. Die Tatsache, dass er sich aus einer Laune heraus ausgerechnet Julia anvertraut hatte, wühlte ihn mehr auf, als er gedacht hatte. Über Jahre hatte er sich in Schweigen gehüllt und nicht einmal seiner Familie anvertraut, wie es zur Trennung von Vanessa gekommen war. Sie alle gingen nach wie vor davon aus, dass er die Beziehung mit ihr beendet hatte, weil er keine Lust mehr auf sie gehabt und zurück nach München gewollt hatte. Aber hätten sie es nicht besser wissen müssen? Vor allem seine Familie?

Andererseits hatte er alle Gespräche abgeblockt, die in diese Richtung zielten. Wie sollten sie sich also sicher sein? Trotzdem. Ausgerechnet Julia? Hatte er ihr nicht schon zu viel zugemutet? Und jetzt auch noch der Seelenstriptease?

Immerhin konnte er sich ihrer Verschwiegenheit sicher sein. Es gab kaum jemanden, dem er so sehr vertraute wie ihr und das, obwohl sie sich erst seit einem Jahr kannten und noch nicht einmal sechs Monate zusammenarbeiteten. Sie waren ein tolles Team.

Nun sollte er endlich schlafen, anstatt alles zu hinterfragen. Die nächsten beiden Tage würden anstrengend genug, umso mehr freute er sich, Julia an seiner Seite zu wissen. Gemeinsam mit ihr wäre es ein Kinderspiel, all die Aufgaben abzuarbeiten, ebenso wie der verwandtschaftliche Spießrutenlauf am Sonntag. Ob sie sich freuen würde, wenn er ihr nächste Woche einen Blumen…

Argh! Dachte er gerade ernsthaft darüber nach, Julia zum Dank Blumen zu schenken? Welchen Eindruck würde das denn vermitteln? Immerhin ging es nicht um irgendeine Frau, es ging um Julia. Er schenkte ihr doch keine Blumen. Vielleicht eine Packung Butterkekse mit

Schokoladenüberzug, aber niemals Blumen!

Außerdem, was würde Toni dazu sagen? Sie liebte diesen Kerl. Sicher wäre er nicht begeistert, wenn seine Freundin Blumen von einem anderen Mann erhielt. Schon gar nicht von dem, mit dem sie ein Wochenende verbracht hatte. »Ha.« Ob der Kerl überhaupt von ihrem Ausflug wusste? Bestimmt. Julia würde so etwas doch niemals vor der Person verschweigen, die sie liebte. Toni musste demnach ein sehr toleranter Mann sein.

Mit einem Mal fühlte sich das Kribbeln auf seiner Haut falsch an, das er verspürte, als er mit Julia auf dem Dach gesessen und sie ihn getröstet hatte. Oder auch die beiläufige Berührung, als sie sich verabschiedet hatten und Julia zurück in sein Zimmer gegangen war. Der ganze Raum roch nach ihr und ihrem frischen, blumigen Parfum, das er so sehr mochte. Es war genauso unaufdringlich wie sie selbst.

Frustriert drehte er sich zur Seite und zog das Kissen über seinen Kopf. Hätte er mal besser mehr Whiskey getrunken. Vielleicht hätte ihm das einige dieser abstrusen Gedanken erspart …

KAPITEL 14

Max schickte ein Stoßgebet zum Himmel, als er im strömenden Regen zusammen mit dem Mitarbeiter des Blumenladens dessen Lieferwagen an der Eventlocation entlud. Zwar lag der Veranstaltungsort um die Ecke seines Elternhauses, nur konnte man den neuen Anbau an das Hotel dummerweise nicht direkt anfahren.

Julia war ihnen mit einem großen Schirm gefolgt, den sie schützend über die Tischgestecke hielt, die aufgereiht auf einem Transportwagen standen und noch ins Innere gebracht werden mussten. »Es sind alle Gestecke hier, plus die beiden für die Kirche und der kleine Strauß für deine Mutter.«

Zwar mussten die beiden Blumenarrangements für die Kirche eigentlich in seinen Wagen, doch es hätte keinen ungünstigeren Zeitpunkt geben können, um die wertvolle Fracht umzuladen. Max unterschrieb daher rasch für die Lieferung und war sich zugleich sicher, dass das durchweichte Stück Papier mit seiner verwischten Unterschrift kaum als Beleg dienen würde.

Während der Mitarbeiter sich zügig in sein Auto setzte und davonfuhr, mühte sich Max, den Transportwagen zum Gebäude zu fahren, dessen kleine Räder sich allerdings nur schlecht lenken ließen. Er kam sich wie ein Idiot vor, der ungelenk dem Willen des Gefährts folgte. Julia drückte ihm den Schirm in die Hand und übernahm kurzerhand selbst das Steuer. Sie drehte den Wagen.

»Ziehen funktioniert besser als schieben.«

Perplex sah er ihr hinterher, wie sie scheinbar mühelos auf den Bau zusteuerte. »Hättest du das nicht früher sagen können?« Er hetzte ihr mit dem Schirm hinterher, doch es fehlten nur noch wenige Schritte bis zu ihrem Ziel. So war nicht nur er bis auf die Haut nass geworden, auch Julia hingen ihre dunklen Haarsträhnen ins Gesicht und ihr lachsfarbenes Hemd klebte an ihrem Körper.

Unterdessen jagten die Zwillinge durch den Veranstaltungsraum, während Anja noch einmal das Geschirr auf den runden Tischen zurecht schob und Platzkärtchen nach dem Plan ihrer Mutter verteilte.

Julia parkte den Tischschmuck nahe dem Eingang. »Die Gestecke lassen wir besser erst einmal an der Seite stehen, bis sie getrocknet sind und keine hässlichen Flecken auf den Tischtüchern hinterlassen.«

Zufrieden sah sich Max in dem Raum um. Die Hotelmitarbeiter hatten die Tische bereits eingedeckt, die Dekoration war mit Ausnahme der Blumen fertig und die Platz- und Menükarten waren verteilt worden. Die drei Musiker, die seine Eltern engagiert hatten und die die Gäste während der Feier mit leichter Hintergrundmusik unterhalten sollten, hatten bereits einen Teil ihres Equipments aufgebaut. Alles war fertig und für sie gab es hier nichts mehr zu tun.

Ein Blick auf seine Uhr verriet ihm, dass sie für mehr auch kaum noch Zeit hatten. In weniger als dreißig Minuten sollten sie in der Kirche sein, wo Steffi und Lukas dafür Sorge trugen, dass bis zu ihrer Ankunft die Chorprobe beendet sein würde. Seit Max denken konnte, sang seine Mutter im Gemeindechor und es wäre jammerschade, wenn sie schon vor dem Gottesdienst von dieser Überraschung erfahren würde. Zudem hatten seine Eltern keine Ahnung, dass er und seine Schwestern einen Sektumtrunk geplant hatten.

»Ich weiß nicht.« Julia seufzte. »Irgendetwas fehlt noch.«

Verwundert sah er sie an und war kurz versucht, ihr eine der nassen Strähnen aus dem Gesicht zu streichen. Frustriert rieb er sich die Augen. Hatte ihm jemand etwas in seinen Kaffee getan oder wo kam das so plötzlich her? »Ich finde es perfekt. Es fehlt doch nichts.«

»Hm …«

»Das dachte ich auch schon. Aber ich komme einfach nicht drauf. Vielleicht sind es zu wenig Blumen?« Anja wirkte zerknirscht. »Aber ich wüsste nicht, wo wir auf die Schnelle jetzt noch mehr besorgen könnten.«

»Nein.« Abwesend schüttelte Julia den Kopf und streifte durch den Raum. »Das ist es nicht.« Sie stützte sich an der Rückenlehne eines Stuhls ab und starrte eine leere Wand an. »Wie viele Kinder werden morgen hier sein?«

»Zwölf«, antwortete Anja.

»Und es gibt Kuchen?«

Max fragte sich, was die Anzahl der Kinder mit den Kuchen zu tun haben sollte. »Ja, unsere Mutter hat ein paar Tanten gefragt, ob sie für den Kaffee am Nachmittag Kuchen und Gebäck mitbringen würden.«

»Hach, dann weiß ich, was wir machen werden.« Zielstrebig ging Julia auf Max zu. »Wir müssen nachher noch ein paar Besorgungen erledigen.«

»Besorgungen?«

»Ja«, bestätigte sie ihm und wandte sich an Anja. »Und wenn es in Ordnung ist, würde ich die Mädchen gern mitnehmen.«

»Ähm, ja. Natürlich. Aber du weißt, wie wild die beiden sein können.«

»Moment.« Max unterbrach sie. »Willst du uns denn nicht zuerst erzählen, was du überhaupt machen willst?«

Julia trat einen Schritt zurück, formte einen Rahmen vor ihrem Gesicht und blickte erneut auf die leere Wand. »Exakt dort werden wir für die Kinder eine Spiele- und Malecke aufbauen und daneben eine kleine Candy Bar. Dort können wir die ganzen Kuchen eurer Verwandtschaft aufreihen und noch ein paar Gläser mit Süßigkeiten dazustellen.«

»Das ist genial. Warum bin ich nicht darauf gekommen?« Anja juchzte vergnügt. »Und ich kann dir genau sagen, wo ihr alles kaufen könnt.«

Hatte Max bis vor wenigen Minuten gedacht, dass der restliche Nachmittag nach all dem Trubel des Vormittags entspannt verlaufen könnte, wurde er nun eines Besseren belehrt. Doch seltsamerweise fand er großen Gefallen an Julias Vorschlag und freute sich schon auf den spontanen Einkaufsbummel mit ihr und den Zwillingen.

»Ich will ja kein Spielverderber sein, aber wir sollten allmählich los. Sonst werden wir heute nicht mehr fertig.«

* * *

Nachdem Julia Anja dabei geholfen hatte, die Mädchen sicher im Auto anzuschnallen, und Max ein weiteres Mal durch den Regen gerannt war, um die Blumenbouquets im Auto seiner Schwester zu verstauen, weil sein Coupé nicht ausreichend Platz dafür hatte, fuhren sie endlich zur Kirche.

»Frierst du? Du bist völlig durchnässt.« Max deutete zum Rücksitz. »Da hinten müsste noch ein Sakko von mir liegen, falls du dir etwas überziehen möchtest.«

»Geht schon, danke.« Sie zog an den langen Ärmeln ihrer Hemdbluse, damit sich der Stoff von ihrer Haut löste und erkannte zugleich, dass das ein aussichtsloses Unterfangen war. Alles klebte an ihr, einschließlich ihrer Jeans. »Bevor wir nachher aber mit den Mädchen losgehen, würde ich mich tatsächlich gern umziehen.«

»Das lässt sich einrichten. Übrigens ...« Er sah kurz zu ihr. »Das war eine tolle Idee vorhin und wird meiner Mutter bestimmt gefallen. Woher weißt du sowas?«

»Liegt mir vermutlich im Blut. Vergiss nicht, meine Familie kommt aus der Hotellerie und ich kann noch dazu eine Ausbildung vorweisen.«

Max parkte den Wagen auf einem der freien Parkplätze vor der Kirche und schaltete den Motor aus. »Du hast viele verborgene Talente, Paul. Aber kannst du auch einen Schirm aus dem Hut zaubern?« Er deutete zum Eingang, wo Anja mit den Mädchen und einem Regenschirm hinter der großen Holztür im Inneren verschwand. »Ich habe meinen nämlich meiner Schwester gegeben und sie verschwendet vermutlich keinen Gedanken daran, ihn uns wiederzugeben.«

Erneut war da sein verschmitztes Grinsen, das er viel zu selten zeigte, ihm jedoch äußerst gut stand. Noch dazu hatte der Regen dafür gesorgt, dass sein lockiges Haar wild vom Kopf abstand, was sie ganz besonders an ihm mochte. Dadurch wirkte er weniger wie der perfekte Strahlemann, sondern war einfach nur Max.

»Zaubern kann ich nicht, dafür kann ich rennen. Wie wäre es mit einem Wettrennen?« Mancher würde sie vielleicht kindisch nennen, womöglich sogar Max, aber das war ihr egal. Kaum hatte sie ausgesprochen, öffnete sie schon die Beifahrertür.

Der Regen prasselte unerbittlich auf sie herunter, während sie zur Kirche rannte. Sie hatte die oberste Stufe und somit die große Holztür gerade erreicht, als sich völlig unerwartet Max' Arm von hinten um ihre Taille schlang und sie ausbremste. Gemeinsam gerieten sie ins Straucheln und Julia krallte sich automatisch an seinem starken Unterarm fest. Obwohl die Gefahr bestand, dass sie jeden Augenblick umfallen würden, lachte sie vergnügt.

»Du hast mich ganz schön ausgetrickst.« Max hatte seinen Arm noch immer um Julia gelegt und war ihr dabei so nahe, dass seine Worte ihr eine Gänsehaut bescherten. Ihr ganzer Körper kribbelte und sie war froh, dieses Gefühl auf den Umstand schieben zu können, dass sie durchnässt war und fror.

»Regel Nummer zwei, Max …«

»Was genau ist Regel Nummer zwei?«

Erschrocken fuhren die beiden auseinander, als sie Steffis Stimme hörten, die die Tür für sie öffnete.

»Ähm …« Julia fühlte sich wie auf frischer Tat ertappt, dabei hatte sie überhaupt nichts gemacht. Oder doch? Normal war es jedenfalls nicht, dass sie das abrupte Ende seiner Berührung bedauerte.

»Erwarte stets das Unerwartete.«

»Na, dann kommt mal herein. Ich habe nämlich ziemlich unerwartete Nachrichten für euch. Papa steht in München im Stau. Beim Friseur gab es einen Stromausfall, weshalb sich Mama verspätet, und unser Pfarrer hat nur noch fünfzehn Minuten Zeit, ehe er zu einer Beisetzung muss. Genug Unerwartetes für euch?«

Wenn Julia bisher glaubte, ihr wäre kalt, dann hatte die Temperatur auf einen Schlag um weitere zehn Grad abgenommen. Sie strich sich über die nassen Ärmel ihres Hemdes und folgte Steffi.

Konnte man von außen einen guten Eindruck über das imposante Bauwerk gewinnen, das eingebettet in den alten Klostermauern lag, so bereitete doch nichts Julia auf das wunderschöne Innere dieser Basilika vor. Sie folgten dem langen weißen Mittelschiff mit den bemalten Torbögen, das sie direkt zum Hochaltar auf der gegenüberliegenden Seite führte. Die Deckengemälde und der Stuck waren einzigartig und so detailverliebt ausgearbeitet, dass Julia sich gern alles genauer angesehen hätte. Doch dafür hatte sie jetzt leider keine Zeit.

Außer ihnen befanden sich noch Touristen in der Kirche, die sich ehrfürchtig umsahen und zahlreiche Schnappschüsse machten.

»Wie seht ihr denn aus? Seid ihr noch eine Runde schwimmen gewesen? Ihr wisst doch, für so etwas haben wir heute keine Zeit.« Christian hatte einen eigenartigen Sinn für Humor, aber irgendwie mochte Julia ihn.

»Sehr witzig.« Max klang angespannt. »Was machen wir denn jetzt? Wann kommt Mama und was um alles in der Welt hat Papa in München verloren?«

»Das ist gerade vollkommen egal. Wir müssen mit Pfarrer Böhm den Ablauf für morgen besprechen, ehe er geht.« Anja sank erschöpft auf die vordere Kirchenbank und strich sich über den Bauch. Sofort wurde sie von ihrer Familie besorgt umzingelt, die sich nach ihrem Wohlergehen erkundigte.

»Vielleicht solltest du dir heute Nachmittag eine kleine Pause gönnen. Der Tag war anstrengend und der morgige wird nicht weniger stressig.« Steffi tätschelte den Arm ihrer Schwester. »Ich kann mich nachher um die Zwillinge kümmern, wenn du möchtest.«

»Das ist lieb von dir, aber nicht nötig. Max und Julia werden nach ihnen schauen.«

»Oh, okay. Wie das?«

Steffi stand ihre Neugier ins Gesicht geschrieben, doch war das nicht der richtige Zeitpunkt, um sie über die genauen Umstände zu informieren, die zur Änderung der Pläne geführt hatten. Vielmehr drängte Julia darauf, das enge Zeitfenster zu nutzen, bevor der Pfarrer nicht mehr da sein würde. »Das erklären wir dir später. Jetzt gibt es erst mal Wichtigeres zu besprechen.«

Wie auf Kommando tauchte der betagte Pfarrer auf und umriss für sie noch einmal den Ablauf des Gottesdienstes. Wenn Julia ihn richtig verstand, fand die kleine Zeremonie im Anschluss an die offizielle Messfeier statt, sodass die Besucher selbst entscheiden konnten, ob sie bleiben oder gehen wollten.

»Susanne und Franz werden dann hier stehen.« Der Pfarrer deutete auf eine Stelle vor dem Altar. »Max, stell dich mal mit deiner Freundin hierher.«

»Wie? Ich kann doch nicht einfach mit Paul vor den Altar treten.«

Christian lachte. »Wer, wenn nicht ihr zwei Turteltäubchen?«

Max' Unsicherheit hatte schon etwas Komisches,

dennoch wurde Julia flau im Magen.

»Wer ist Paul?«, fragte der Pfarrer irritiert nach.

»Entschuldigung. Ich meinte natürlich Julia.«

Wie ferngesteuert folgte Julia Max zu der Stelle, die der Pfarrer ihnen zuwies. Ihr Herz trommelte nervös und dieses ständige Rauschen in den Ohren machte sie verrückt. Was der Geistliche sagte, bekam sie schon lange nicht mehr mit. Sie stand nur da und sah zu Max, der ebenso überrumpelt zu sein schien.

»Geh Max, mach mit. Ich hab nur noch ein paar Minuten Zeit«, tadelte ihn Pfarrer Böhm in seinem typisch bayerischen Akzent.

»I-Ich ...« Max sah den Pfarrer an. »Wie war die Frage noch mal?«

»Welche Frage? Ich sagte, dass sie sich dann die Hände reichen und ich die Ringe segne.« Der Pfarrer schüttelte den Kopf. »Wo bist du denn nur mit deinen Gedanken? Jetzt nimm halt die Hände von deinem Madel.«

Julia stockte der Atem, als Max der Aufforderung nachkam und plötzlich noch näher bei ihr stand. Entgegen ihrer Erwartung, seine warmen Hände zu fühlen, waren diese eiskalt. Unterdessen fuhr der Geistliche mit seinen Ausführungen fort, erklärte den weiteren Verlauf, bis er schließlich auf das Amen verwies, das die Zeremonie beenden würde.

»Heißt es nicht zum Schluss, dass der Bräutigam die Braut küssen darf?«

Christian lachte und Lukas stimmte augenblicklich mit ein, wohingegen Anja und Steffi sich sogleich begeistert von dem Vorschlag zeigten.

»Na, ich hoffe doch, dass der Franz nach vierzig

Jahren keine Aufforderung mehr braucht, um seine Susanne zu küssen.« Pfarrer Böhm klopfte Max auf die Schulter. »Und bei dir wäre ich tolerant genug, darüber hinwegzusehen, dass eure Vermählung nur fiktiv war. Vielleicht mogst deiner Julia ja a Busserl geben?«

Julia hielt den Atem an und hätte schwören können, dass ihr Herz ein paar Schläge aussetzte.

»Komm schon, Max. Lass dich nicht zweimal bitten«, animierte Steffi ihren Bruder.

Auch Anja stimmte zu. »Ihr habt das perfekt gespielt, den Kuss habt ihr euch verdient.«

Die Panik in Max' Augen holte Julia in die Realität zurück. Sie hatten nur einen Wimpernschlag Zeit, um abzuwägen, was sie tun sollten. Wäre ihre Geschichte weiterhin glaubhaft, wenn sie diesen Kuss verwehren würden? Überschritten sie eine Grenze, wenn sie sich darauf einlassen würden, um ihre Fake-Beziehung zu untermauern? Julias Welt stand mit einem Mal kopf und es gab nur einen, der sie in diesem Moment verstehen konnte.

Augen zu und durch, beschloss Julia. Es gab schließlich schlimmere Schicksale, als einen attraktiven und erfolgreichen Mann zu küssen, den man noch dazu mochte. Seltsamerweise musste sie sich gar nicht weit strecken. Max kam ihr auf halben Weg entgegen und sie glaubte, ein zaghaftes Lächeln von ihm zu erkennen, ehe sie ihre Augen schloss und den Moment abwartete, an dem sich ihre Lippen treffen würden.

Obwohl sie genau wusste, was passieren würde, raubte ihr der Kuss den Atem und verwandelte ihre Knie in Wackelpudding. Seine Lippen fühlten sich weich an und sie mochte das Gefühl seiner kurzen Bartstoppeln, die leicht ihre Haut kratzten. Es war nur ein kurzer Augenblick, doch Julia wusste, dass zwischen ihnen von nun an nichts mehr so sein würde wie zuvor.

»Wie schön, da bin ich ja gerade noch rechtzeitig gekommen«, hallte Susannes fröhliche Stimme durch die Kirche.

KAPITEL 15

Was um alles in der Welt war da soeben passiert? Hatte Max sich tatsächlich dazu hinreißen lassen, Julia zu küssen? Und hatte es sich wirklich so gut angefühlt oder war das nur Einbildung?

Unbeirrt von der freudigen Stimme seiner Mutter hielt er seinen Blick weiterhin gesenkt und betrachtete Julias volle Lippen, die ihn in Versuchung führten, den Kuss zu wiederholen. Ihre Wangen waren gerötet und nasse Haarsträhnen hingen ihr ins Gesicht. Sie hatte noch nie zuvor so wunderschön ausgesehen wie in diesem Moment.

»Alles okay?«, raunte er ihr zu.

Sie nickte stumm, lächelte zaghaft und wandte dann den Blick ab.

»Kinder, ich bin so schnell gekommen, wie ich konnte. Was habe ich verpasst? Wo ist euer Vater?« Susanne schloss ihren Schirm, legte ihn auf den gefliesten Boden und sah sich suchend um.

»Papa hat es leider auch nicht rechtzeitig geschafft. Aber keine Angst, unser lieber Herr Pfarrer ist gerade alles mit uns durchgegangen und wir werden dir gleich den Ablauf erklären.«

»Ich muss leider zu einer Beisetzung, Susanne.« Der Pfarrer gab ihr rasch die Hand zum Gruß. »Aber es ist genauso, wie Steffi es gesagt hat. Deine Kinder wissen Bescheid und können es dir erklären. Ansonsten bin ich ja morgen da.«

»Dank dir, Severin«, antwortete Max' Mutter. »Bis morgen.«

Der Geistliche hob zum Abschied kurz die Hand und verschwand durch den Nebenraum.

»Habt ihr was von Papa gehört? Beim Frühstück hat er doch noch davon gesprochen, auf jeden Fall rechtzeitig hier zu sein.« Dass das Fehlen ihres Mannes sie irritierte, konnte seine Mutter nicht verbergen.

»Er rief vorhin an und sagte, dass er im Stau steht.« Steffi winkte ab. »Ach, sicher irgendwo wieder ein Unfall wegen des schlechten Wetters.«

»Ja, bestimmt.« Susanne seufzte und wandte sich an Max. »Wenigstens kann ich mir sicher sein, dass wir bestens vertreten wurden. Ich hätte nichts dagegen, zu gegebener Zeit eine weitere Feier auszurichten.«

Auch das noch. Plante seine Mutter jetzt etwa schon seine und Julias Hochzeit? Es wurde wirklich Zeit, dass das Wochenende vorüberging und ihre kleine Show ein Ende fand. Dummerweise fühlte sein Herz in diesem Moment etwas anderes, als sein Verstand ihm zu sagen versuchte. Julia zu küssen war ein riesengroßer Fehler gewesen, doch warum musste sich ausgerechnet dieser Fehler so gut anfühlen?

Seine Gedanken wurden von dem Klingeln eines Telefons unterbrochen, das lautstark durch die Kirche hallte und ihm ersparte, die Aussage seiner Mutter zu kommentieren.

»Entschuldigt bitte.« Hektisch zog Julia ihr Handy aus der Gesäßtasche und stellte es stumm. Sie blickte auf das Display. »Ist es in Ordnung, wenn ich da kurz rangehe?«

»Natürlich. Du brauchst uns doch nicht um Erlaubnis zu fragen.«

Max sah ihr hinterher, wie sie den Mittelgang entlang hastete und auf die Tür zuhielt. Wollte sie etwa im Regen telefonieren?

Susanne setzte sich zu Anja und den Mädchen, die in einem Kindergesangbuch blätterten und sich die bunten Grafiken ansahen. Sie fuhr sich durch ihre grauen, frisch geschnittenen Haare und seufzte erneut. »Das mit dem Friseur hätte ich mir bei dem Mistwetter auch schenken können.«

»Ach, Omi, du siehst so wunderschön aus wie immer.«

Max freute sich über Lukas' aufrichtiges Kompliment. Sein Neffe hatte recht damit und hätte er ihr nicht gesagt, wie schön sie war, hätte er oder irgendein anderes Familienmitglied es getan.

»Wie lieb von dir, Lukas. Ich danke dir.« Susanne schenkte ihrem Enkel ein warmes Lächeln und wandte sich an Max. »Und bei dir muss ich mich wohl entschuldigen, Maxl.«

»Entschuldigen?«, hakte er irritiert nach.

»Ich fand es so schön, dich da vorn mit Julia stehen zu sehen, dass ich wohl ein bisschen plump war. Verzeihst du mir?«

Ob er ihr verzeihen würde? Die Frage war doch eher, ob sie ihm seinen kleinen Schwindel verzeihen würde. Vor allem jetzt, da er sich sicher sein konnte, dass seine

Familie Julia schon beinahe als Familienmitglied betrachtete.

»Da gibt es nichts zu verzeihen, nur die Bitte, ein bisschen Tempo aus der ganzen Sache zu nehmen.«

»Ich weiß, ich weiß … Ihr wollt es ruhig angehen lassen.«

»Apropos Tempo.« Steffi deutete auf ihre Uhr. »Können wir uns ein bisschen beeilen? So langsam bekomme ich einen Riesenkohldampf und je schneller wir mit allem fertig werden, desto früher haben wir Feierabend.«

»Ich gebe Steffi recht. Außerdem wollte Paul noch ein paar Erledigungen machen.« Max deutete zur Kirchentür und bat Anja um den Autoschlüssel. »Ich hole nur rasch die beiden Blumengestecke aus dem Auto.«

»Oh, ich bin schon sehr gespannt, wie sie aussehen.« Susanne stand auf und griff nach ihrem Schirm. »Ich helfe dir.«

»Mama«, quengelte Steffi. »Sollten wir nicht kurz den Ablauf mit dir durchgehen? Max ist doch eh schon nass bis auf die Haut, da hilft auch kein Schirm mehr.«

»Eines nach dem anderen. Auf die zwei Minuten kommt es jetzt auch nicht mehr an. Und vielleicht ist euer Vater bis dahin ja auch hier. Ruft ihn doch mal an, dann wissen wir, ob wir noch warten müssen oder nicht.«

Gemeinsam mit seiner Mutter durchquerte er die Basilika, die ihm schon seit Kindheitstagen vertraut war. Ja, selbst der Geruch hatte sich in all den Jahren nicht verändert. Die große Eingangstür war angelehnt. Vermutlich hatte sich Julia in irgendeiner Ecke des tiefen Türrahmens verkrochen, um vor dem Regen geschützt zu sein.

»Welche Erledigungen hat Julia denn noch zu machen?« Daher wehte also der Wind. Seine Mutter war neugierig.

»Das soll sie dir am besten selbst sagen. Ich will ihr ungern vorgreifen.«

»Verstehe«, antwortete sie ihm gutgelaunt und folgte ihm.

Je näher sie der großen Holztür kamen, desto schneller schlug sein Herz. Er konnte Julias Stimme hören, auch wenn er nicht verstand, was sie sagte. Dafür drang ihr fröhliches Lachen an sein Ohr, das völlig unangebrachte Gefühle in ihm auslöste. So warm und vertraut es ihm war, er musste sich in Erinnerung rufen, dass dieser eine Moment vorüber war, in dem sie sich hatten hinreißen lassen, ihrer Komödie und diesem Kuss nachzugeben. Aber wie konnte er gegen das Flattern in seinem Bauch ankämpfen?

Die Lösung lag auf der Hand und ließ sich am besten mit einem festen Schlag in die Magengegend vergleichen. So jedenfalls fühlten sich Julias Worte an, die er hörte, als er die angelehnte Tür aufzog.

»Ja, du fehlst mir auch. Ich liebe dich, Toni. Bis bald.«

Wie hatte er durch diesen Kuss nur Toni vergessen können! Julia hatte einen Freund und er hatte gerade eine Frau geküsst, die in festen Händen war. Ausgerechnet er, der es doch besser wissen müsste. Schließlich war er selbst schon einmal betrogen worden und kannte das Gefühl, wenn einem das Herz brach. Doch warum hatte Julia diesen Kuss dann überhaupt erwidert? Oder vielmehr, war sie ihm nicht sogar entgegengekommen? Besaß sie tatsächlich so wenig Moral?

Er war völlig verwirrt und wusste nicht, was er tun oder sagen sollte, denn zu allem Überfluss stand er nicht allein hier. Das wiederum versetzte ihn in Panik, denn er hatte nun einiges zu erklären.

»M-Maxl.« Die warme Hand seiner Mutter legte sich beschützend auf seinen Unterarm. »Wer ist dieser Toni und warum sagt Julia, dass sie ihn liebt?«

Bei den Worten seiner Mutter drehte sich Julia zu ihnen um und sah sie überrascht an.

Der Augenblick war gekommen, an dem die Blase zerplatzte und Max sich die Schuld daran geben durfte, seiner Mutter einen der wichtigsten Tage ihres Lebens versaut zu haben. Ein frostiger Schauder durchdrang seinen Körper und er konnte die Kälte bis in die Zehenspitzen fühlen.

»Mama, ich muss dir etwas sagen …«

* * *

Mit wild trommelndem Herzen unterbrach Julia Max, ehe er etwas Falsches sagen würde. Sein eisiger Blick und sein kalter Tonfall ließen für sie nämlich nur einen Rückschluss zu: Max hatte keine Ahnung, wer Toni war.

»Toni ist meine Schwester.«

»Deine Schwester?« Susannes Stimme klang überrascht und fragend zugleich.

»Ja, sie heißt Antonia. Aber wir nennen sie alle Toni.« Ihr Blick suchte den von Max, der wie vom Donner gerührt dastand und sie anstarrte.

»Ach herrje, da bin ich aber erleichtert. Ich dachte schon …« Susanne unterbrach sich selbst, ging einen Schritt auf Julia zu und legte ihre Hand an Julias Wange. »So ein Quatsch. Du würdest meinen Maxl niemals hintergehen. Du hast das Herz am rechten Fleck.«

Susannes raue Hände waren warm und zeugten davon, dass sie anpacken konnte und Arbeit gewohnt war. Die Geste berührte Julia, denn sie konnte sich nicht daran erinnern, wann ihre Mutter das zuletzt getan hatte.

»Ich hoffe sehr, dass wir deine Familie bald kennenlernen dürfen. Aber ich weiß, ein Schritt nach dem nächsten. Fühl dich bitte nicht bedrängt.« Sie deutete zum Parkplatz. »Maxl und ich wollten gerade die Blumengestecke holen.«

»Aber das kann ich doch gern übernehmen. Ich bin eh schon pitschnass.« Julia nahm Susanne den Schirm ab und hoffte darauf, sie würde zustimmen. Sie musste mit Max reden. Nicht unbedingt wegen des Kusses, der sie immer noch verwirrte und für das merkwürdige Gefühl in ihrem Bauch sorgte. Viel eher wollte sie sich bei ihm für das offensichtliche Missverständnis entschuldigen.

»In Ordnung. Aber beeilt euch. Steffi kann unausstehlich werden, wenn sie Hunger hat.« Mit diesen Worten ließ Susanne sie allein zurück und verschwand in der Kirche.

»Wollen wir?« Julia spannte den Schirm auf und bot Max den Platz neben sich an. Er trat neben sie, doch als sie losgehen wollte, hielt er sie zurück.

»Echt jetzt? Toni ist deine Schwester?«

Julia war sich nicht sicher, wie sie sein Schnauben zu deuten hatte. War er sauer? »Tut mir leid, dass du angenommen hast, Toni wäre … ähm, mein Freund?«

»Um ehrlich zu sein, habe ich gerade keine Ahnung, was ich denken, glauben oder tun soll.« Er legte den Kopf schief und schmunzelte. »Gibt es noch weitere missverständliche Namen, über die wir reden sollten, Paul?«

»Hey, du selbst hast mit Paul angefangen«, empörte

sie sich gespielt entrüstet und sah ihn herausfordernd an. »Ich kann also nichts dafür, wenn …« Ihr Herzschlag geriet außer Takt, als sich Max an diesem Tag schon das zweite Mal zu ihr herab beugte. Sie ließ ihren Satz unvollendet, befeuchtete stattdessen ganz automatisch ihre Lippen. Würde er sie etwa erneut küssen? Einfach so? Ohne ein Publikum, dem sie etwas vorspielten?

O ja, er tat es wirklich! Sie spürte seine Lippen auf ihren. Dieses Mal jedoch nicht so zurückhaltend wie zuvor. Der Kuss war heiß, verlangend und atemberaubend. Sie konnte nicht widerstehen, den Schirm einfach fallen zu lassen, um ihre Arme in seinen Nacken zu schlingen. Vergessen war der Regen, der auf sie niederprasselte. Seine Hände legten sich auf ihre Taille und sie spürte seine warmen Hände durch den nassen Stoff ihrer Bluse. Seine Lippen luden sie dazu ein, ihren Mund zu öffnen und seine Zungenspitze willkommen zu heißen, die ihr auf sinnliche Weise zu verstehen gab, dass er in diesem Moment nur das eine tun wollte: sie zu küssen.

Ihr entwich ein wohliger Seufzer und endlich vergaß sie alles um sich herum. All die Sorgen, die sie seit Tonis Unfall plagten, der Druck, den sie sich wegen ihres Jobs machte, und die ständigen Reibereien mit ihrer Mutter. Einen Moment lang spürte sie nur vollkommene Freude und tiefes Verlangen. Da waren nur sie und Max, der es verstand, sie zu küssen wie kein anderer Mann zuvor.

»Genau das dachte ich mir, als Susanne ohne dich und die Blumen zurückkam.« Christians herzhaftes Lachen unterbrach zwar den Kuss und diesen Moment mit Max, doch weder Julia noch er wichen ertappt voneinander zurück. Als ob es das Normalste der Welt wäre, dass sie knutschend vor einer Kirche standen und sich in den

Armen lagen.

»Lasst euch nicht stören.« Er hob den Schirm vom Boden auf. »Ich hole die Blumen selbst.«

Max' Blick ging Julia durch und durch und sie wusste mit absoluter Sicherheit, dass er sie noch nie mit so viel Wärme angesehen hatte. Er strich ihr eine nasse Haarsträhne aus dem Gesicht und barg im strömenden Regen seine Hand an ihrer Wange. »Keine Ahnung, was gerade passiert ist. Aber irgendwie … Ich konnte nicht anders, als dich zu küssen.«

Was für ein zuckersüßes Geständnis von ihm. Was sollte sie dem noch hinzufügen? Außer vielleicht … »Mir ging es genauso.«

Konnten sich Gefühle für einen Menschen auf einen Schlag ändern? War es möglich, dass ein Kuss eine derartige Wirkung haben konnte? Die Gedanken in Julias Kopf rasten, doch sie wusste jetzt schon, dass sie die Schmetterlinge in ihrem Bauch bei seinem Anblick so schnell nicht wieder loswerden würde.

Zum Nachmittag hin klarte das Wetter wieder auf und der Regen hatte aufgehört. Nach einer warmen Dusche und in trockener Kleidung fühlte Julia sich wie ein neuer Mensch. Während sie im Badezimmer gewesen war, hatte Max sich nur rasch abgetrocknet und umgezogen. Als sie die Treppen nach unten kam, wartete er bereits an der Tür auf sie.

Verrückt! Ihr Herz machte einen kleinen Sprung, als sie ihn in seinen hellen Jeans und dem schlichten grauen Pullover dort stehen sah. Sein Lächeln ließ sie ein Kribbeln im Bauch verspüren und sie freute sich schon auf ihren Ausflug mit den Zwillingen, um ihr Vorhaben für die Feier in die Tat umzusetzen.

Sie holten die Mädchen zu Hause ab und erhielten von Anja die Adresse des Geschäftes, das sie Julia für den Einkauf ans Herz legte. Kurz darauf machten sie sich mit dem kleinen Familien-Van seiner Schwester auf den Weg in das rund zwanzig Kilometer entfernte Bad Tölz.

Die Zwillinge waren regelrechte Wirbelwinde, doch Julia hatte unglaublich viel Spaß mit den beiden – und auch mit Max. Er lächelte ununterbrochen und sie befürchtete bereits, dass die Schmetterlinge in ihrem Bauch wohl einen Antrag auf Überstunden stellen mussten. Zwar hatte sie Max in den letzten Tagen besser kennengelernt und erfahren, dass sich hinter dem zielstrebigen Geschäftsmann ein Kerl mit Ecken, Kanten und Sorgen verbarg, aber so fröhlich und ausgeglichen hatte sie ihn noch nie erlebt. Natürlich stellte sie sich die Frage, ob sie vielleicht einer der Gründe dafür sein konnte.

Mit einem vollbeladenen Auto und zwei völlig erschöpften Kindern kehrten sie nach knapp drei Stunden wieder zurück. Sie setzten die Mädchen bei ihren Eltern ab und fuhren noch einmal zu der Eventlocation, wo sie die Candy Bar und die Kinderecke aufbauten, die dank Kati und Resi bestens bestückt war. Neben Kartenspielen und Bastelsets hatten sie noch verschiedene Malblöcke und Buntstifte besorgt, die den Kindern hoffentlich Freude bereiten würden.

Julia war gerade dabei, Fruchtgummis in Gläser zu füllen, als Max sich neben sie stellte und sich umsah. »Welches ist deine Lieblingsnascherei? Also mal unabhängig von Butterkeksen mit Schokoladenüberzug? Womit kann man dich verführen?«

Seine zweideutige Frage ließ Julias Herz wild in ihrer

Brust schlagen. Ihr Puls ging so schnell, dass sie befürchtete, er würde die Aufregung in ihrer Stimme hören können. »So einfach bin ich nicht zu verführen.«

»Das hättest du dir überlegen sollen, bevor du acht Packungen Gummifrösche in den Einkaufswagen gepackt hast.« Er grinste schelmisch und nahm einen der grünen Fruchtgummis aus dem Glas. »Zufällig weiß ich aus sicherer Quelle, dass du auf Frösche stehst. Einer parkt sogar in deiner Garage.«

»Ich habe keine Garage.« Sie wollte nach dem Frosch in seiner Hand greifen, da ließ er ihn in seinem Mund verschwinden und kaute genüsslich darauf herum. »Aber um das Eine klarzustellen, ich stehe nicht nur auf sie: Ich liebe Frösche.«

»Du liebst Frösche?«

»Ja.«

»Du weißt schon, dass die hohe Wahrscheinlichkeit besteht, dass, wenn du einen küsst, er sich in einen Prinzen verwandeln könnte?«

Julia konnte nicht anders, sie musste einfach lachen. Wenn Maximilian König tatsächlich darauf abzielte, sie ein weiteres Mal zu küssen, dann war er in seine eigene Falle getappt.

»Welche emanzipierte Frau will heutzutage schon einen Prinzen? Und handelt die Geschichte nicht eigentlich vom Froschkönig? Warum soll ich also den Prinzen wählen, wenn doch ein König im Rennen ist?«

»Da hast du recht.« All der Schalk war aus seinen Augen verschwunden. Dafür erkannte sie ein tiefes Begehren, das sich darin spiegelte und ihre Haut prickeln ließ. Sie war am Zug und kostete es aus, sich an ihn zu schmiegen, ihre Hände um seinen Nacken zu schlingen und ihre Finger in seinen dichten Haaren zu vergraben.

»Das wollte ich schon immer einmal machen«, gestand sie ihm.

»Was genau meinst du? Mich zu küssen oder doch eher mein Leben auf den Kopf zu stellen?«

»Deine Haare zu verstrubbeln.« Sie zögerte nicht lange, sondern ließ ihren Worten Taten folgen.

»Das wolltest du also schon immer mal machen?« Er schmunzelte und Julia konnte sich an seiner wilden Frisur überhaupt nicht sattsehen.

»Das und vielleicht noch etwas anderes.« Bestimmend zog sie ihn zu sich und küsste ihn. Wie war es nur möglich, dass es sich von Mal zu Mal besser anfühlte, ihn zu küssen? Lag es vielleicht daran, dass seine Lippen nach den grünen Fruchtgummifröschen schmeckten, die sie so sehr liebte?

KAPITEL 16

»Das ist eine großartige Idee, Julia.«

»Das finde ich auch«, pflichtete Max' Vater seiner Frau bei, die sich von Julias Vorschlag mit der Candy Bar und der Spielecke begeistert zeigte. »Ich liebe Süßes und hoffe, ihr habt auch ein bisschen Marzipan gekauft?«

»Franz.« Susanne klang tadelnd. »Du weißt genau, dass du nicht so viel Süßes essen sollst. Denk daran, wir hätten dir beinahe einen neuen Anzug kaufen müssen.«

»Als ob ihr euch den nicht hättet leisten können.« Christian schmunzelte und wiegte Kati, die in seinen Armen eingeschlafen war, während der Rest der Familie seine Aussage nickend bestätigte.

»Darum geht es nicht.« Liebevoll tätschelte Susanne die Hand ihres Mannes. »Ich mag den Anzug und Papa sieht richtig fesch darin aus.«

Max schmunzelte. Anscheinend war es seiner Mutter ernst damit gewesen, als sie seinem Vater eine Diät angedroht hatte. »Aber er wird doch sicherlich von dem Lübecker Marzipan naschen dürfen, das wir gekauft haben?« Er hatte kaum von Naschereien gesprochen, da glitt sein Blick zu Julia, die auf der gegenüberliegenden Seite des Tisches Platz genommen hatte. Ihre Wangen glühten und sie sah verlegen zur Seite. Mit der Sicherheit, dass sie die gleiche Erinnerung teilten, befeuerte er diese zusätzlich. »Ansonsten haben wir noch zahlreiche weitere, verführerische Leckereien im Angebot.«

Julias wissendes Lächeln war zum Niederknien und sorgte für jede Menge Aufruhr in seinem Bauch. Wer hätte gedacht, dass dieser Tag so eine unerwartete Wendung nehmen würde. Dieser eine Kuss hatte alles verändert. Der Kuss und die Gewissheit, dass Julia nicht in festen Händen war. Hatte er hinter Toni immer einen tätowierten Kerl mit Kapuzen Hoodie vermutet, hatte sich dieser als Julias jüngere Schwester entpuppt. Warum war eine so attraktive Frau wie sie Single? Sie war clever, intelligent, hatte ein atemberaubendes Lächeln und war noch dazu eine absolute Naturschönheit. Ihm wurde schlagartig klar, was er über Wochen und Monate vor Augen gehabt und nicht wahrgenommen hatte.

»Lasst uns das Süße auf morgen verschieben.« Franz schob seinen Stuhl zurück und ging zur Hausbar. »Wie wäre es stattdessen mit einem kleinen Stamperl? Max, hilfst du mir?«

»Natürlich«, antwortete er überrascht und ging ihm beim Befüllen der kleinen Gläser zur Hand. Es kam nicht oft vor, dass sein Vater ihn um Hilfe bat. Schon gar nicht, wenn es um seine erstklassigen Schnapsbrände ging, die er wie Schätze hütete.

Julia, die zunächst ablehnte, willigte doch noch zu einer Kostprobe ein, um auf den bevorstehenden Tag anzustoßen. »Aber bitte nur ganz wenig. Wie die jüngste Vergangenheit gezeigt hat, macht mich übermäßiger Alkoholkonsum leichtsinnig.«

Ihre Worte beflügelten Max' Fantasie. Obwohl er

wusste, welchen Leichtsinn Julia eigentlich gemeint hatte, dachte er darüber nach, wie prickelnd manch anderer sich anfühlen konnte. Ihm wurde sogleich warm, ohne dass er den Schnaps überhaupt gekostet hatte. Was war nur los mit ihm? So kannte er sich selbst nicht. War er nicht immer durchweg kontrolliert und Herr der Lage? Was also stellte Julia da mit ihm an? Normal war das jedenfalls nicht. Schon gar nicht, weil es sich so gut anfühlte, einmal mit dem Herz und nicht mit dem Kopf zu denken.

Soweit es ihm möglich war, beteiligte er sich an den Gesprächen am Tisch oder versuchte wenigstens, sich darauf zu konzentrieren. Als seine Schwestern sich aber schon am frühen Abend verabschiedeten und auf den bevorstehenden anstrengenden Tag hinwiesen, war es mit seiner Ruhe vorbei. Auch seine Eltern machten bereits Andeutungen, früh zu Bett zu gehen.

»Ich mache heute Nacht vor Aufregung sicher kein Auge zu.«

Schmunzelnd füllte Max' Vater das Schnapsglas seiner Frau. »Dann trinkst du jetzt noch einen kleinen Absacker, dann wird das schon.«

Zur Freude aller verzog sie das Gesicht und schüttelte sich. »Wehe dir mein Schatz, wenn das nicht hilft.«

Im großen Trubel des Abschiedes half Max seinem Schwager, die Mädchen ins Auto zu bringen. Anja war ihre Müdigkeit anzumerken, als sie ihn zum Abschied kurz drückte. Seine Schwester hatte nur noch wenige Wochen bis zur Geburt und das Baby hielt sie jetzt schon ganz schön auf Trab.

Kurz hintereinander fuhren sowohl Steffi mit Lukas in ihrem alten Golf vom Hof als auch der rote Familien-Van.

Max ging wieder zum Haus und wurde gerade noch Zeuge davon, wie Julia seiner Mutter ihre Hilfe bei den Aufräumarbeiten aufzwang. »Unter keinen Umständen lasse ich dich das allein wegräumen. Bitte, Susanne.«

Wieder war da dieses merkwürdige Gefühl, das Julias Vertrautheit mit seiner Familie in ihm auslöste. Es war fast so, als ob sie von jeher schon dazugehören würde.

»Kann ich euch noch etwas helfen?« Sein Blick traf Julias und er glaubte, so etwas wie Bedauern darin zu lesen, denn seine Mutter lehnte sein Angebot dankend ab.

»Ach Maxl, du brauchst uns doch nicht helfen. Geh ruhig schon rauf ins Bett. Julia kommt gleich nach.«

Wieder war da dieses aufgeregte Trommeln in seiner Brust, denn die vermeintlich unschuldigen Worte seiner Mutter beschworen Bilder in ihm herauf, die von unschuldig weit entfernt waren. Er fuhr sich durch die Haare und überlegte, was er nun tun sollte. Zwar hätte er gern noch einen ungestörten Moment mit Julia verbracht, doch vor oder in seinem Zimmer auf sie zu warten, stellte keine Option dar. Notgedrungen musste er auf den nächsten Tag hoffen und darauf, dass der Zauber zwischen ihnen nicht verfliegen würde.

Max küsste seine Mutter auf die Wange. »Bis Morgen, gute Nacht.«

»Gute Nacht, Maxl.«

Im Vorübergehen streifte er Julias Hand. »Gute Nacht, Paul.«

Sie lächelte nur vielsagend und Max wusste, dass es gut war, wie es gekommen war. So befanden sie sich nicht in einer Situation, in der sie womöglich einen Fehler begehen würden, auch wenn er selten so bereit dazu gewesen war.

Er verließ die Küche, konnte aber noch hören, wie sehr sich seine Mutter darüber freute, dass die beiden sich gefunden hatten und wie schön es doch war, so verliebt zu sein.

* * *

»Vielen Dank für deine Hilfe.« Susanne nahm Julia das Geschirrtuch ab und hängte es an einen Haken hinter der Küchentür.

»Sehr gern. Kann ich denn noch etwas für dich tun?« Max' Mutter zu helfen, war Julia eine Herzensangelegenheit. Immerhin hatte sie sie in ihr Haus eingeladen und versorgte sie seit ihrer Ankunft mit den leckersten bayerischen Köstlichkeiten. Außerdem kam es ihr ganz gelegen, von ihren Gedanken an Max abgelenkt zu werden. Seitdem er die Küche verlassen hatte, fragte sie sich nämlich ständig, ob er oben auf sie warten würde oder ob er schon schlafen gegangen war.

»Du hast schon genug für uns getan. So glücklich wie heute habe ich Max schon lange nicht mehr gesehen.« Liebevoll strich Susanne ihr über den Arm. »Ein größeres Geschenk hättet ihr beide mir nicht machen können. Zu wissen, dass es all meinen Kindern gut geht, ist das Wichtigste.«

»Du hast eine wundervolle Familie, Susanne, und ich freue mich sehr, dass ihr dieses besondere Fest morgen alle gemeinsam feiern werdet.«

»Wer hätte das je für möglich gehalten ...« Wischte sich Susanne gerade eine Träne aus dem Augenwinkel?

Hatte Julia womöglich etwas Falsches gesagt? »Ist alles in Ordnung? Wenn ich etwas gesagt habe, das ...«

»Aber nein.« Susanne winkte ab. »Es ist in den ganzen Jahren einfach nur viel passiert. Dass ich eines Tages offiziell mit Franz vor dem Altar stehen würde, hätte ich mir nie zu träumen gewagt.«

»Wie meinst du das? Ihr seid doch verheiratet.«

»Ja, das sind wir, keine Sorge. Da aber weder Franz' Eltern noch meine mit der Hochzeit einverstanden waren, sind wir damals einfach kurzerhand zum Standesamt gegangen, haben alles in die Wege geleitet und uns vom damaligen Bürgermeister trauen lassen.«

»Ohne eure Familien?«

»Ohne unsere Familien. Du musst wissen, da trug ich Steffi schon unterm Herzen und du kannst dir sicher vorstellen, wie groß der Aufschrei war. Als wir sie zur kirchlichen Trauung einladen wollten, haben alle abgesagt.«

Tiefes Mitgefühl machte sich in Julia breit. So verhielt man sich doch nicht als Familie. »Wie gemein.«

Susannes Augen funkelten. »Franz hat mich eines Tages von der Arbeit abgeholt und wir sind zum Riederstein Kircherl gewandert. Dort hat der Severin auf uns gewartet und heimlich, still und leise den Trausegen für uns gesprochen. Und mein Franz hat mir versprochen, dass wir eines Tages alles nachholen würden.«

Ihre Worte berührten Julia. »Und er hat sein Versprechen gehalten.«

»Das hat er. Obwohl ich seine Entscheidungen nicht immer alle gutgeheißen habe, liebe ich meinen Mann jeden Tag ein Stück mehr. Darum werde ich morgen noch einmal Ja zu ihm sagen.« Gut gelaunt gab Susanne der Geschirrspülertür einen Stoß, wählte ein Programm und startete ihn. »So, das wars für heute.«

Die Küche war blitzblank und es gab nichts mehr, womit sie Susanne helfen konnte. Somit hatte sie auch keine Ausrede mehr, länger zu bleiben, und würde ziemlich schnell herausfinden, für welche Variante Max sich entschieden hatte. Hatte er auf sie gewartet, oder war er schlafen gegangen?

Ihre Vernunft verdeutlichte ihr, dass es gut wäre, wenn sie ihn nicht mehr sehen würde. Ihr Herz hingegen konnte an nichts anderes denken, als die leidenschaftlichen Küsse vom Nachmittag zu wiederholen. Und vielleicht sogar mehr?

Erst durch Max war ihr bewusst geworden, wie lange sie schon ein Single-Dasein fristete und wie sehr ihr das Gefühl von Nähe und auch Sex fehlten. Sie schüttelte sich, als ob sie damit den völlig absurden Gedanken von sich und Max in einem Bett loswerden würde.

»Julia, du wirst dir doch nichts eingefangen haben?«

Susannes Stimme klang besorgt, doch Julia beruhigte sie sogleich. »Aber nein, mir ist nur ein wenig kalt.«

»Dann solltest du rasch nach oben gehen und dich von Max ein bisschen wärmen lassen.«

War ihr gerade noch kalt, schoss ihr allein bei der Vorstellung, Max könnte sie wärmen, Hitze durch den ganzen Körper.

»Gute Nacht, Julia.« Anscheinend war für Susanne damit das Gespräch und auch der Abend beendet.

»Gute Nacht.«

Das flaue Gefühl in Julias Magen wurde immer größer. Auf dem Weg zu Max' Zimmer wechselten sich Hoffnung und Enttäuschung ab. Er wartete weder vor der Tür, noch traf sie ihn in dem Zimmer an. Demnach hatte er eine Entscheidung getroffen. Ob sie froh oder frustriert sein sollte, war ihr nicht klar. Vielleicht war ja alles gut, wie es gekommen war. Noch komplizierter musste es nicht werden. Es war schon schwer genug, an die kommende Woche und ihre Rückkehr in den Arbeitsalltag zu denken.

Sie griff nach ihrer grauen Wollweste, die sie über die Rückenlehne seines Bürostuhls geworfen hatte, und zog sie sich über. Der Regenschauer hatte die Luft deutlich abkühlen lassen, trotzdem wollte sie nicht auf einen letzten Blick auf den Tegernsee verzichten. Die Nacht war sternenklar und eine erfrischende Brise strich über ihr Gesicht, als sie auf den Balkon trat. Sie hielt sich am Balkongeländer fest, legte ihren Kopf in den Nacken und schloss die Augen. Versonnen seufzte sie und atmete tief ein. Ehe sie ausatmete, öffnete sie ihre Augen und blickte über ihre Schulter zurück.

Max lehnte im Schatten des Dachvorsprungs an der Hauswand, hatte die Arme vor der Brust verschränkt und einen Fuß gegen das Gemäuer gestellt. Trotz der Dunkelheit stachen seine hellblauen Augen hervor. Sein Blick war liebevoll und unergründlich zugleich. Jedenfalls schaffte er es, dass sie am ganzen Körper ein angenehmes Kribbeln spürte.

»Der Tag war bisher ziemlich verrückt, findest du nicht?«

Julia drehte sich um, lehnte sich gegen das Geländer und zog ihre Weste enger um sich. »Da kann ich dir nicht widersprechen.«

»Willst du darüber reden?«

»Sehe ich so aus, als ob ich reden will?« Sie legte den Kopf schief und lächelte. Eine weitere Einladung würde er nicht bekommen.

Wie sich schnell zeigte, musste sie das auch nicht,

denn Max ließ sich nicht zweimal bitten. Er trat auf sie zu, legte seine warmen Hände an ihre Wangen und gab ihr einen leidenschaftlichen Kuss, den sie nur zu gern erwiderte. Alles in ihr verzehrte sich nach ihm und sie schwor sich, wenigstens für eine Nacht all ihre Hemmungen und Bedenken über Bord zu werfen.

Sie wollte Max küssen, ihn berühren und verführen. Er durfte ruhig wissen, wie viel Leidenschaft in ihr schlummerte, wie fordernd sie sein konnte, aber dass sie auch zu geben wusste.

»Ich bin mir noch nicht ganz sicher, ob du überhaupt bereit für ein Abenteuer mit mir bist«, hauchte sie atemlos zwischen zwei Küssen.

Er schlang seine Arme um ihre Taille und zog sie noch näher an sich. Julia konnte spüren, wie sehr er sie begehrte und dass ihre kleine Neckerei ihren Sinn nicht verfehlt hatte. Zu wissen, dass er sie in diesem Moment genauso sehr wollte wie sie ihn, erfüllte sie mit tiefer Zufriedenheit. Ihn zu berühren, befeuerte ihr Verlangen nur noch mehr.

Von Max gestreichelt zu werden, fühlte sich gut an. Dabei hatte sie noch kein einziges Kleidungsstück ausgezogen – ebenso wenig er.

Wagemutig fasste sie an den Bund seines Pullovers und schob ihn nach oben. Er zog ihn sich über den Kopf und ließ ihn achtlos auf den Boden fallen. Hatte Julia darauf gehofft, seinem nackten Oberkörper gegenüberzustehen, wurde sie jäh enttäuscht. Er trug ein weißes Trägershirt, das sie frustriert aus dem Bund seiner Jeans löste.

»Da hat es aber jemand eilig …« Nicht mehr eilig als er, denn dem Pullover folgte umgehend das Shirt. Dann küsste er ihren Hals, legte seine Hände auf ihren Hintern und hob sie hoch.

Julia quiekte überrascht auf und schlang ihre Beine um seine Hüften, was die Glut in ihr nur noch mehr entfachte.

»Dabei haben wir alle Zeit der Welt.«

Seine Stimme klang rau und sexy und noch nie in ihrem Leben hatte sie es so sehr bereut wie in diesem Moment, vollständig bekleidet gewesen zu sein. Wie gern hätte sie ihre nackte Brust an seiner gerieben und dabei seine feinen Brusthaare gespürt, die ihre Haut kitzelten.

»Wir sollten das Ganze an dieser Stelle abbrechen.«

Max' Gesichtsausdruck ließ keinen Zweifel daran, dass sie ihn völlig überrumpelt und die Stimmung ruiniert hatte. Kaum, dass sie ausgesprochen hatte, ließ er von ihr ab und trat verwirrt einen Schritt zurück. »I-Ich … Also, wenn ich …«

»… und woanders hinverlagern. Sorry, dass ich mich missverständlich ausgedrückt habe.« Sie leckte sich über die Lippen, hob ihre Hand und strich gedankenverloren über seine nackte Brust. Ihre Finger waren kalt und seine Brustwarzen verhärteten sich. Ihr Herz hämmerte aufgeregt, als sie zu ihm aufblickte. »Ich befürchte nur, dieser Balkon ist nicht der richtige Ort, um das fortzusetzen, was wir begonnen haben.«

»Nicht?« Sein Lächeln zeigte ihr, dass er sie verstand.

Ihre Hände strichen über seine Brust, hinauf zu seinem Hals und fanden sich in seinem Nacken wieder. »Nein. Du musst wissen, ich kann manchmal ein bisschen laut werden.« Das war zwar nicht ganz korrekt, aber als sie kurz zuvor ein lustvolles Stöhnen hatte unterdrücken müssen, hatte ihr das Angst eingejagt. Es wäre einfach zu peinlich, wenn seine Eltern etwas von ihrem Erlebnis mitbekommen würden. »Ich hoffe also, du kennst ein Plätzchen, an dem wir ungestört sind und ich dich endlich vernaschen darf.«

Max' kehliges Lachen berührte sie tief in ihrem Inneren. »Ich kenne da tatsächlich den perfekten Ort. Aber ich warne dich: Wenn du mich vernaschst, werde ich dich verführen.«

»Diesem Schicksal werde ich mich wohl oder übel stellen müssen.«

Kurz bevor sich ihre Lippen zu einem weiteren Kuss fanden, trafen sich ihre Blicke, und Julia befürchtete, dass dies nicht das einzige Schicksal bleiben würde, dem sie sich stellen musste. Doch für jetzt und diese Nacht würde sie an nichts anderes denken als an den Mann, der ihr mit seinen Küssen den Verstand zu rauben vermochte.

KAPITEL 17

Max konnte sich durchaus an den Gedanken gewöhnen, jeden Morgen so aufzuwachen. Es hatte schon etwas für sich, seinen Kopf an einer nackten Frauenbrust zu betten, die zu liebkosen er nicht leid wurde. Julia zu berühren und ihre Haut zu schmecken, fühlte sich fantastisch an. Sie hatte bezaubernde und äußerst verführerische Kurven, mit denen sie ihm den Kopf verdrehte.

Sein Handywecker hatte schon zweimal geklingelt und beide Male war das nervige Signal der Schlummer-Funktion zum Opfer gefallen.

Wie so oft in der vergangenen Nacht strich Julia mit ihren Fingern durch seine Haare. »Wir sollten langsam aufstehen und wieder rübergehen.«

»Ich bin noch nicht bereit dafür. Können wir nicht einfach hierbleiben?« Er neigte seinen Kopf und küsste den Ansatz ihrer Brust, während er eine Hand auf ihren nackten Busen legte und zärtlich über ihre Brustwarze strich. Zu beobachten, wie sich auf ihrem Körper eine Gänsehaut bildete, ließ ihn schmunzeln. Sie reagierte auf jede seiner Berührungen.

»Ich könnte mir schon noch das ein oder andere vorstellen, was ich mit dir anstellen könnte. Aber denkst du nicht, es würde auffallen, wenn wir fehlen?«

»Nur noch ein bisschen ...« Er hob den Kopf, küsste sie und schob ein Bein zwischen ihre Schenkel. Es war völlig verrückt, aber das Verlangen in seinen Lenden war übermächtig. Julia und ihre unkomplizierte Art, das zu benennen, was sie wollte, hatten ihn in der vergangenen Nacht schier um den Verstand gebracht. Und es gelang ihr noch immer. Die aufreizenden Bewegungen ihrer Hüften verfehlten jedenfalls nicht ihre Wirkung. »Sag mir, dass wir noch ein paar Minuten Zeit haben, ehe wir ...«

Die Seitentür der Garage wurde aufgerissen und vorbei war es mit der Zweisamkeit. »Max? Julia? Seid ihr beiden etwa da oben? Mama sucht euch schon ganz verzweifelt.«

Julia entfuhr ein erschrockener Laut und auch Max konnte sich Schöneres vorstellen, als ausgerechnet von seiner Schwester beim Liebesspiel ertappt zu werden, mit seiner ... Was genau war Julia jetzt eigentlich für ihn?

»Ja, wir sind hier oben, Steffi. Du brauchst nicht raufzukommen, um dich davon zu überzeugen.«

»Igitt, das hätte ich auch nicht getan.« Er konnte an ihrer Stimme hören, dass die Situation sie amüsierte.

»Du kannst Mama beruhigen. Wir kommen gleich.«

»Zu viele Informationen, kleiner Bruder.« Steffi lachte und schloss die Tür wieder.

Frustriert rollte sich Max zur Seite, stützte den Kopf auf seiner Hand ab und sah Julia bedauernd an. »Ich hoffe sehr, wir werden das wiederholen.«

»Das ist weder die richtige Zeit noch der richtige Ort, um darüber zu sprechen.« Julia strich ihm über die Wange. »Heute zählen nur deine Eltern, alles andere kann warten.« Sie schlug die Decke zurück, schwang ihre Beine vom Ausklappsofa und hob ein paar vereinzelte Kleidungsstücke auf, die direkt neben ihr auf dem Boden lagen.

Während sie sich anzog, ließ Max sie keine Sekunde aus den Augen. Ob er bei ihrem Anblick je wieder an etwas anderes denken könnte als daran, wie lasziv sie ihren Körper an seinem gerieben hatte? Er stöhnte, denn allein die Erinnerung sorgte für Unruhe in seinem Unterleib.

Julia drehte sich zu ihm um und lächelte wissend. Sie schnappte seine Jeans vom Boden und warf sie ihm zu. »Besser, du ziehst dir etwas an, bevor ich es mir doch noch anders überlege.«

»Hätte Steffi nicht ein paar Minuten später kommen können?« Geschlagen stand er auf, streifte sich seine Kleidung über und wählte für ihre Rückkehr ins Haus den gleichen Weg, der sie am Abend zuvor hierhergeführt hatte – übers Dach. Dabei fiel ihm auf, wie sicher Julias Stand und ihre Schritte waren. Ganz so, als ob auch sie hier zu Hause und es ganz normal wäre, anstatt der Treppen den Weg übers Dach zu wählen.

»Möchtest du zuerst duschen?«

»Wir könnten auch gemeinsam duschen«, bot er ihr mit einem schiefen Grinsen an.

»Eine hervorragende Idee. Aber nicht jetzt.« Sie deutete zu seinem Laptop, der auf dem Schreibtisch stand. »Du könntest dir ja eine Notiz hierzu machen, damit du es nicht vergisst.«

Er zog sie in seine Arme und küsste sie kurz, dafür stürmisch. »Das werde ich nicht vergessen.«

Und das tat er auch nicht. Während er unter der Dusche stand und das warme Wasser über ihn rieselte, wünschte er sich nichts sehnlicher als Julia, die ihm Gesellschaft leistete. Wieder bemerkte er, wie sich beim Gedanken an sie ein Grinsen auf sein Gesicht legte. Was waren das nur für verrückte Tage und Stunden. Doch um sich darüber den Kopf zu zerbrechen, fehlte ihm gerade die Zeit.

In Windeseile rasierte er sich, stylte seine Haare wie gewohnt etwas strenger und zur Seite gegelt und stellte bei seiner Rückkehr in sein Zimmer überrascht fest, dass Julia nicht da war. Er hörte Stimmen aus dem Erdgeschoss und schlussfolgerte daraus, dass Julia und Steffi seiner Mutter bei ihrer Frisur und ihrem Make-up zur Hand gingen. Um nicht noch mehr Zeit zu vertrödeln, nahm er seinen dunkelgrauen Maßanzug aus dem Schrank, wählte die silber-glänzende Krawatte und kombinierte dazu ziemlich einfallslos ein weißes Hemd. Obwohl er sonst kaum etwas anderes als Anzüge trug, kam ihm sein Anblick im Spiegel in diesem Moment seltsam fremd vor. Ihm blieb jedoch keine Zeit, das merkwürdige Gefühl in seinem Bauch zu hinterfragen, denn er ging nach unten, um Julia Bescheid zu geben, dass das Badezimmer frei war.

Er fand die Frauen im Esszimmer, wo sie Prosecco tranken, fröhlich lachten und Steffi seine Mutter für ihren großen Tag schminkte. Bei seinem Anblick verstummten sie plötzlich, weshalb er kritisch an sich heruntersah.

»Hab ich mich bekleckert oder warum schaut ihr mich so an?«

»Nein, Maxl. Du siehst gut aus wie eh und je.«

»Und du Mama, siehst einfach nur wunderschön

aus.« Max mochte es von jeher, dass seine Mutter sich nie um ihre grauen Haare scherte. Und die pfiffigen Kurzhaarschnitte, die sie stets wählte, ließen sie frisch und jung wirken. Für diesen besonderen Anlass hatte sie sich die Haare in weichen Wellen gelegt und aus dem Gesicht frisiert. Wenn sie nachher das wunderschöne Kleid anzog, das sie in München gekauft hatten, dann würde sie alle umhauen.

»Ich hüpfe rasch unter die Dusche und dann komme ich wieder zu euch.«

Julia stellte das noch beinahe bis zum Rand gefüllte Glas auf dem Tisch ab und verließ das Esszimmer. Im Vorübergehen sah er sie zaghaft lächeln, was er verstörend fand. War das alles? Wo war die leidenschaftliche Frau geblieben, die er in dieser Nacht nicht nur einmal hatte verführen dürfen? Hatte sie etwa Hemmungen wegen seiner Mutter und seiner Schwester?

»Wir sind hier und warten auf dich.« Steffi ließ sich nicht dabei aus der Ruhe bringen, ihrer Mutter getönten Puder ins Gesicht zu pinseln.

»Wo ist denn Papa?«

»Er ist im Schlafzimmer und zieht sich an.« Susanne sah zur Wanduhr. »Wenigstens einer, der rechtzeitig fertig sein wird. Oh, entschuldige bitte Maxl, außer dir natürlich. Ich befürchte, die Überpünktlichkeit hast du von deinem Vater. Ich hingegen sitze hier noch in Jeans und Schlabber-Pulli.«

Überpünktlich? Heute Morgen hätte er am liebsten alles um sich herum vergessen und auf seinen Pünktlichkeitsdrang verzichtet. Da war nur eines für ihn wichtig: Julia.

»Ich hoffe, du sagst trotzdem noch einmal Ja zu mir.«

Nicht nur Max' Blick folgte der tiefen Stimme seines Vaters, auch Steffi und seine Mutter drehten sich zum Familienoberhaupt um.

»Ja, Franz, wie siehst du denn aus?« Ungeachtet dessen, dass Steffi noch immer den Pinsel vor ihrer Nase schwang, stand Susanne auf und ging auf ihren Mann zu.

Max brauchte kein Hellseher zu sein, um zu wissen, welche große Freude sein Vater seiner Mutter bereitet hatte. Denn obwohl sie seinen Festanzug so gern mochte, den Trachtenanzug mit der hellbraunen kurzen Lederhose, dem dunkelblauen Trachtenjanker und der hellbestickten Weste würde sie lieben.

»Ich hab den Anzug schon so oft getragen und dachte mir, das könnte dir gefallen.« Unsicher sah Franz sie an. »Es gefällt dir doch?«

Als Antwort gab ihm seine Frau einen herzlichen Kuss und musterte ihn von oben bis unten. »Ein Glück, dass du schon mit mir verheiratet bist und dich mir keine wegschnappen kann.«

»Ganz sicher nicht. Und ich habe auch noch eine kleine Überraschung für dich.« Er verließ den Raum und kehrte kurz darauf mit einem Schmuck-Etui zurück, das er Susanne reichte. »Ich hoffe, es gefällt dir.«

So ergriffen hatte Max seine Mutter noch nie erlebt. Gleichzeitig konnte er sich aber auch nicht erinnern, dass sein Vater sie je mit einer derart schönen Geste bedacht hatte.

»Das ist auch der Grund, weshalb ich gestern noch einmal nach München fahren musste und im Stau stand.«

Sie öffnete den Verschluss der samtbezogenen dunkelblauen Box und zum Vorschein kam ein wunderschönes Perlen-Kropfband mit Medaillon in der Mitte. »O mein Gott. Franz. Ich weiß gar nicht, was ich sagen soll.« Ein Schluchzen entfuhr ihr und im nächsten Augenblick fiel sie ihrem Mann dankbar um den Hals. »Es ist so zauberhaft, vielen Dank. Ich liebe dich.«

Auch wenn die Szene an ehelichem Liebesidyll und Vorfreude auf den Gottesdienst nicht zu übertreffen war, und Max sich sehr mit seinen Eltern freute, ergriff er die Flucht. Tatsächlich war ihm das alles zu viel. Sein Vater mochte sich zwar verändert haben, doch seine Mutter hatte viel zu viele Jahre darauf warten müssen, endlich die Aufmerksamkeit von ihm zu bekommen, die sie verdiente. Ob er das mit einer Kette wiedergutmachen konnte, wagte er zu bezweifeln. Dafür hatte sie viel zu häufig auf ihn verzichten müssen, weil ihm sein Job gefühlt immer wichtiger gewesen war als seine Familie. Wie viele Sonntage waren sie allein mit ihrer Mutter am See entlanggeradelt oder zum Riederstein Kircherl gewandert. Er hatte Geburtstage vergessen und war zu spät zu ihren Schulaufführungen gekommen. Und wofür? Für ein bisschen mehr Geld und Anerkennung?

Max stieß frustriert die Luft aus. Dass ihn das nach all den Jahren noch immer beschäftigte, ärgerte ihn. Müsste er nicht längst über all das hinweg sein? Vielleicht wäre er das, wenn er sich nicht noch immer die Schuld am Herzinfarkt seines Vaters geben würde. Doch sollte er sich vorschreiben lassen, wie er sein Leben zu führen hatte? Bestimmt nicht. Die Tatsache, dass er nicht nur die Pünktlichkeit, sondern auch den Dickkopf seines Vaters geerbt hatte, war schon beinahe wieder lustig.

Irgendwann würde er sicherlich mit diesem Kapitel

abschließen können, aber bis dahin wollte er sich einfach nur für seine Mutter freuen, für die sich an diesem Tag endlich ihr langgehegter Traum erfüllen sollte.

* * *

Julia stand vor der Kirche und wartete zusammen mit Max und Steffi auf den Rest der Familie, während schon zahlreiche Verwandte, Gäste und Kirchgänger das Gebäude betraten und Lukas als Messdiener bereits vorausgegangen war. Nicht wenige blieben für ein kurzes Gespräch bei ihnen stehen. Die Königs schienen in Tegernsee bestens bekannt zu sein und eine Vielzahl derer, die nicht zur Familie gehörten oder eine Einladung erhalten hatten, ließ sie wissen, dass sie hauptsächlich wegen Susanne und Franz an diesem Sonntag den Gottesdienst besuchten. Dabei entgingen ihr nicht die neugierigen Blicke, die man ihr zuwarf. Klar, sie wurde als Freundin von Max vorgestellt. Doch fühlte es sich nach wie vor nicht richtig an, so genannt zu werden. Daran hatte auch die vergangene Nacht nichts geändert. Im Gegenteil, das Chaos in ihrem Kopf war nur noch größer geworden. Dabei hatte sie jede Sekunde, in der sie und Max sich so nahe gewesen waren, ausgekostet.

Vielmehr hatte es sich wie eine kalte Dusche angefühlt, als er am Morgen nach unten gekommen war und seinen Anzug getragen hatte. Das war wieder der Max, mit dem sie zusammenarbeitete, und nicht der, dessen Locken sie in der Nacht zwischen ihren Fingern gedreht hatte und von dessen Küssen sie nicht genug bekommen konnte. Ebenso wenig wie von dem leidenschaftlichen Sex, der dafür gesorgt hatte, dass sie Muskelkater an

Stellen hatte, an denen sie es nicht gewohnt war.

Zwar hatte er ihr ein wunderschönes Kompliment gemacht, als sie in ihrem dunkelblauen Kleid die Treppen nach unten gekommen war, aber die Unsicherheit zwischen ihnen war allgegenwärtig. Um ein klärendes Gespräch würden sie nicht herumkommen. Nicht, wenn sie weiterhin zusammenarbeiten wollten. Und vielleicht noch mehr?

Natürlich wusste sie, wie absurd es war, überhaupt darüber nachzudenken. Sie war nicht Max' Typ – jedenfalls nicht, wenn es darum ging, welche Art von Frau ihn in den letzten Monaten zu offiziellen Veranstaltungen begleitet hatte. Genauso wenig wie Julia eine Frau war, die auf Anzugträger stand. Sie mochte es lieber lässig und weniger förmlich.

»Da kommen Anja, Chris und die Mädchen.« Steffi winkte ihnen, als sie vom Parkplatz her auf sie zukamen.

»Anja sieht richtig süß aus.« Julia lächelte beim Anblick der Schwangeren. Sie trug ein rotes, knielanges Kleid, dessen Taillenband sie oberhalb ihres Babybauches geknüpft hatte und das ebenso aufgeregt im Wind flatterte wie die rosafarbenen Bänder an den Kleidern der Zwillinge. »Und die Mädchen erst.«

Die Begrüßung fiel herzlich, aber kurz aus, denn Anja versuchte zwanghaft, alle in die Kirche zu manövrieren.

Max schüttelte verständnislos den Kopf. »Warum hast du es denn so eilig? Wir haben noch knapp zehn Minuten und Mama und Papa sind noch nicht einmal da. Und ich dachte immer, dass ich der Einzige in der Familie bin, dem Pünktlichkeit so wichtig ist.«

»Ich gebe Anja recht. Wir sollten reingehen.«

So ernst hatte Julia Christian in der kurzen Zeit ihrer

Bekanntschaft noch nie erlebt. Was hatten die beiden nur? Nun, so schnell würde sie es nicht erfahren, denn das Ehepaar nahm ihre Töchter an die Hand und ging voraus.

»Liegt das an den Schwangerschaftshormonen, dass …« Da Max seinen Satz nicht beendete, sondern von einer Sekunde zur nächsten wie paralysiert den Weg zum Parkplatz anstarrte, folgte Julia seinem Blick. Sie erkannte das Ehepaar wieder, das sie donnerstags im Biergarten schon einmal getroffen hatte und von dem sie wusste, dass sie die Eltern von Max' Ex-Freundin waren. Der Mann hatte Max damals wenig freundlich angesprochen, aber wen wunderte es, wenn er niemandem gegenüber richtigstellte, was zwischen ihm und seiner Ex wirklich geschehen war. Jetzt allerdings war ihr klar, warum Max so reagierte und Anja und Chris darauf gedrängt hatten, bereits in die Kirche zu gehen: Sie wollten ein hässliches Aufeinandertreffen vermeiden. Julia musste kein Genie sein, um zu wissen, dass die atemberaubend schöne Blondine mit den endlos langen Beinen und dem enganliegenden schwarzen Etuikleid, die die Obermayers begleitete, keine Geringere als Vanessa sein musste. Was hatte sie hier zu suchen?

Eine Welle von Eifersucht durchfuhr Julia, denn Max' Blick sprach tausend Bände. Er hing noch immer an dieser wunderschönen Frau. Wie sollte sie da mithalten? *Stopp*. Wollte sie denn überhaupt mithalten?

»Komm Julia, lass uns reingehen.« Steffi griff nach ihrer Hand und Julia ließ ohne Widerworte zu, dass Max' Schwester sie mit sich in die Kirche zog. Trotzdem fragte sie sich, ob er ihnen folgen würde oder ob er draußen stehen blieb, um Vanessa zu begrüßen. Als sie sich in die reservierte Kirchenbank zu Anja, Christian und den Mädchen setzten, beantwortete sich ihre Frage von selbst: Der Platz neben ihr blieb vorerst leer.

»Er kommt sicher gleich«, raunte ihr Steffi zu.

Julia nickte. Natürlich würde er gleich kommen, immerhin war er Mister Oberpünktlich und der Gottesdienst würde in wenigen Minuten beginnen. Derweil versuchte sie sich damit abzulenken, das Liedblatt zu studieren, das Lukas erstellt und das er gestern noch heimlich verteilt hatte, nachdem sie alle endlich die Kirche verlassen hatten. Es war eine schöne Überraschung, die er sich für seine Großeltern ausgedacht und von der er ihr beim Abendessen erzählt hatte, während ihm bei jeder seiner Armbewegungen anzumerken gewesen war, wie sehr ihn der Muskelkater plagte.

Durch die Reihen ging ein Raunen und Julia drehte sich um. Ein schmerzhafter Stich durchfuhr sie, als sie Max sah, der an Vanessas Seite und deren Eltern den Mittelgang entlangschritt. Zwar setzten sich die Obermayers ein paar Reihen hinter sie, doch weh tat es dummerweise trotzdem, Max und seine Ex-Freundin zusammen zu sehen.

Er setzte sich neben Julia und lehnte sich über sie, um mit seinen Schwestern sprechen zu können.

»Mama und Papa sind gerade gekommen. Sie werden gleich hier sein.«

Ein weiteres Raunen war zu hören und alle drehten sich erneut um. Nur sie blickte dieses Mal geradeaus, ins Leere. Oder vielmehr zu der Stelle, an der sie am Vortag zusammen mit Max gestanden und ihn das erste Mal geküsst hatte. Ihr Herz zog sich schmerzhaft zusammen und sie fragte sich, ob sie in diesem Moment die gleiche

Erinnerung teilten, oder ob es Vanessa war, die in seinem Kopf herumschwirrte.

»Sieht sie nicht einfach wunderschön aus? Sie strahlt.« Steffi schluchzte bereits, und Anja tat es ihr prompt nach.

»Papa auch … So fesch kenne ich ihn ja gar nicht.«

Was die beiden sagten, stimmte. Susanne und Franz gaben ein zauberhaftes Brautpaar ab. Davon hatte sich Julia überzeugen können, als sie die beiden kurz vor der Abfahrt überredete, spontan noch ein paar Schnappschüsse in ihrem Garten zu schießen. Sie wirkten wie frisch verliebt und Franz konnte sich an Susannes Anblick nicht sattsehen. Doch es war weder das schöne Kleid noch der maßgefertigte Trachtenanzug, der die beiden strahlen ließ. Es war einzig und allein ihre unerschütterliche Liebe zueinander.

KAPITEL 18

Nach einer ergreifenden Zeremonie, die vom Chor musikalisch umrahmt worden war und dem Trausegen fanden sich alle vor der Kirche zu einem Umtrunk ein. Bei Weitem waren viel mehr Freunde zum Sektempfang geblieben als erwartet, was sie beinahe in Zeitnot brachte und sie mit zwanzigminütiger Verspätung an der Eventlocation eintreffen ließ.

Dort wurde ihnen ein köstliches Menü serviert. Jedenfalls ging Max davon aus, dass es schmeckte, denn es sah lecker aus und roch extrem gut. Ihm war der Appetit allerdings vergangen und er hatte sein Essen kaum angerührt. Die Gedanken in seinem Kopf spielten völlig verrückt.

Es war noch keine zwölf Stunden her, als er Julia in den Armen gehalten und Sex mit ihr gehabt hatte. Doch kaum hatten sie das Garagenzimmer verlassen, hatte sie sich distanziert gezeigt und er wusste einfach nicht warum. Zu allem Überfluss tauchte vor der Kirche dann auch noch ausgerechnet die Person auf, mit der er am allerwenigsten auf der Welt gerechnet hätte, geschweige denn die er sehen wollte.

Aber er hat sie gesehen und Vanessa sah so schön aus

wie eh und je.

Es war ein seltsam beklemmendes Gefühl, ausgerechnet mit der Frau vor der Kirche zu stehen, die er vor nicht allzu langer Zeit gern geheiratet hätte. Das war jedoch Vergangenheit. Er war ihr nicht genug gewesen, sie als Paar waren ihr nicht genug gewesen. Das hatte sie ihm deutlich zu verstehen gegeben. Warum sie jetzt so plötzlich wieder in seinem Leben auftauchte, konnte Max deshalb nicht verstehen.

Mit Ausnahme von ein paar lapidaren Floskeln, die sie vor der Kirche getauscht hatten, hatte er nicht mit ihr gesprochen. Darum wusste er, dass ihre Eltern sie gebeten hatten, sie zur Feier zu begleiten. Ob sie damit allerdings Hintergedanken verfolgten, war ihm noch nicht klar.

Den Gesprächen am Tisch lauschte er nur beiläufig, während er an dem Kaffee nippte, den er sich nach dem Essen bestellt hatte. Er hatte keine Lust auf Small Talk und beobachtete stattdessen die Kinder, die sich begeistert an den Spiel- und Malsachen austobten, die er mit Julia tags zuvor organisiert hatte. Es war schön zu sehen, wie ihre Augen funkelten, wenn ihr Weg sie an dem Tisch mit den Süßigkeiten vorbeiführte.

»Die Kinder lieben deine Idee.« Max drehte sich zu Julia um und bemerkte ihren traurigen und abwesenden Blick. »Geht es dir gut?«

»Blendend.«

Er war sich sicher, sie wollte zynisch klingen, doch dafür war ihre Stimme viel zu leise.

»Entschuldige mich bitte, ich habe den Zwillingen versprochen, ein Bild mit ihnen zu malen.« Sie schob ihren Stuhl zurück, stand auf und ging davon.

So betrübt hatte er Julia noch nie erlebt. Er wusste, dass er ihr nachgehen sollte, um mit ihr zu sprechen. Da es um seine Laune allerdings auch nicht besser bestellt war, entschied er sich dazu, das Gespräch zu vertagen und stattdessen frische Luft zu schnappen. Einige Gäste hatten anscheinend die gleiche Idee gehabt, weshalb er ein paar Schritte ging, um ungestört zu sein.

Ein kleines Stück abgelegen von all dem Trubel setzte er sich auf eine Mauer und blickte gedankenverloren zum See. Dass ihn das Wiedersehen mit Vanessa derart aufwühlen würde, damit hatte er nicht gerechnet. Alte Wunden, von denen er gehofft hatte, sie wären verheilt, bekamen Risse.

Seufzend legte er den Kopf in den Nacken und schloss die Augen. Wem wollte er etwas vormachen. Seit ihrer Trennung hatte er sich mit Arbeit abgelenkt, um sich nicht mit dem Schmerz auseinandersetzen zu müssen, den sie in seinem Herzen hinterlassen hatte. Seine Frauenbekanntschaften waren in dieser Zeit alle oberflächlich und nicht von langer Dauer gewesen. Seltsamerweise war ausgerechnet Julia die Frau, die ihm in den letzten Tagen gezeigt hatte, dass er Vanessa nicht hinterhertrauern musste. Obwohl die beiden komplett unterschiedlich waren. Oder vielleicht eher genau deswegen?

Julia war eine Naturgewalt, die ihn völlig unerwartet traf. Die Zeit mit ihr bei seiner Familie, ihre Hilfsbereitschaft, ihr gewinnbringendes Wesen und ihre offene Art hatten nicht nur ihn verzaubert. Umso irritierender hatte er am Morgen ihre Reaktion auf ihn empfunden und er fragte sich, ob sie schon so kurz nach ihrer gemeinsamen Nacht bereute, mit ihm zusammen gewesen zu sein. Natürlich war es eine merkwürdige Situation, denn sie hatten nicht besprochen, wie es weitergehen würde, wenn sie wieder zurück in München waren. Aber dafür hatten sie auch keine Zeit gehabt. Bis Julia sich am Morgen fertig gemacht hatte und auch seine Eltern endlich so weit gewesen waren, blieben nur noch wenige Minuten, um ein paar Erinnerungsbilder von seinen Eltern zu machen. Und die hatten sich wahrlich gelohnt, denn sein Vater hatte kaum die Augen von seiner Mutter lösen können und sie konnten von Glück sprechen, dass sie exakt den Augenblick eingefangen hatten, als er sie zum ersten Mal in ihrem Kleid gesehen hatte.

Der Gedanke an das glückliche Strahlen seiner Mutter und die verliebten Blicke seines Vaters ließen ihn schmunzeln. Es wäre ein Fehler gewesen, dieses wunderschöne Kleid nicht zu kaufen. Sie verzückte mit ihrem Auftritt ausnahmslos alle, einschließlich ihn.

»Ich hab mich schon gefragt, wo du dich vor mir versteckt hast.«

Max drehte den Kopf zur Seite und sah Vanessa auf sich zukommen. Ihr schwarzes Etuikleid saß ideal und schmiegte sich wie eine zweite Haut an ihren Körper an. Ihre langen blonden Haare waren perfekt frisiert und fielen ihr über die Schultern. Wie sie in den mörderisch hohen Schuhen laufen konnte, war ihm allerdings ein Rätsel. Ebenso, weshalb sie auf der Suche nach ihm war.

»Ich habe mich nicht versteckt. Schon gar nicht vor dir.«

Vanessa deutete auf den Platz neben Max. »Darf ich?«

»Was willst du hier, Vanessa? Und was genau willst du von mir?« Der schwere Duft ihres Parfums stieg Max in die Nase, als sie die Mauersteine vom Staub befreite, und sich neben ihn setzte.

»Ich dachte, wir könnten reden.«

»Ist zwischen uns nicht schon längst alles gesagt? Was willst du denn noch? Noch mehr Gefallen einfordern?« Er selbst konnte den bitteren Klang seiner Stimme hören, aber das war ihm egal. Damit kein schlechtes Licht auf Vanessa fiel, hatte er ihr damals den Gefallen getan und die Schuld für die Trennung auf sich genommen und nicht nur seine, sondern auch ihre Familie enttäuscht. Dabei war nicht er derjenige gewesen, der das Aus der Beziehung gewollt hatte. Sie war es gewesen. Somit hatte er ihr alles gegeben, was sie gewollt hatte.

»Ich bin zurück aus London und lebe seit Kurzem wieder in München. Eigentlich dachte ich, wir könnten uns mal treffen und …« Sie räusperte sich kurz. »Da ist diese Frau, die am Tisch deiner Familie sitzt. Gehört sie zu dir?«

»Ja, Paul begleitet mich dieses Wochenende.«

»Paul? Wer ist Paul?«

»Ich meine natürlich Julia. Julia Paul.«

Irritiert sah Vanessa ihn an. »Du sprichst deine Freundin mit dem Nachnamen an?«

»Und wenn schon, das geht dich nichts an. Das ist ein Ding zwischen ihr und mir.«

»Dann ist es etwas Ernstes? Weil, wenn nicht …« Vanessa legte eine ihrer perfekt manikürten Hände auf sein Knie. Die Berührung traf ihn völlig unvorbereitet, genauso wie ihre Andeutung, zwischen ihnen könnte wieder mehr sein.

Das Handy in seiner Hosentasche vibrierte, doch er beachtete es nicht. Er war viel zu aufgewühlt, um mit jemandem zu sprechen, einschließlich ihr. Eine Mischung aus Wut, Enttäuschung und Verzweiflung, ließ ihn auffahren. Hilflos ging er ein paar Schritte, strich sich durch die Haare und sah auf Vanessa herab. Sie saß mit übereinandergeschlagenen Beinen auf der Mauer und sah wie eine verführerische Inszenierung aus. Das Klingeln hatte zwischenzeitlich aufgehört, doch ehe er nachsehen würde, wer versucht hatte, ihn zu erreichen, musste er ein paar Dinge loswerden.

»Du kannst doch nicht einfach so hier auftauchen und darauf hoffen, dass wir dort weitermachen, wo wir aufgehört haben. Vergiss nicht, es hat dir nicht gefallen. Und an meiner Lebensplanung hat sich nach wie vor nichts geändert. Ich mag mein Leben in München. Aber eines Tages werde ich wieder nach Hause zurückkehren. Hier am Tegernsee will ich mich mit meiner Familie niederlassen. Nirgendwo anders.«

Vanessa stand auf und trat auf ihn zu. »Was wäre, wenn ich dir sage, dass unsere Vorstellungen für die Zukunft gar nicht mehr so weit auseinanderliegen?«

»Für wie lange?« Es frustrierte ihn zusehends mehr, mit ihr zu sprechen. »Bis der nächste Kerl kommt, der dir verspricht, dir die Welt zu Füßen zu legen? Und dann? Nein, Vanessa, ich mach das nicht noch einmal mit. Du hast mir damals das Herz gebrochen.« Erneut vibrierte sein Handy in der Hosentasche, doch es war kein guter Zeitpunkt, um mit dieser Laune ein Gespräch entgegenzunehmen, weshalb er den Anruf ein weiteres Mal ignorierte. »Hast du eigentlich eine Ahnung, wie schlecht es mir ging und was ich mir von unseren Familien anhören musste, weil sie glaubten, dass ich aus einer Willkür heraus unsere Beziehung beendet habe?«

»Das tut mir leid, Max. Und ich bedauere sehr, dass

es dir so schlecht ging. Ich habe dich verletzt. Aber wäre ich geblieben, glaub mir, wir wären nicht glücklich geworden.« Sie griff nach seinen Händen und drückte sie. »Doch jetzt bin ich hier. Hier bei dir und bereit, ein neues Kapitel aufzuschlagen.«

Das Brummen des Telefons verstummte und in der Stille, die ihn plötzlich umgab, hallten Vanessas Worte wider. Sie war bereit für einen Neuanfang. Aber wie stand es um ihn und seine Gefühle?

»Warum sollte ich deinen Worten Glauben schenken?«

»Ich verstehe, dass du an der Ernsthaftigkeit zweifelst. Aber glaub mir, dass ich lange und gut darüber nachgedacht habe. Ich erwäge sogar, das Angebot deines Vaters in Betracht zu ziehen, und könnte dir wohl kaum deutlicher zu verstehen geben, dass ich mir ein Leben am Tegernsee vorstellen kann.«

Bei Max schrillten alle Alarmglocken. Was zur Hölle hatte sein Vater damit zu tun? »Wie meinst du das? Von welchem Angebot sprichst du?«

Vanessa sah ihn verwundert an. »Dein Vater plant, die Kanzlei zu verkaufen. Wusstest du das nicht?«

Ihre Worte fühlten sich wie ein Schlag in seinen Magen an. Sein Vater wollte sein Lebenswerk verkaufen und sagte ihm kein Wort? Jahrelang hatte seine Familie wegen der Kanzlei zurückstecken müssen und nun brachte er sie unter den Hammer, ohne auch nur einmal in Erwägung zu ziehen, mit ihm darüber zu sprechen? Geschweige denn, ihm das Angebot zu machen, die Kanzlei zu übernehmen? Immerhin hatten sich nach der Trennung von Vanessa auch die Gesamtumstände geändert. Die geplante Fusion der beiden Kanzleien ihrer

Väter hatte sich zerschlagen und die Partnerschaft mit Obermayer hatte sich somit erledigt.

»Nein, das ist mir neu«, erwiderte er getroffen und wandte den Blick ab.

Vanessa legte jedoch ihre Hand an seine Wange und drehte sein Gesicht zu ihr. Ihre Berührung fühlte sich vertraut und dennoch fremd an, ihr Lächeln war mitfühlend. »Und doch ist es eine Chance für uns. Wenn du das auch möchtest.«

Max blieb wie gelähmt stehen, als ihre Lippen seinen näher kamen. Sie würde doch nicht …

* * *

Dass Julia ihr Telefon nicht aus der Hand fiel, war alles. Zu sehen, wie Max seine Ex küsste, zog ihr den Boden unter den Füßen weg. Dieser Mistkerl! Wie konnte er nur? Es waren erst ein paar wenige Stunden vergangen, seit er sie geküsst und Sex mit ihr hatte, und jetzt hielt er schon die Nächste in den Armen?

Zugegeben, sie hatte sich am Vormittag schwergetan, mit der Situation umzugehen. Da waren seine Mutter und seine Schwester … Und weil er einen Anzug trug und wieder in seine alte Rolle zurückgefallen war. Aber hatte sie es verdient, so von ihm vorgeführt zu werden? Bestimmt nicht.

Ihr Blick fiel auf ihr Handy. Eigentlich hatte sie nur nach ihm gesucht, weil ein Anruf von Timo Trautwein sie erreichte, der erfolglos versucht hatte, Max zu erreichen. Da es untypisch für ihn war, ein Telefonat eines so wichtigen Klienten nicht anzunehmen, wollte sie nachsehen, wo er abgeblieben war. Sie hatte mit vielem gerechnet, aber sicher nicht mit diesem Anblick. Ihre Brust zog sich schmerzhaft zusammen und sie entschied, sich das nicht länger anschauen zu müssen. An diesem Wochenende hatte sie sich schon genug zur Idiotin für ihn gemacht. Es reichte. Sie hatte die Nase voll.

Zutiefst verletzt machte sie auf dem Absatz kehrt und wollte zurückgehen, da hörte sie, dass Max ihren Namen rief.

»Julia?« Er klang ertappt und erschrocken zugleich. Sollte er ruhig wissen, dass sie gesehen hatte, wie er seine Ex küsste. Es war ihr egal. Er brauchte ihr gegenüber keine Rechenschaft abzulegen. Ebenso wenig wie sie ihm.

»Julia, warte.«

Das könnte ihm so passen. Worauf sollte sie warten? Auf seine lahmen Ausreden und dass er ihr erklärte, dass es wieder mal ein Missverständnis war? Bestimmt nicht. Unbeirrt ging sie weiter, während sie hörte, dass er ihr folgte.

»Paul.«

»Was?« Wutentbrannt schoss sie zu ihm herum.

»Das eben … Also das, was du gesehen hast, ist nicht … Es ist nicht …«

»Was, Max? Was war es nicht? Ein Kuss? Du hast also gerade eben nicht deine Ex-Freundin geküsst? Das habe ich mir nur eingebildet?« Wut wich Enttäuschung und Julia hasste es, gegen aufsteigende Tränen anzukämpfen. Denn diese konnten nur bedeuten, dass sie mehr für Max empfand, als gut für sie war.

»Sie hat mich einfach … einfach überrumpelt.«

Seine lahme Ausrede verdiente es nicht einmal, kommentiert zu werden. Als ob eine zierliche Frau, die kleiner war als Julia, einen Mann von Max' Körpergröße überrumpeln könnte.

»Ich wollte das nicht.«

»Und doch hast du den Kuss erwidert, oder nicht?«

Schuldbewusst senkte er den Kopf. »Es tut mir leid. Ich weiß selbst nicht, was gerade mit mir los ist.«

»Dann solltest du es schleunigst herausfinden, denn Timo wartet auf deinen Rückruf und du kannst es dir nicht leisten, ihm etwas vorzustottern.«

»Timo hat angerufen?« Er zog sein Handy aus der Hosentasche und stöhnte beim Blick auf das Display gequält. »Verdammt. Hat er gesagt, um was es geht?«

Es tat weh, so schnell in Vergessenheit zu geraten. Eben noch hatte er sich bei ihr entschuldigen wollen und im nächsten Moment zeigte sich wieder der Anzug-Max. Geschäft war nun einmal Geschäft. Er würde sich niemals ändern.

»Es geht um ein paar Änderungen und Ergänzungen, die er im Vertrag haben möchte. Weigel scheint ihn mit allen Mitteln locken zu wollen.«

»Dann rufe ich ihn am besten gleich an.« Er sah sie bedauernd an. »Können wir bitte später noch mal reden?«

»Sicher.« Blieb nur die Frage, ob es ein Später geben würde.

KAPITEL 19

Das Haus der Königs zu betreten, ohne dass jemand zu Hause war, fühlte sich für Julia merkwürdig an. Gleichzeitig war ihr in den letzten Tagen alles vertraut geworden, dass sie sich schon beinahe heimisch fühlte. Sie war so herzlich aufgenommen worden, dass sie zutiefst bedauerte, diese großartige Familie belogen zu haben.

Sie ging die Treppe nach oben in Max' Zimmer, wo sein Laptop lag. Ungeachtet dessen, dass sie nicht wollte, dass er die Familienfeier verließ, mussten sie dennoch an die Arbeit denken. Das Gespräch mit Timo war nämlich alles andere als erfreulich verlaufen. Es war daher naheliegend, dass sie sich anbot, das Notebook zu holen, damit sie gemeinsam den aktuellen Vertragsentwurf noch einmal prüfen konnten. Timo wartete auf eine zeitnahe Rückmeldung und die wollten sie ihm geben.

Ein seltsames Gefühl machte sich in ihr breit, als sie den Raum betrat. Ihr Blick glitt zu dem großen Bett, das unbenutzt war, weil sie die Nacht nicht darin, sondern in Max' Armen auf der Schlafcouch über der Garage verbracht hatte. Unwillkürlich musste sie an Vanessa denken und daran, ob diese Frau zukünftig in diesen weichen Kissen schlafen würde. Wieder war da dieses verräterische

Stechen in ihrer Brust, das ihr einmal mehr verdeutlichte, wie viel sie zwischenzeitlich für Max empfand.

Sie schüttelte den Kopf in der Hoffnung, damit all die wirren Gedanken loszuwerden, die sie beschäftigten. Ihr einziger Fokus sollte jetzt auf Timo liegen und darauf, ein Teil des Teams zu sein, das es schaffen würde, den Vertrag mit dem aktuell gefragtesten Spieler der Bundesliga zu verlängern.

Der Laptop stand auf dem Schreibtisch. Sie nahm ihn und wollte ihn in Max' Tasche stecken, als ihr ein blauer Schnellhefter in die Quere kam. Das Ding hatte sich unglücklich in dem Fach verkeilt und wartete darauf, von Julia befreit zu werden. Umso größer war ihre Überraschung, als sie auf den Unterlagen den Namen Wellbrock las. Zwar wollte sie Max nicht nachspionieren, aber dadurch, dass er dem Thema bisher ausgewichen war, wenn die Sprache auf Wellbrock gekommen war, wagte sie einen Blick. Zumal die Mappe die Aufschrift *Handicamp* trug.

Schnell überflog sie die ersten Seiten mit der knappen Projektbeschreibung und den Rahmenkonditionen. Ihr Eindruck hatte sie nicht getäuscht, Max verheimlichte ihr etwas. Etwas, von dem er genau wusste, wie wichtig es ihr war. »Dieser Mistkerl.«

Die Wut in ihr war so übermächtig, dass sie sich setzen musste. Hatte Max ihr das Projekt absichtlich verheimlicht, um ihr die Chance zu nehmen, exklusiv für Wellbrock zu arbeiten? Wenn sie die Kurzbeschreibung des Projektes richtig interpretierte, plante der wohlhabende Unternehmer etwas Großartiges: ein Sportzentrum für Athleten mit Handicap, inklusive der finanziellen Unterstützung und der exklusiven Kooperation mit einem Sportmanagement, das sich um Veranstaltungen sowie Sponsoren- und Werbeverträge kümmern sollte. Er wusste doch, wie viel es ihr bedeutete, sich vor allem für Athleten mit Handicap einzusetzen. Das Projekt *Handicamp* wäre für sie die Möglichkeit schlechthin, ihrem Traum zu folgen. Machte Max das etwa nur, damit er auch weiterhin jemanden an seiner Seite hatte, der sich um die Dinge kümmerte, auf die er keine Lust hatte?

Nun, sie würde das ganz schnell herausfinden und gegebenenfalls ihre Konsequenzen daraus ziehen. Fürs Erste wusste sie aber, was sie zu tun hatte.

In Windeseile packte sie all ihre Habseligkeiten in ihren Koffer, verstaute den Laptop mitsamt Wellbrocks Projektpräsentation in der Notebooktasche und ging zurück zum Fest.

Dieses war noch immer im vollen Gange, jedenfalls wenn es nach dem Geräuschpegel beim Betreten der Location ging. Julia stellte ihren Koffer am Eingang unbemerkt in eine Ecke und ging in den Saal. Einige Gäste tanzten ausgelassen zur Live-Musik, darunter waren auch Christians Eltern, die sie beim Sektempfang kennengelernt hatte, sowie Onkel Harald und Tante Gitte. Natürlich durften Susanne und Franz nicht auf der Tanzfläche fehlen. Alle schienen sich prächtig zu amüsieren, mit Ausnahme des Kerls im Anzug, der am Tisch saß und gelangweilt auf sein Handy starrte. Am liebsten wäre Julia direkt auf ihn zugestürmt und hätte ihm die Meinung gesagt, doch wieder einmal machten ihr Zeit und Ort einen Strich durch die Rechnung.

»Wollen wir uns draußen hinsetzen? Da stören wir niemanden.«

Überrascht sah Max von seinem Handy auf. »Ich hab

mir schon Sorgen gemacht, wo du so lange bleibst, und wollte dich anrufen.«

»Wenn es dir nicht schnell genug geht, musst du das nächste Mal selbst gehen«, zischte sie.

Max stand auf und sah sie verletzt an. »Den Teil, dass ich mir Sorgen gemacht habe, hast du wohl nicht gehört.«

»Und wenn schon. Lass uns das alles jetzt einfach schnellstmöglich hinter uns bringen.« Sie drückte ihm die Laptoptasche in die Hand und machte auf dem Absatz kehrt. Da lief sie unverhofft Steffi in die Arme.

»Hey, ihr beiden, wo wollt ihr denn hin? Gleich schneiden wir noch die Torte an, die Tante Gitte für die beiden gebacken hat.« Steffi legte den Kopf schief und kniff die Augen zusammen. »Julia, ist alles in Ordnung?«

Julia nickte, spürte aber zugleich einen Riesenkloß im Hals. Sie hielt diese Lüge nicht mehr lange durch. Alle waren so unglaublich nett und freundlich zu ihr und waren am Ende doch dieser Lüge aufgesessen. Was hatten Max und sie sich nur dabei gedacht? »Wir müssen nur kurz etwas Geschäftliches klären und sind gleich wieder zurück.« Schon wieder eine Lüge. Sie würde nicht zurückkommen.

Max folgte ihr ins Freie, wo sie sich an einer der Tische setzten, von denen aus man einen tollen Blick auf den See hatte. Nur war dieser Julia gerade völlig egal.

»Wollen wir erst reden, bevor wir uns den Vertrag ansehen?« Max saß ihr gegenüber und wirkte zum ersten Mal, seit sie ihn kannte, unsicher. Gut so. Sollte er ruhig spüren, dass es auch für ihn einmal unangenehm werden konnte.

»Ich sage dir, was wir jetzt tun. Wir sehen uns den Vertrag an, du rufst Timo an und ich werde im Anschluss nach München fahren und den ursprünglichen Entwurf überarbeiten. Wenn du morgen zur Arbeit kommst, wird alles fertig sein.«

»Du reist ab? Aber …«

»Ich bin noch nicht fertig«, unterbrach sie ihn. »Wenn die Sache mit Timo morgen geklärt ist, will ich von dir wissen, warum du mir nichts vom Wellbrock-Projekt erzählt hast.« Sie deutete auf die Tasche, die Max auf dem Tisch abgelegt hatte. »Wenn du nicht willst, dass jemand – oder vielmehr ich – die Unterlagen sieht, dann solltest du in Zukunft deine Geheimnisse besser verstecken.«

Max sank auf dem Stuhl zurück, schüttelte den Kopf und sah betreten drein. »Ich wollte es dir sagen. So oft wollte ich dir davon erzählen. Aber …« Der Satz blieb unvollendet.

»Aber, was? Unsichtbare Mächte haben dich davon abgehalten?«

»Herrgott Julia, ich hatte Angst, dich zu verlieren.« Aufgebracht riss er die Hände in die Höhe.

Julia zeigte sich unbeeindruckt. »Ich habe dich immer als fairen Geschäftsmann erlebt und dich stets dafür bewundert. Das war der Grund, weshalb ich mit dir zusammenarbeiten und von dir lernen wollte. Habe ich dir je Anlass dazu gegeben, nicht offen mit mir zu sprechen?« Sie erwartete keine Antwort. »Weißt du was? Lassen wir das einfach. Kümmern wir uns lieber um die Dinge, die noch zu retten sind.«

Sie müsste sich schon stark in Timo täuschen, wenn er zu Mario Weigel ginge. Aber er hatte sich ein paar Dinge in den Kopf gesetzt, die er im neuen Vertrag stehen haben wollte und die Wünsche würden sie ihm nun erfüllen, soweit es möglich war.

* * *

»Es ist so schade, dass du schon gehen musst, Julia.« Susanne wandte sich an ihren Sohn. »Max, muss das wirklich sein?«

Nein, das musste nicht sein und alles in Max sträubte sich dagegen, Julia gehen zu lassen. Doch im Moment war dies die beste Lösung. Julia war dermaßen sauer auf ihn, dass er gut daran tat, nichts zu sagen oder zu tun, um sie noch weiter zu verärgern.

»Einer von uns muss die Dokumente überarbeiten und wäre es nicht schade, wenn Max deshalb eure wunderschöne Feier verlassen müsste?« Julia deutete zu den Gästen. »Genießt diesen Tag mit all euren Lieben und lasst euch feiern.«

Eines musste er Julia lassen: So wütend sie auch auf ihn war, sie ließ sich seiner Familie gegenüber nichts anmerken. Regel Nummer eins: Immer cool bleiben.

Julia blickte auf ihr Handy und sah sich entschuldigend um. »Mein Zug fährt in fünfzehn Minuten, und mein Taxi müsste jeden Moment kommen.«

»Dein Taxi?«, fragte Steffi verständnislos. »Zum Bahnhof sind es gerade mal fünf Minuten. Warum fährt Max dich denn nicht?«

»Durch diesen blöden Vertrag ist schon genug durcheinandergeraten. Ich wollte nicht auch noch, dass Max hin- und herfahren muss.«

»Ich kann dich auch bringen«, bot Christian sich an.

Max sah durch die Eingangstür mit dem Glaseinsatz das Taxi herannahen. »Wird nicht nötig sein. Das Taxi ist schon da.«

Wie nicht anders zu erwarten war, brach nach seiner

Ankündigung ein großes Durcheinander aus. Jeder wollte sich mit einer Umarmung von Julia verabschieden. Begleitet vom Wunsch, dass sie bald wiederkommen sollte, wischte sie sich eine Träne aus dem Augenwinkel.

Max nahm ihren Koffer an sich und öffnete die Tür. »Du solltest jetzt los, wenn du deinen Zug nicht verpassen willst.«

»Max hat recht. Ich muss los.« Julia winkte noch einmal in die Runde. »Vielen Dank für alles und auf Wiedersehen.« Sie folgte Max, der zum Taxi vorausging und ihr Gepäck im Kofferraum verstaute.

Ein Blick zum Gebäude verriet ihm, dass seine Familie noch immer dastand und sie beobachtete. Was dies für ihren Abschied bedeutete, wollte er sich lieber nicht ausmalen. »Wir werden beobachtet.«

»Das ist doch perfekt. Dann kannst du ihnen bei deinem nächsten Besuch wenigstens glaubhaft vermitteln, dass schon an diesem Wochenende nicht mehr alles zwischen uns gepasst hat und die Trennung bereits absehbar war. Vielleicht lässt die Tatsache, dass Vanessa wieder da ist, sie ja schneller darüber wegkommen.«

Es gab nichts, was Max sagen oder erwidern konnte, wenigstens nichts in der Kürze der Zeit, das die Situation zwischen ihnen besser machen würde.

»Wir sehen uns morgen und wenn etwas sein sollte, ruf mich bitte an.«

Er hielt die Luft an, als Julia sich nach vorn beugte, und ein kleiner Teil von ihm hoffte darauf, sie würde ihn zum Abschied doch noch küssen. Stattdessen wollte sie nur diesen Eindruck erwecken, denn seine Familie konnte nicht sehen, dass sie ihn nicht küsste, sondern ihm noch etwas zu sagen hatte.

»Ich hätte nicht gedacht, dass dieses Wochenende so enden würde.« Mit diesen Worten ließ sie ihn stehen und setzte sich ins Taxi, das gleich darauf losfuhr.

Er sah dem Wagen hinterher, bis er aus seiner Sicht verschwunden war, und ging wieder zurück. Seine Familie war bereits zu den Gästen zurückgekehrt, einzig Lukas stand noch da und schien auf ihn zu warten.

»Hattet ihr Streit?«

Max nickte, legte den Arm um die Schulter seines Neffen und betrat mit ihm den Festsaal, gerade noch rechtzeitig, um mitzuerleben, wie sein Vater gegen sein Glas stieß und um Ruhe bat. Was folgte, war eine wunderschöne Liebeserklärung an Max' Mutter, die sein Vater dem Anschein nach frei vortrug. Jedenfalls konnte er keinen Spickzettel entdecken.

»... Susanne und ich hatten es nicht immer leicht. Viele von euch wissen vielleicht noch, wie konservativ unsere Familien waren. Sie haben uns die Gründung unserer kleinen Familie damals nicht leicht gemacht und auch den ein oder anderen Stein in den Weg gelegt.« Franz winkte ab. »Aber darum soll es jetzt nicht gehen. Vielmehr möchte ich mich bei meiner Frau dafür bedanken, dass sie in all den Jahren so viel Verständnis gezeigt hat und oft ohne mich zurechtkommen musste.« Er wandte sich direkt an sie. »Susanne, du weißt, ich wäre oft lieber bei dir und den Kindern gewesen, anstatt mich um die Kanzlei zu kümmern und mich auf Verhandlungen vorbereiten zu müssen. Doch gerade in den Anfangsjahren war alles nicht so einfach. Deshalb hoffe ich umso mehr, dass du dich freuen wirst, wenn ich dir heute sagen werde, dass ich entschieden habe, in den Ruhestand zu gehen.«

»Du hast was?«

Max blickte zu seiner Mutter, die seinen Vater entsetzt ansah.

»Ich werde in den Ruhestand gehen und mich zukünftig ausschließlich dir, unserer Familie und unserem Garten widmen.« Er lachte. »Keine Sorge, ich werde nicht ab morgen zu Hause rumhocken, dafür muss noch einiges geklärt werden. Aber du kannst dich schon darauf vorbereiten, dass ich die nächsten vierzig Jahre an keinem Tag mehr von deiner Seite weichen werde.«

In den Augen seiner Mutter brannten Tränen und sie hielt sich ergriffen die Hände vor den Mund. »Ist das wahr?«

»Ich liebe dich, mein Schatz.«

So musste Max an diesem Tag schon zum zweiten Mal erleben, wie sich seine Eltern küssten. Dieses Mal allerdings unter dem begeisterten Applaus der Gäste.

Das Zugeständnis seines Vaters überraschte ihn nicht wirklich, nachdem er schon durch Vanessa von seinen Plänen erfahren hatte. Für seine Mutter freute es ihn hingegen umso mehr. Ihr hätte er kein größeres Geschenk machen können. Bedauerlich fand er allerdings, dass sein Vater nicht ihn, sondern seine Ex und deren Vater ins Vertrauen gezogen hatte.

»Wusstet ihr davon?«, fragte er seine Schwestern, die beide ahnungslos den Kopf schüttelten.

Demnach war er nicht der Einzige in seiner Familie mit einem Geheimnis. Für ihn stellten sich die Konsequenzen jedoch problematischer dar und er wagte nicht, sich auszumalen, welches Donnerwetter ihn morgen im Büro erwarten würde.

Julia und er hatten einiges zu klären und obwohl er

sich sonst als hervorragender Taktiker erwies, ahnte er bereits, dass ihnen weitreichende Veränderungen bevorstehen würden, die er nicht lenken konnte.

KAPITEL 20

Wenn Julia eines auf ihrer Fahrt vom Tegernsee zurück nach München klargeworden war, dann, dass sie und Max unmöglich so weitermachen konnten wie bisher. Zwischen ihnen war in den letzten Tagen zu viel vorgefallen, um zu einer Normalität zurückzukehren. Und wenn sie ehrlich zu sich selbst war, musste sie sich auch eingestehen, dass ihr dummes Herz es ihr nicht verzeihen würde.

Natürlich könnte sie gut und gern behaupten, dass das zwischen Max und ihr ein schräger Ausflug in seine Welt und ein unverbindlicher One-Night-Stand gewesen waren – die Wirklichkeit sah jedoch anders aus. Sie würde sich selbst nicht verzeihen, Max' Familie angelogen zu haben, ebenso wie sie wusste, dass diese eine Nacht mit ihm alles andere als ein bedeutungsloses, schnelles Vergnügen gewesen war. Er hingegen hatte sie verraten und verkauft.

Das hatte spätestens der Kuss mit Vanessa gezeigt. Und ob das nicht genug wäre, hatte er sie obendrauf noch hintergangen, was das Projekt mit Wellbrock betraf. Wie sollte sie ihm das verzeihen? Ihr berufliches Ziel lag weder darin, sich nur um die Bundesligen noch um überbezahlte Sportler zu bemühen. Das wusste er doch. Sie wollte etwas bewirken und das nicht ohne Grund. Ihre Schwester hatte sich nach ihrem Unfall damals aufgegeben, dabei war sie eine Spitzensportlerin gewesen und hätte ihren Weg zurückgefunden, hätten ihr nicht sämtliche Sportagenten den Rücken zugewandt. Doch ohne Sponsoren und die nötigen Finanzen hatte sie nicht die Kraft gefunden, sich wieder aufzuraffen. Stattdessen hatte Toni ihren Platz im Familienhotel eingenommen und arbeitete seitdem dort. Wenn sie schon ihr nicht helfen konnte, so wollte Julia wenigstens anderen helfen. Das Projekt von Wellbrock wäre ihre Chance dazu gewesen.

Während sie die ganze Nacht darüber nachgedacht hatte, was die letzten Tage für sie und ihre Zusammenarbeit mit Max bedeuteten, lag die Antwort am Morgen beim Betreten des Büros klar auf der Hand. Ihre Zusammenarbeit würde an diesem Tag enden. Sobald sie ihm den Vertragsentwurf für Timo übergeben hatte und die Details mit ihm besprochen waren, würde sie ihren Schreibtisch räumen. Ein Glück, dass sie sich offiziell noch in der Probezeit befand und sich nicht auf eine lange Kündigungsfrist einstellen musste. Und über einen neuen Job musste sie sich auch nicht wirklich Sorgen machen. Zwar konnte sie sich Schöneres vorstellen, als für Mario Weigel zu arbeiten, dem sein Ruf vorauseilte. Aber warum sollte sie sich nicht ein eigenes Bild von der Zusammenarbeit mit ihm verschaffen? Zweimal waren sie sich bisher persönlich begegnet und jedes Mal hatte er ihr einen Job angeboten. Dass er plötzlich sein Interesse an ihr verloren hatte, konnte sie sich kaum vorstellen, und zur Überbrückung wäre es schon okay, bei ihm zu arbeiten. Es wäre ja nicht für die Ewigkeit gedacht.

Der Morgen zog sich endlos. Max hatte sie per Mail wissen lassen, dass er den Entwurf bis auf ein paar kleinere Änderungen übernommen hatte und sich kurzfristig mit Timo in der Innenstadt auf einen Kaffee treffen wollte. Auch wenn sie die Verhandlungen gern bis zum Schluss begleitet hätte, ignorierte sie seine Einladung, dazuzukommen. Stattdessen machte sie sich daran, ihr Kündigungsschreiben aufzusetzen und die Schubladen ihres Schreibtisches nach persönlichen Dingen zu durchsuchen.

Es war schon kurz vor elf Uhr, als sich die Fahrstuhltür öffnete und Max heraustrat. Sein Anblick ließ Julias Herz aufgeregt in ihrer Brust toben, was in direktem Gegensatz zu ihrer Wut auf ihn stand. Doch sie konnte die Bilder von ihm und ihrer gemeinsamen Nacht einfach nicht verdrängen, ebenso die Gefühle, die sie in ihr hervorriefen. Wo hingegen sein Anzug dem Ganzen einen Dämpfer verpasste. Sie mochte ihn lieber in Jeans und Shirt, mit wilden Locken, die ihm wirr vom Kopf abstanden.

Er lächelte unsicher, als er ihr Büro betrat. »Guten Morgen, Paul.«

»Hallo, Max.« Ihre Worte klangen kühl, während sie damit zu kämpfen hatte, ihm unbeirrt in die Augen zu schauen.

»Bist du gestern noch gut nach Hause gekommen?«

Ganz sicher würde sie sich jetzt nicht mit ihm über ihre Heimfahrt und die Verspätungen auf ihrer Strecke unterhalten, die sie in Summe eine Stunde Zeit gekostet hatten. »Mir steht nicht der Sinn nach Small Talk.«

»Entschuldige, bitte.«

War er jetzt etwa eingeschnappt? Es hatte für Julia jedenfalls den Anschein. Und wenn schon. Sie wollte sich darüber keine Gedanken mehr machen.

»Dann komme ich besser gleich auf den Punkt.« Er kramte in seiner Notebooktasche und zog eine Mappe hervor. »Timo hat unterschrieben.«

»Glückwunsch.« Julia war selbst überrascht, dass sie nicht mehr sagte, dabei hätte sie allen Grund zum Jubeln. Immerhin hatte auch sie ihren Teil dazu beigetragen, den erfolgreichen Fußballspieler in der Agentur zu halten.

»Mehr fällt dir dazu nicht ein?«

Klang Max wütend? Oder enttäuscht? Oder beides? Julia wusste es nicht. Was sie allerdings wusste, war, dass es keine Rolle mehr spielte. »Was soll ich schon sagen? Schön, du kannst dir noch ein größeres Auto leisten?«

»Wenn es darum geht, dann kann ich dich beruhigen. Du wirst natürlich an der Provision beteiligt. Wir haben uns schließlich gemeinsam um den Vertrag gekümmert.« Er legte das Dokument auf ihren Schreibtisch. »Ich sagte doch, dass ich noch kleinere Änderungen vorgenommen habe.«

»Behalt dein Geld. Ich will es nicht.« Sie schob das Kündigungsschreiben über den Schreibtisch und drehte es so, dass Max es lesen konnte. »Alles, was ich will, ist deine Unterschrift auf diesem Dokument.«

Langsam senkte Max den Blick, als würde er bereits ahnen, was ihn erwartete. Sein Atem wurde lauter, seine Nasenflügel weiteten sich und seine Kieferknochen mahlten. »Ich werde das nicht unterschreiben.«

»Dann lass es und ich hol mir die Unterschrift in der Personalabteilung. An meiner Entscheidung wird es nichts ändern.«

»Warum tust du das?«, fuhr er sie aufgebracht an. »Ja, ich weiß, das mit Wellbrock hätte ich dir früher sagen müssen, aber habe ich nicht Wort gehalten und dir alles Wichtige beigebracht? Wir waren doch ein Team.«

»Das ist richtig, wir waren ein Team. Bis zu dem Zeitpunkt, an dem du mir nicht vertraut hast. Du hast mich belogen, Max. Und nicht nur das, du wusstest, wie wichtig mir das Thema ist. Also komm mir nicht damit, dass du mir alles beigebracht hast.« Tränen brannten in ihren Augenwinkeln. »Und selbst wenn du es nicht getan hättest, wie glaubst du, könnte ich nach diesem Wochenende noch mit dir zusammenarbeiten? Du hast mich vorgeführt. Hattest Sex mit mir und küsst am nächsten Tag deine Ex? Mir ist schon klar, dass eine Nacht nicht gleichzusetzen ist mit einem Exklusivrecht. Aber du hast nicht einmal einen halben Tag gewartet, bis du zur Nächsten gegangen bist. Wie soll ich mich da fühlen?«

»Egal, was ich jetzt sagen werde, du würdest mir nicht zuhören.« Frustriert nahm er einen Kuli aus ihrem Stifteköcher und kritzelte seine Unterschrift unter die Kündigung. »Zufrieden?«

»Sehe ich etwa so aus?« Die ersten Tränen kullerten über ihre Wangen. Sie schniefte und griff nach dem Papier. »Ich denke, wir haben uns wohl nichts mehr zu sagen.« Hastig griff sie nach ihrer Tasche und ihrer Jacke, die über dem Bürostuhl hing. Dabei stieß er ein letztes Mal donnernd gegen den Metallschrank. »Außer vielleicht, dass mir noch etliche Urlaubstage zustehen, die ich bis zum Ende der Vertragslaufzeit nehmen werde. Außerdem werde ich den Laptop und mein Firmenhandy gleich noch bei den Kollegen in der Technik abgeben. Du brauchst dich also nicht zu sorgen, dass ich irgendwelche Firmengeheimnisse mitnehme. Es sei denn, du willst noch einen Blick in meine Tasche werfen und mich zum Ausgang begleiten.«

»Mach dich nicht lächerlich.« Sein Blick und seine Haltung verrieten ihr, dass sie ihr Ziel erreicht und ihn getroffen, oder eher verletzt hatte. War das nicht ihre Absicht gewesen? Sollte er sich nicht genau so schlecht und elend fühlen wie sie? Doch, sicher. Aber es war bei Weitem nicht so befriedigend, wie sie gehofft hatte.

»Dann bleibt mir nichts, als dir alles Gute zu wünschen.« Der Schmerz in ihrer Brust wurde schier unerträglich, als sie sich von ihm verabschiedete. Gleichzeitig wusste sie, dass sie die richtige Entscheidung getroffen hatte. »Auf Wiedersehen, Max.«

* * *

Max stand am Fenster seines Büros und starrte wie paralysiert ins Leere. Er konnte noch immer nicht glauben, dass Julia gekündigt hatte. Sie war nicht mehr da.

Natürlich trug er eine Mitschuld an ihrer Entscheidung. Er wusste genau, dass er ihr das Wellbrock-Projekt nicht hätte verheimlichen dürfen. Doch seine Angst war übermächtig gewesen, sie würde ihn verlassen. Und nun, da es tatsächlich so weit gekommen war, konnte er es nicht fassen.

Ja, er hatte einen Fehler gemacht. Aber ihr Vorwurf, er hätte sich nach ihrer gemeinsamen Nacht direkt die Nächste gesucht, war lächerlich. Was konnte er dafür, dass Vanessa ihn geküsst hatte? Er hatte sie definitiv nicht dazu ermutigt, dafür war seine Gefühlswelt an jenem Tag viel zu durcheinander gewesen – und Julia hatte dazu keinen unerheblichen Teil beigetragen. Warum hatte sie sich am Morgen danach plötzlich so seltsam verhalten?

Er schnaubte frustriert und konnte nicht glauben, dass sein Leben in so kurzer Zeit so durcheinandergewirbelt wurde. Alles, was er gewollt hatte, war, eine schöne Familienfeier zu erleben, ohne verkuppelt zu werden, und einen der größten Aufträge in der Historie von *Sportwerk* abzuschließen.

Wenn er es genau nahm, war ihm beides geglückt. Seine Mutter hatte keinen Grund gehabt, ihn zu verkuppeln, und Timo hatte nach ein paar hitzigen Diskussionen den Vertrag unterzeichnet. Somit hätte alles in bester Ordnung sein müssen, wäre der Preis dafür nicht so hoch. Jedenfalls hoffte er darauf, dass es nach all den turbulenten und aufregenden Tagen in seinem Leben endlich wieder ruhiger zugehen würde. Oder besser doch nicht? Ein bisschen Trubel würde ihn wenigstens von Julia ablenken.

Er sah zur Tür, die ihr Büro mit seinem verband. Noch hatte er nicht entschieden, wie er zu ihrer Kündigung stand. Nicht, solange sie nicht auch dazu bereit war, seinen Teil der Geschichte anzuhören. Ja, sie hatte ihm nicht einmal die Gelegenheit dazu gegeben, ihr zu sagen, dass er am frühen Morgen mit Jan Wellbrock telefoniert hatte. Am Ende hatte er versucht, noch das Richtige zu tun, aber es war zu spät gewesen. Unglücklicherweise war die Stelle der Projektleiterin, die perfekt zu Julia gepasst hätte, bereits besetzt worden. Max würde es sich so schnell nicht verzeihen, nicht früher reagiert zu haben.

Sein Handy brummte in seiner Hosentasche und die

Erfahrung hatte ihn gelehrt, keine Anrufe zu ignorieren – obwohl er sicher war, dass es nichts Wichtiges sein konnte. Umso überraschter war er, als er die Nummer auf dem Display sah. Es war sein Vater.

»Papa? Ist alles in Ordnung?« Sein Vater rief ihn normalerweise nie an, weshalb Max' Frage nicht unberechtigt war. Es würde doch nichts passiert sein?

»Ähm, ja. Warum fragst du?«

»Weil du mich sicher nicht ohne Grund anrufst.«

»Wenn ich keinen Grund hätte, würde ich dich auch nicht anrufen. Du hast aber gefragt, ob alles in Ordnung ist.«

Typisch Jurist, dachte sich Max. Zerlegte alles ganz genau und detailliert. »Dann formuliere ich es anders: Was kann ich für dich tun?«

»Ich würde gern mit dir reden. Am Wochenende hat sich wegen des Fests leider keine richtige Gelegenheit dazu ergeben.«

Gelegenheiten hätte es genug gegeben. Jetzt da Max ahnte, worum es ging, stellte sich ihm eher die Frage, ob sein Vater das Gespräch absichtlich hinausgezögert hatte. »Kein Problem. Was willst du mit mir bereden?«

»Nicht am Telefon.«

Erwartete er etwa, dass Max schon wieder an den Tegernsee fuhr? »Papa, ich kann nicht schon wieder zu euch rausfahren.«

»Das brauchst du nicht. Ich bin in München. Genauer gesagt, unten in eurem Foyer. Bist du hier und hättest jetzt ein paar Minuten Zeit?«

Sein Vater war in München und bereits im Firmengebäude? »Klar. Soll ich dich abholen?«

»Das schaffe ich schon allein. Bis gleich.«

Max starrte auf das Display. Aufgelegt. Sein Vater war einfach schon immer zielstrebig und kurz angebunden.

Trotz der deutlichen Ansage, dass er den Weg allein finden würde, ging Max zum Fahrstuhl und wartete dort auf ihn. Ein Gutes hatte der Besuch wenigstens, er unterbrach seine Gedanken an Julia.

Nur kurze Zeit später öffnete sich die Tür und sein Vater trat heraus. Er trug Jeans, was äußerst selten vorkam, und ein weißes Hemd. Am meisten irritierten Max jedoch die weißen Sneaker an seinen Füßen. Seit wann besaß er solche Schuhe?

»Ich will dich gar nicht lange stören, Junge. Können wir irgendwo ungestört sprechen?«

»Sicher.« Max deutete den Flur entlang und ging voran in sein Büro. Er bat ihn, an dem kleinen Konferenztisch Platz zu nehmen, und schenkte ihm ein Glas Wasser ein.

»Du hast ein sehr schönes Büro.«

»Danke.« Die ehrlichen Worte seines Vaters taten ihm gut. »Freut mich, dass es dir gefällt. Aber jetzt verrate mir, was dich herführt. Ist es wegen deiner Ankündigung gestern?« Seinem Vater musste es schon schwer genug gefallen sein, zu ihm zu kommen, weshalb Max ihm das Gespräch erleichtern wollte.

Er nickte. »Ja. Ich will dir nur sagen, dass noch nichts unterschrieben ist. Wenn du die Kanzlei haben willst, bekommst du sie. Wenn nicht, werden wir sie verkaufen.«

Max beobachtete ihn dabei, wie er einen Schluck Wasser trank und schon fast eingeschüchtert wirkte.

»Ich will nur, dass du weißt, dass ich dich nicht unter Druck setzen will. Das hatten wir schon einmal und ich möchte nicht, dass die Kluft zwischen uns noch größer wird. Du bist mit vielem, das ich gesagt und getan habe, nicht einverstanden. Das weiß ich, Max. Aber es gibt auch vieles, das du nicht weißt und das mich hat so werden lassen, wie ich damals war.«

»Warum erzählst du es mir nicht? Vielleicht könnte ich dich dann besser verstehen.«

»Ich erzähle es dir nicht, weil ich dich und deine Geschwister schützen will. Gerade du als unser Jüngster sollst deine Großeltern in würdevoller Erinnerung behalten. Aber du darfst ruhig wissen, dass die Steine, die sie deiner Mutter und mir in den Weg gelegt haben, eher Felsen waren. Lass mich dir bitte Details ersparen.«

»Nein, bitte. Erzähle es mir.« Max drängte darauf, endlich zu erfahren, was damals alles passiert war, und er hätte nicht überraschter darüber sein können, dass sein Vater seiner Bitte nachkam.

Natürlich wusste er, dass seine Großeltern sowohl mütterlicher- als auch väterlicherseits nicht mit der Verbindung einverstanden gewesen waren, aber die Ausführungen seines Vaters erinnerten fast schon ein wenig an die tragische Liebesgeschichte von Romeo und Julia. So erfuhr Max erst an jenem Tag, dass sein Vater, der von einem reichen Hof stammte, enterbt worden war, nachdem er geheiratet hatte.

Die Eltern seiner Mutter hatten sie verstoßen, als sie erfuhren, dass sie schwanger war. Der Mietvertrag für die neu gegründete Kanzlei war aus unerfindlichen Gründen geplatzt. Nachdem Steffi auf der Welt war, blieben die Fälle aus und seine Mutter verlor aus dem Nichts ihren Nebenjob als Aushilfskraft in einem Restaurant. Sie hatten vor dem finanziellen Ruin gestanden, weshalb sein Vater nur noch mehr gearbeitet hatte.

»Alles, was ich aufgebaut habe, habe ich aus eigener Kraft geschafft. Aber auch zum Nachsehen meiner Familie. Ich wollte mich beweisen und das ist mir geglückt. Es hat Jahre gedauert, aber irgendwann sind wir alle versöhnlich aufeinander zugegangen. Deine fleißige und wunderschöne Mutter wurde von meinen Eltern akzeptiert und hat nach Opas Tod Oma noch jahrelang gepflegt. Ich weiß nicht, womit ich so eine großartige Frau verdient habe.«

Max hatte eine Gänsehaut und die Erzählungen seines Vaters nahmen ihn mehr mit, als er gedacht hatte.

»Dummerweise habe ich auch viel von meinem Vater, der immer erwartet hatte, dass ich einmal in seine Fußstapfen trete und Bauer werde. Dass ausgerechnet ich den gleichen Fehler wie er begehe, hätte ich niemals gedacht. Ich versuchte meinen Sohn in eine Rolle zu drängen, die er nicht wollte.«

»Papa, ich …«

»Schon gut, Max. Es tut mir leid, dass ich dich damals so sehr unter Druck gesetzt habe. Du bist alt genug, um deine eigenen Entscheidungen zu treffen, und niemand darf dir da reinreden.«

»Du hattest wegen mir einen Herzinfarkt.«

»Wegen dir?« Franz lachte auf. »Junge, ich habe am Tag knapp zwei Schachteln Zigaretten geraucht, mich nur von fettigen Lebensmitteln ernährt, die ich mir mittags rasch beim Metzger geholt habe, und mich nur bewegt, wenn ich mit dem Auto nicht hinfahren konnte. Noch dazu hatte ich damals diesen schwierigen Fall und immer bis spät in die Nacht gearbeitet. Du bist sicher nicht an dem Herzinfarkt schuld. Den habe ich ganz allein zu verantworten. Ein Wunder, dass es mich nicht schon früher erwischt hat.«

In Max löste sich mit einem Mal eine schwere Last, die er seit jenem Tag mit sich herumtrug.

»Wenn mir der Herzinfarkt und die letzten Tage und Wochen eins gezeigt haben, dann, wie wichtig mir meine Familie ist und dass es höchste Zeit ist, endlich die Bremse zu ziehen. Es gibt viel zu viele Missverständnisse, die wir aus der Welt räumen müssen, und ich würde es bedauern, wenn es eines Tages zu spät wäre.«

Alarmiert richtete sich Max auf. »Es geht dir doch gut, oder?«

Franz tätschelte die Hand seines Sohnes. »Mir geht es gut, mein Junge. Aber du solltest ein wenig nach dir schauen.«

»Wie meinst du das, ich soll nach mir schauen?«

»Damit meine ich, dass das Büro nebenan leer ist und ich vorhin eine völlig aufgelöste Julia gesehen habe, die das Gebäude verlassen hat.«

Mist! »Ähm, ja … Also, was das anbelangt …«

»Du brauchst mir nichts erzählen. Ich weiß, dass ihr uns nur etwas vorgespielt habt.«

Max lief es eiskalt den Rücken hinunter. »Woher weißt du das?«

»Im Familienzimmer über der Garage ist mein Süßigkeiten-Versteck.« Er hob ergeben die Hand. »Ja, ich weiß, es ist nicht die feine englische Art, Geheimnisse vor deiner Mutter zu haben. Aber nachdem sie meinen Vorrat im Schreibtisch entdeckt hatte, hat sie mir alles, was schmeckt, von meinem Speiseplan gestrichen. Jedenfalls war ich am Wochenende im Raum über der Garage und habe dort deine Sachen entdeckt. Sind wir mal ehrlich, welches frischverliebte Pärchen schläft schon freiwillig getrennt?« Er nippte erneut an seinem Wasser. »Weißt du, ich mag Julia. Sehr sogar. Sie passt zu dir. Falls du also Herzklopfen hast, wenn du an sie denkst, solltest du sie nicht gehen lassen.«

KAPITEL 21

3 Wochen später.

Julia fand sich in den Armen eines zwei Meter großen Basketballspielers wieder, der dem Begriff Hüne ein Gesicht verlieh. Noch dazu ein äußerst hübsches, was ihr schon aufgefallen war, als sie vor nicht ganz einem Jahr mit ihrem Kaffee auf dem Flur von *Sportwerk* in das talentierte Nachwuchstalent hineingerannt war.

»Es war so schön, dich wiederzusehen, Klemmi.«

»Die Freude war ganz auf meiner Seite. Auch wenn ich nicht so recht verstehen kann, warum du jetzt für Weigel unterwegs bist. Warum, sagtest du noch gleich, hast du *Sportwerk* verlassen?«

Mit ihrer Begründung hatte sie sich zu Beginn ihres Gesprächs absichtlich bedeckt gehalten, doch sie konnte verstehen, dass Klemens neugierig war. Er hatte sie in der Agentur als Werkstudentin kennengelernt und ihren Aufstieg zur Sportagentin miterlebt. Ebenso, wie sie seine Karriere mitverfolgt hatte. Innerhalb des letzten Jahres war er von einem unbekannten Außenseiter zum verheißungsvollen Newcomer aufgestiegen, der nun von den größten Vereinen mit lukrativen Angeboten gelockt wurde. So war es auch nicht weiter verwunderlich, dass er von seinem Verein ausgeliehen worden war und aktuell in München spielte. Jedenfalls musste es sich lohnen, denn der Club übernahm seine kompletten Aufenthaltskosten in einem der besten Hotels der Stadt. Vermutlich war das auch der Grund, weshalb er auf ein Treffen dort bestanden hatte – er wollte zeigen, was er schon erreicht hatte.

»Es war Zeit für etwas Neues. Außerdem muss ich doch mein Wissen und Können auf die Probe stellen. Was mich wieder zu dir zurückführt.« Sie nahm eine Visitenkarte aus dem teuren Etui, das Mario ihr an ihrem ersten Arbeitstag geschenkt hatte, und reichte sie Klemens. »Wenn du noch Fragen haben solltest und ich dich noch nicht überzeugen konnte, bei uns zu unterschreiben, melde dich bei mir.«

»Das werde ich. Aber du bist dir hoffentlich darüber bewusst, dass ihr nicht die Einzigen seid, mit denen ich sprechen werde, bevor ich eine Entscheidung treffe.«

»Alles andere hätte mich enttäuscht. Schließlich geht es um dein Leben und deine Zukunft. Solche Verträge unterschreibt man nicht leichtfertig. Nimm dir die Zeit, die du brauchst.« Sie lächelte und hob den Zeigefinger. »Aber schiebe die Entscheidung auch nicht auf die lange Bank.«

»Mir war gerade so, als ob Max mit mir sprechen würde.« Klemens lachte amüsiert. »Ihr beiden wart ein tolles Team. Echt schade, dass ihr nicht mehr zusammenarbeitet. Das hätte mir die Entscheidung leichter gemacht.«

Vor Julias innerem Auge baute sich ein Bild von ihr und Max auf, wie sie zusammen über Verträgen brüteten, Sponsorenverträge auseinandernahmen und zusammensetzten, endlose Diskussion mit Vertragspartnern führten und sich damit die Nächte um die Ohren geschlagen hatten. So verrückt und intensiv diese Zeit auch gewesen war, sie fehlte ihr. Max fehlte ihr.

Wie so oft in den vergangenen Wochen spürte sie einen verräterischen Stich in ihrer Brust, wenn sie Gedanken an ihn zuließ. Hatte sie das Thema Max nicht abgehakt? Warum nur ging ihr das alles noch so nach?

»Entschuldige, bitte. Ich wollte dir nicht zu nahetreten oder in Wunden bohren.«

Sie sah zu ihm auf. »Ach, Klemmi. Wie kann man nur so feinfühlig sein?«

»Hey.« Er lächelte kess und klopfte sich auf die Brust. »Großer Kerl, großes Herz. Außerdem habe ich vier Schwestern. Da lernt man so etwas schnell.«

»Wow, vier Schwestern? Dann hattest du es als Kind vermutlich nicht immer leicht?«

»Als Kind? Du machst wohl Witze. Es gibt Dinge, die ändern sich einfach nie.«

»Da magst du recht haben.« Julia nahm ihre Jacke vom Stuhl und griff nach ihrer Laptoptasche. »Jetzt muss ich aber los.« Suchend sah sie sich in der offen gestalteten Hotelbar um, doch weit und breit war niemand zu sehen, bei dem sie hätte bezahlen können. »Sobald hier endlich mal jemand …«

»Das geht natürlich auf mich. Weigel hätte ich zahlen lassen, dich niemals.« Klemens war wirklich ein lieber Kerl. Man musste ihn einfach mögen.

»Das ist zwar ziemlich süß von dir, aber wenn ich bezahle, zahlt am Ende Weigel.«

»Verstehe. Dann hätte ich mir wohl ein bisschen mehr

bestellen sollen. Die Austern sollen hier vorzüglich sein.«

»Die würden in der Tat für unser kurzes Meeting den Rahmen sprengen.« Sie musste lachen. »Aber wenn du bei uns unterzeichnest, können wir gern noch einmal darüber sprechen.«

Er zwinkerte ihr verschwörerisch zu. »Nur keinen Druck aufbauen …«

»Machs gut, mein Lieber. Wir hören bald wieder voneinander.«

»Ich rufe dich an. Versprochen.«

Mit einem letzten Lächeln machte sich Julia auf den Weg. Ihr Treffen mit Klemens war wie erwartet gut verlaufen und wenn sie es tatsächlich schaffen würde, ausgerechnet den Basketball Newcomer des Jahres bei Weigel als neuen Klienten unter Vertrag zu bringen, hätte sie einen großen Meilenstein in ihrer Karriere geschafft. Nichtsdestotrotz wollte sie ihn nicht drängen, etwas zu unterschreiben, mit dem er sich nicht wohlfühlte. Außerdem wusste sie um seine Loyalität Max gegenüber. Ihn als Herausforderer zu haben, würde sich bestimmt noch als Kraftakt erweisen. Er besaß schließlich mehr Erfahrung und rechtlich fundiertere Kenntnisse als sie.

Sie verließ die Hotelbar und durchquerte die Lobby, als ihr eine ziemlich vertraute Gestalt ins Auge stach, die vor dem Regen flüchtete und in einem nassen Trenchcoat das Foyer betrat. Ihr Herz setzte einen Schlag aus, nur um gleich darauf wild pochend gegen ihre Brust zu hämmern. Ihr wurde flau im Magen. Max' Anblick und seine Haare, die sich durch den Regen zu wilden Locken kräuselten, machten es nicht gerade besser.

Fünf Minuten! Wäre sie nur fünf Minuten früher gegangen, hätte sie sich dieses Aufeinandertreffen sparen können. So hingegen führte kein Weg an ihm vorbei, egal wie sehr es ihr missfiel, ihm zu begegnen.

Da er sie noch nicht bemerkt hatte, blieb ihr ein Augenblick Zeit, ihn zu mustern. Ihm schien es gut zu gehen. Er wirkte jedenfalls wie der Strahlemann von eh und je. Ein Kerl, den nichts so leicht aus der Ruhe brachte – außer vielleicht die Verkupplungsversuche seiner Mutter.

»Max, warte.«

Julia sah zur Eingangstür, durch die keine Geringere als Vanessa hereinstolzierte und einen Schirm in der Hand hielt. War ihr bis eben noch flau im Magen, sorgte die Erkenntnis, dass Max in Begleitung von Vanessa hier war, dafür, dass Julia speiübel wurde. Also doch. Max und sie waren wieder ein Paar? Doch was hatte sie hier zu suchen? Sicher war er wegen Klemens hier, aber warum hatte er sie mitgebracht?

Egal. Das ging sie nichts an, auch wenn ihr Herz, das nach wie vor in ihrer Brust verrücktspielte, sie Lügen strafte.

Sie würde ihres Weges gehen und der Rest brauchte sie nicht zu interessieren. Zumal Max zwischenzeitlich sein Handy aus der Jackentasche gezogen hatte und auf das Display starrte.

Dummerweise hatte sie sich für das Gespräch mit Klemens dazu entschieden, Pumps zu tragen. Für ihre Flucht aus dem Hotel war das nicht sonderlich dienlich, da jeder ihrer Schritte auf dem Fliesenboden hallte. Daher war es kaum verwunderlich, dass Max in dem Augenblick aufsah, als sie an ihm vorbeigehen wollte.

»Paul …« Seine Stimme klang erschrocken und verwundert zugleich. »I-Ich … Hi.«

Ihre Knie fühlten sich wie Wackelpudding an und ihre Stimme zitterte. »Hallo, Max.«

***

Max glaubte, seinen Augen nicht zu trauen, als er unverhofft Julia gegenüberstand. Man hatte ihm aus verschiedenen Quellen zugetragen, dass Julia zu Weigel gewechselt hatte, was sich wie ein Verrat anfühlte. Er wusste jedoch, dass dieser Gedanke natürlich Blödsinn war. Schließlich konnte und durfte sie arbeiten, für wen sie wollte. Dass es am Ende allerdings sein größter Konkurrent geworden war, schmerzte.

Weshalb er ausgerechnet in diesem Hotel auf sie traf, war auch nicht sonderlich schwer zu erraten. Sie hatte sich mit Klemens getroffen und buhlte somit um denselben Klienten wie er. *Verflixt.* Weigel hätte bei Klemmi niemals eine Chance gehabt, aber Julia? Die beiden mochten sich und kannten sich schon seit geraumer Zeit. Wie hoch standen also seine Chancen, ihn davon zu überzeugen, bei ihm besser aufgehoben zu sein als bei ihr?

»Glückwunsch. Wie ich höre, hast du zu Weigel gewechselt. Du bist in die Liga der Großen aufgestiegen.« Er hörte selbst, dass seine Stimme vor Sarkasmus triefte, dabei war er einfach nur getroffen. »Nein, ehrlich. Herzlichen Glückwunsch zum neuen Job.« Kurz ballte er seine Hände zu Fäusten, reichte ihr dann aber seine Hand.

Zerrissen sah Julia ihn an. Ihr war anzumerken, dass sie zögerte. »Ich weiß, dass du meine Entscheidung nicht gutheißt. Wozu also das Ganze?«

Frustriert ließ Max die Hand sinken und schnaubte. »Das nennt man professionelles Verhalten. Aber wenn du kein Interesse daran hast …«

»Ach, ist das nicht Karl?«

Max war durchaus bewusst, welchen Eindruck sein Erscheinen mit Vanessa im Hotel auf Julia haben musste. Nach dieser unterkühlten Begrüßung verzichtete er allerdings darauf, ihr zu erklären, was dahintersteckte. Oder vielmehr, dass es nichts außer einem Geschäftsessen war.

Er zwang sich zu einem Lächeln, legte seine Hand an Vanessas Arm und dirigierte sie zu ihm. »Nicht Karl, Paul.«

»Ich korrigiere, mein Name ist Julia. Niemand nennt mich mehr Paul.«

Hatte sie ihre Worte extra so gewählt? War er ein niemand für sie? »Ganz, wie du willst, Julia.« Er deutete zur Hotelbar. »Ich nehme mal an, du hattest ebenfalls einen Termin mit Klemens und wir bemühen uns um denselben Klienten.«

»Möge die Bessere gewinnen.« Ihre Worte waren ein leises Flüstern, ihr Blick unerschütterlich. Ohne auf eine Antwort von ihm zu warten, ging sie davon und verließ das Hotel, vor dem es noch immer in Strömen regnete.

»Ich finde sie seltsam. Außerdem, wer geht in zerrissenen Jeans zu einem Kundentermin?«

»Paul.« Mehr hatte er dazu nicht zu sagen und das ließ er Vanessa an seinem eindringlichen Blick auch merken. »Mein Termin mit Klemens wird voraussichtlich dreißig Minuten dauern. Willst du dich so lange schon mal ins Restaurant setzen oder an der Bar einen Aperitif bestellen?« Er wusste, dass es ihr nicht gefiel, so lange warten zu müssen. Doch da sie auf das Essen bestanden hatte, sollte sie jetzt ruhig das Nachsehen haben. Vermutlich würde er eh keinen Bissen hinunterbringen. Ob er überhaupt in der Lage war, ein vernünftiges Gespräch mit Klemens zu führen? Die unverhoffte Begegnung mit Julia hatte ihn mehr aufgewühlt, als er gedacht hätte.

»Ich setze mich an die Bar und beantworte in Ruhe noch ein paar Nachrichten. Du brauchst dich also nicht zu hetzen.«

Überrascht sah er sie an. Seit wann war Vanessa so entspannt, wenn es darum ging, warten zu müssen? Ihm konnte es zwar nur recht sein, er wunderte sich dennoch darüber.

Schon beim Betreten der Hotelbar war Klemens in seiner stattlichen Größe nicht zu übersehen. Max begleitete Vanessa an die Bar und machte sich dann auf den Weg zu seinem Schützling. Klemens hatte ihn bereits entdeckt und stand auf, um ihn zu begrüßen, dabei fiel Max auf, wie sehr sich Klemens verändert hatte. Er wirkte reifer und erwachsener, was mitunter auch daran liegen konnte, dass er kein Schlabbershirt und Jogginghosen trug.

»Yo, Maxi King, schön dich zu sehen.«

»Echt jetzt? Du hast immer noch diesen dämlichen Spitznamen für mich? Fällt dir nichts Besseres ein?« Max begrüßte ihn mit einem festen Händedruck, den Klemens erwiderte.

»Das ist der beste Spitzname überhaupt und nicht irgendwie, sondern maximal.«

Max seufzte gespielt theatralisch. »Ach, was mach ich nur mit dir?«

»Ich hätte da zwei Ideen.« Klemens deutete zum Tisch,

woraufhin sie beide Platz nahmen.

»Zwei Ideen? Ich bin gespannt. Leg los.« Interessiert lehnte sich Max nach vorn und wartete darauf, was ihm sein Gegenüber zu sagen hatte.

»Nummer eins: Du bietest mir einen Knallervertrag an, zu dem ich nicht Nein sagen kann.«

»Ha. Wenn es weiter nichts ist?« Klemens' Worte ließen ihn aufhorchen und er wusste, dass er dieses Mal kein so ein leichtes Spiel haben würde. Was aber nicht weiter verwunderlich war, immerhin war auch Julia an ihm dran und wer wusste, was sie ihm versprochen hatte. »Und Nummer zwei?«

»Erklär mir bitte, wie du so dumm sein konntest, ausgerechnet Julia gehen zu lassen. Noch dazu zu Weigel.« Klemens verdrehte die Augen. »Das hast du echt verbockt.«

»I-Ich …« Das hatte Max nicht erwartet und machte ihn im ersten Schritt sprachlos. Im zweiten sauer, und das war gefährlich. »Das geht dich nichts an, Klemmi. Das ist etwas zwischen Julia und mir. Sie hat gekündigt und nichts, was ich gesagt oder getan hätte, hätte sie von ihrer Entscheidung abgebracht. Okay?«

»Natürlich geht es mich nichts an. Aber hey … ihr seid das Dreamteam. Ich wollte bei euch meinen Vertrag verlängern und jetzt muss ich plötzlich zwischen euch wählen? Das ist absoluter Bullshit.«

»Zeiten ändern sich.« Frustriert strich Max durch seine Haare, die noch feucht vom Regen waren und sich bereits in alle Richtungen wellten. »Sieh nur dich an. Noch vor wenigen Monaten hat sich kaum einer für dich interessiert. Und jetzt?«

»Und wem habe ich das zu verdanken? Julia und dir.

Ist es also nicht klar, dass ich euch beide auch in Zukunft an meiner Seite will?«

Max sah ihn eindringlich an. »Klemmi, das alles hast du nur dir selbst zu verdanken. Weder Julia noch ich haben die Körbe für dich geworfen. Du bist ein großartiger Spieler, vergiss das bitte nie. Jetzt geht es um deine Zukunft und um dein Leben. Egal bei wem du am Ende einen Vertrag unterschreiben wirst.« Manchmal wäre es besser, Max würde den Mund halten. Hatte er es gerade etwa für gutgeheißen, wenn Klemens sich gegen ihn und womöglich für Julia oder in diesem Fall Weigel entscheiden würde?

Klemens verschränkte die Arme vor der Brust und lehnte sich in dem gepolsterten Stuhl zurück. »Es sind noch keine fünfzehn Minuten vergangen, da hat mir jemand das Gleiche oder so etwas Ähnliches gesagt. Bei jedem anderen hätte ich es für eine Masche gehalten, euch kaufe ich es seltsamerweise ab. Und zwar jedes einzelne Wort.« Er nahm einen tiefen Atemzug. »Du bist dir ganz sicher, dass ihr nicht mehr zusammenkommen werdet?«

Max wusste, was er auf die Frage hätte antworten müssen, doch der brennende Schmerz in seiner Brust und seine Sehnsucht nach Julia hielten ihn davon ab, weshalb er Klemens' Frage auswich und zur Tagesordnung überging. »Manches ist gut, so wie es ist. Doch deine aktuelle vertragliche Situation ist es nicht. Wir sollten also besser darüber sprechen, wie wir das Problem schnellstmöglich lösen können.«

KAPITEL 22

Julia parkte ihren grünen VW Polo auf dem Gästeparkplatz vor dem Hotel und strich gedankenverloren übers Armaturenbrett. Ihr Wagen machte in den letzten Tagen und Wochen immer mehr Probleme und sie befürchtete, sich über kurz oder lang von ihm trennen zu müssen.

»Mach mir keinen Kummer, Frosch.«

Ob sie je wieder an Frösche denken konnte, ohne automatisch das Bild von Max vor Augen zu haben, wie er sie damals geküsst hatte?

Max! Wann hörte sie endlich auf, an ihn zu denken? Sie schüttelte den Kopf, als ob sie damit die Erinnerung an ihn abschütteln konnte. Dabei hatte sie im Moment andere Probleme. Doch die schob sie für den Moment lieber von sich. Sie wollte nur eine kurze Auszeit in Bad Reichenhall verbringen und freute sich auf die Zeit mit ihrer Familie.

Beim Betreten des Hotels ihrer Eltern stieg Julia der vertraute Duft in die Nase, der seit jeher benutzt wurde, damit es frisch roch: eine Mischung aus Rosenöl, Lavendel und Zitrusfrüchten.

Toni stand hinter der rustikalen Rezeption aus Holz und sah sie überrascht an, als sie sie entdeckte.

»Beschissene Woche?«

»Du machst dir keine Vorstellung.« Julia verdrehte die Augen.

»Warum hast du nicht angerufen?«

»Ich wusste nicht, dass ich mein Kommen ankündigen muss.« Sie stellte ihre Reisetasche ab, die sie für die nächsten beiden Tage gepackt hatte, und sah ihre Schwester mit herabhängenden Schultern an.

»Dummerchen. Ich meinte doch während der Woche. Warum hast du nicht angerufen und solange gewartet?« Toni kam hinterm Tresen vor und ging steif auf Julia zu.

»Keine Zeit.« Hatte Julia bisher geglaubt, bei Max viel gearbeitet zu haben, lehrte sie ihre Tätigkeit für Weigel, dass da noch mehr ging. Dabei war es nicht das Arbeitspensum, das ihr zu schaffen machte. Vielmehr die Art, wie Mario Geschäfte machte. Alles in ihr widerstrebte seinem skrupellosen Vorgehen. Hätte sie das nur früher gewusst ...

Sie erwiderte Tonis warme Umarmung und hätte ihre Schwester am liebsten nicht mehr losgelassen.

»Du erdrückst mich, Juli.«

»Da musst du durch.«

Die beiden Schwestern teilten einen wunderschönen Augenblick der Nähe und Vertrautheit, ehe Toni sich aus Julias Armen befreite. »Wie sieht es aus? Kaffee? Tee? Kakao? Prosecco? Wir haben alles da.«

»Hast du auch etwas Stärkeres im Angebot?«

Sofort machte sie kehrt und ging in ungleichmäßigen Schritten zurück zur Rezeption, wo sie die Klingel dreimal hintereinander drückte. Nur wenige Augenblicke später trat ein hagerer, junger Mann mit Hornbrille aus dem Büro. Er trug das Pendant zu Tonis moosgrüner

Damen-Weste. Auch sonst waren sie aufeinander abgestimmt. Sein weißes Hemd passte zu ihrer weißen Bluse und seine dunkelgraue Hose zu ihrem Bleistiftrock. Einzig seine beerenfarbene Krawatte hob sich ab.

»Hallo, Matthias«, begrüßte Julia den Mann, der im Herbst des Vorjahres seine Ausbildung im Hotel begonnen hatte. »Wie geht es dir? Hast du alles unter Kontrolle?« Wie nicht anders zu erwarten war, lächelte er und nickte freundlich. Schon als er seine Ausbildung im Hotel begonnen hatte, war abzusehen gewesen, dass er sich für den richtigen Beruf entschieden hatte.

»Servus, Julia. Schön, dich wiederzusehen. Hier läuft es wie immer geschmiert.« Er deutete zur Hotelbar, die zwar um diese Tageszeit nicht besetzt war – immerhin war es erst früher Nachmittag –, trotzdem bot er an, ihnen einen Drink zu mixen. »Ich mach das gern.«

»Schon gut, Matze. Das kriegen wir selbst hin. Das Paar, das gestern aus Zimmer 202 abgereist ist, hat angerufen. Sie haben wohl ein kleines graues Säckchen im Zimmer vergessen, in dem sich all ihre Ladekabel befinden. Wärst du so nett und würdest in unserer Fundsachenkiste nachsehen? Wenn du es findest, dann bitte heute noch per Express versenden. Die Gäste haben mich darum gebeten und übernehmen die Kosten.«

»Wird erledigt.«

»Super, danke.« Toni bedeutete Julia, vorauszugehen.

Julia war klar, dass ihre Schwester sich diese höfliche Geste zueigen gemacht hatte, um vor mitleidigen Blicken verschont zu bleiben. Da sie aber Schwestern waren, und Julia weder vorhatte, Tonis Bein anzustarren noch wie viele andere unsensible Gäste nachzufragen, was zur Versteifung ihres Knies geführt hatte, hakte sie sich bei ihr unter und zog sie mit sich. »Der Flur ist breit genug für uns beide.«

»Worauf hast du Lust?«, fragte Toni sie, als sie die Hotelbar erreichten.

»Darauf, dass du dich setzt und mich einfach zaubern lässt.«

Wie geheißen, nahm Julias Schwester vor der Bar Platz und sortierte gleich alles auf dem Tresen um. »Für mich aber bitte keinen Alkohol. Ich muss noch arbeiten.«

»Das akzeptiere ich.« Sie griff nach Tonis umtriebigen Händen. »Aber sitz bitte einmal fünf Minuten still auf deinem Hintern und verabschiede dich von deinem Perfektionismus. Es ist ganz egal, ob die Kerze hier steht«, Julia schmunzelte und deutete auf das antikkupferne Glas Windlicht vor sich, »oder fünf Zentimeter weiter links.«

»Ist ja gut.« Toni legte ihre Hände auf den Schoß. »Ich fasse schon nichts mehr an. Aber während du hier die große Magierin an der Bar spielst, willst du mir nicht erzählen, warum deine Woche so durchwachsen war? Du hast vor nicht einmal zwei Wochen deinen neuen Job angefangen und solltest eigentlich noch im Freudentaumel sein.«

»Freudentaumel?«

»Du bekommst ein gutes Grundgehalt, hast einen Vorschuss erhalten und noch dazu weiß ich, wie viel Provision für dich rausspringen kann. Also sag mir, was los ist.«

Frustriert ließ Julia den Kopf in den Nacken fallen. Sie atmete zweimal tief durch und sah ihre Schwester mit festem Blick an. »Es fühlt sich einfach alles falsch an. Aus Mario Weigel spricht die reine Profitgier und das macht mich wahnsinnig.«

»Dann mach dem Ganzen ein Ende. Wenn es nicht das ist, was dich glücklich macht, macht es keinen Sinn. Ich persönlich konnte sowieso nicht verstehen, warum du gewechselt hast. Du hättest doch über die Probezeit hinaus bleiben können. Und du und dieser Max, das hat doch super funktioniert. Klar, während du mit ihm gearbeitet hast, haben wir dich zwar kaum zu sehen bekommen. Aber du hast immer so euphorisch über deine Arbeit gesprochen …«

Bisher hatte Julia es vermieden, ihrer Schwester von den Vorfällen zwischen ihr und Max zu erzählen. Toni hatte schon genug um die Ohren. Sie wollte sie nicht auch noch mit ihrem Kummer belasten. Ob sie das nun nachholen sollte?

»Warum schaust du mich so merkwürdig an? Habe ich etwas Falsches gesagt?«

»Nein. Es ist nur …« Julia senkte den Blick, denn sie spürte, dass Tränen in ihren Augen brannten. »Ich habe dir vielleicht nicht alles erzählt.«

»Juli.« Alarmiert stand Toni auf, humpelte zu ihrer Schwester hinter die Bar und nahm sie in den Arm. »Du weißt, du kannst mir alles erzählen.«

Sie schniefte. »Max ist so ein Idiot.«

»Und warum ist Max ein Idiot?«

Endlich war für Julia der Moment gekommen, alles loszuwerden. Ohne ein Blatt vor den Mund zu nehmen, erzählte sie ihrer Schwester von all den Missverständnissen und unglücklichen Zufällen, die sie an jenem Wochenende an den Tegernsee geführt hatten – direkt in Max' Arme und die seiner wundervollen Familie. Dabei ließ sie kein Detail aus und geriet erst ins Stocken, als sie

Toni gestehen musste, mit Max im Bett gelandet zu sein.

»Ich habe zwar nur ein Bild von ihm gesehen, und muss sagen, dass der Kerl in seinem Anzug unglaublich attraktiv ist und gut aussieht, aber eigentlich ist er doch gar nicht dein Typ.«

»Ich weiß. Deshalb kann ich es ja selbst nicht verstehen, wie ich so dumm sein konnte.« Das Band um Julias Herz zog sich noch enger. Wie konnte etwas, das sich in diesem Moment so richtig und gut angefühlt hatte, nur so falsch sein? Sie hatte Max' Bild vor Augen, wie er sie geduldig und quälend langsam ausgezogen und liebkost hatte. Seine Bartstoppeln hatten auf ihrer Haut gekratzt, während er Küsse auf ihrem ganzen Körper verteilt hatte. Allein die Erinnerung daran sorgte dafür, dass sie wohlig erschauderte.

Sie fuhr mit ihren Erzählungen fort und gestand Toni, wie schrecklich sie sich gefühlt hatte, als am nächsten Morgen Vanessa unverhofft auf der Bildfläche aufgetaucht war. Ausgerechnet die Frau, von der sie wusste, dass Max sie hatte heiraten wollen. Und als ob das nicht schon genug gewesen wäre, hatte er ihr noch dazu das Wellbrock-Projekt verheimlicht.

»Ich habe mich so hintergangen gefühlt. Er wusste, wie wichtig dieses Projekt für meine Karriere hätte sein können. Und er verheimlichte es mir einfach.«

»Hat er denn gesagt, warum?«

Julia schnaubte. »Angeblich, weil er mich nicht verlieren wollte.«

Toni sah sie prüfend an. »Und das glaubst du ihm nicht?«

»Ich habe ihm all die Aufgaben und Arbeiten abgenommen, die er nicht gern macht, dafür bringt er mir alles bei – so lautete unsere Abmachung. Natürlich wollte er mich nicht verlieren. Doch ritterlich waren seine Gründe sicher nicht.« Der bittere Geschmack von Enttäuschung kroch in ihr hoch.

»Hast du denn versucht, mit diesem Wellbrock direkt in Kontakt zu treten?«

»Habe ich. Aber so jemanden wie ihn kriegt man nicht einfach ans Telefon. Ich bin bei irgendeinem *Executive Director* gelandet, der mir mitgeteilt hat, dass sämtliche Positionen schon vergeben wurden.«

Verwirrt schüttelte Toni den Kopf. »Aber *Sportwerk* wird das Projekt doch mitbetreuen. Vielleicht hätte sich später noch einmal eine Chance für dich aufgetan.«

Als ob Julia nicht auch schon daran gedacht hatte. Sie sah zu ihrer Schwester und zog eine Schnute.

»Verstehe: Max.«

Exakt. Wie sollte sie nach allem, was passiert war, länger mit ihm zusammenarbeiten?

»Aber glücklich bist du bei diesem Weigel doch auch nicht, oder habe ich mich verhört?«

Julia ließ die Schultern sinken. »Ich weiß ehrlich gesagt nicht, was ich machen soll.«

Toni griff nach ihren Händen und drückte sie liebevoll. »Es ist sehr ehrenwert, dass du dich für Sportler mit Handicap einsetzen willst. Aber du solltest erst mal in deinem Leben ein paar Dinge klären. Glaub mir, dann wird sich dir der richtige Weg weisen. Sieh mich an.«

»Wie meinst du das?«

»Ich bin für mein Leben gern Ski gefahren. Doch als ich Leistung bringen musste, verblasste die Freude daran. Ich habe nur trainiert, weil es von mir erwartet wurde. Nach dem Unfall dachten alle, mein Traum wäre zerplatzt, dabei hat sich gezeigt, dass ich nichts anderes machen will, als hier im Hotel zu arbeiten. Das, was dir nicht gereicht hat, ist mein Ein und Alles – meine ganze Welt. Hab Vertrauen und sei dir sicher, dass sich dir der richtige Weg zeigen wird. Vielleicht ist es nicht dieser Weigel, vielleicht ist es nicht Max, aber du wirst es ganz sicher spüren, wenn die richtige Abzweigung kommt.«

Julia hatte wieder den Kampf gegen die Tränen verloren. »Ich hatte ja keine Ahnung, wie viel dir das Hotel und dein Job bedeuten.« Sie schniefte und küsste Tonis Schläfe. »Wir sollten öfters einen Trinken gehen und dabei reden.«

Sie mussten beide lachen, ob der Tatsache, dass sie zwar in einer Bar standen, aber nach wie vor auf dem Trocknen saßen.

»Du wärst eine miserable Barkeeperin.«

Seufzend sah Julia ihre Schwester an. »So wie du deinen Job liebst, liebe ich meinen.«

»Juli, sei endlich ehrlich zu dir selbst.« Toni lächelte vielsagend. »Es ist nicht nur dein Job, den du liebst.«

Kaum dass ihre Schwester ausgesprochen hatte, setzte sich ein Schwarm Schmetterlinge in ihrem Bauch in Bewegung, die sie augenblicklich verfluchte, denn sie wollten unbedingt Tonis Feststellung bestätigen.

»Ja, wen haben wir denn hier?«

Überrascht drehte sich Julia um und entdeckte ihre Eltern, die durch den kleinen trendigen Lounge-Bereich schlenderten, den Toni im Jahr zuvor neugestaltet hatte und der dem Hotel ein moderneres Flair bescherte. Ein Glück, dass das Auftauchen ihrer Eltern sie davor bewahrte, ihrer Schwester gegenüber in irgendeiner Form eine Reaktion zeigen zu müssen. Sie konnte selbst noch nicht begreifen, zu welcher Erkenntnis sie gelangt war.

Ihr Vater hielt auf sie zu und breitete seine Arme aus, in die sie sich schmiegte. »Hallo, Paps.«

»Hallo, meine Kleine. Wir wussten gar nicht, dass du kommen wolltest.«

»Das war eine spontane Idee. Ich komme hoffentlich nicht ungelegen?« Beim Blick ihrer Mutter war sie sich da nicht so sicher. Auch fiel die Begrüßungsumarmung knapp aus.

»Wir sind dieses Wochenende ausgebucht, wir werden also nicht viel Zeit für dich haben.«

»Mama, ihr braucht euch doch keine Zeit für mich zu nehmen. Ich bin hier und wenn ich euch irgendwie helfen kann, dann mache ich das gern.«

»Ich dachte, die Arbeit im Hotel wäre nichts für dich? War das nicht der Grund, weshalb du nach München gegangen bist und dich für einen anderen Beruf entschieden hast?«

Betretenes Schweigen machte sich zwischen ihnen breit. Es hatte nicht einmal fünf Minuten gedauert, und schon waren sie wieder an dem Punkt angelangt, an dem die Stimmung kippte und sich auch bis zu Julias Abreise für gewöhnlich nicht erholte.

»Entschuldigt mich bitte, ich muss nachschauen, ob im Restaurant alle Tische für das Abendessen eingedeckt sind.« Ihre Mutter machte auf dem Absatz kehrt und verließ den offen gestalteten Bereich.

»Nimm es dir nicht zu Herzen.« Tröstend strich ihr Vater Julia über den Arm. »Sie kann manchmal einfach nicht aus ihrer Haut.«

Julia wusste nicht, was dieses Mal anders war als die Male zuvor, als sie von den Spitzen ihrer Mutter getroffen worden war. Jedoch war der Zeitpunkt gekommen, nicht mehr länger darüber hinwegzusehen. »Entschuldigt mich bitte. Ich glaube, es ist höchste Zeit, dass Mama und ich miteinander sprechen.«

Der Gesichtsausdruck ihres Vaters und ihrer Schwester spiegelte eine Mischung aus Panik, Verwunderung und Verständnis wider und Julia hatte sich noch nie so bereit gefühlt, endlich einige Dinge in ihrem Leben zu klären.

Sie ging in das kleine Restaurant, nahm sich ein paar der Stoffservietten und faltete sie exakt so, wie sie es auf einem Teil der Tische bereits entdeckte.

»Du brauchst mir nicht zu helfen. Ich mach das schon.«

»Hätten das nicht die Servicekräfte vom Mittagstisch machen müssen?«, fragte Julia.

»Ich sehe, du bist mit den Abläufen noch bestens betraut und ja, hätten sie. Haben sie aber nicht. Also mache ich es einfach selbst.« Ihre Mutter nahm ein paar der bereits gefalteten Servietten und deckte einen Tisch ein.

»Es ist nicht schlimm, Hilfe anzunehmen.«

»Das setzt voraus, dass ich Hilfe benötige. Ich brauche aber keine.«

Wie störrisch konnte ein Mensch nur sein? »Du wirst mir nie verzeihen, dass ich nicht im Hotel geblieben bin, sondern das Studium in München begonnen habe, oder?«

Ohne aufzusehen, tat ihre Mutter das Ganze ab. »Es ist dein Leben. Da habe ich mich nicht einzumischen.«

»Und doch ist mir deine Meinung wichtig.« Resigniert setzte sich Julia auf einen der Stühle. »Wie oft hätte ich dich schon gern um Rat gefragt. Aber du lässt mich immer wieder aufs Neue spüren, dass dich meine Entscheidung verletzt hat. Dabei war das überhaupt nicht böse von mir gemeint.« Während sie ein weiteres Mal mit den Tränen kämpfte, schloss sie für einen Moment die Augen. »Werde ich jemals deinen Anforderungen gerecht werden? Sag es mir bitte, damit ich weiß, ob sich dieser Marathon für mich lohnen wird.«

Ihre Mutter sah sie ernst an. »Antonias Unfall und deine Entscheidung, uns und das Hotel im Stich zu lassen ... Alles hat sich verändert.«

»Nur haben wir anderen die Veränderung zugelassen und uns damit arrangiert. Warum fällt es dir so schwer, zu akzeptieren, dass sich manche Dinge nicht ändern lassen? Tonis Unfall war eine Katastrophe, aber warum kannst du nach all der Zeit nicht damit abschließen? Ist dir überhaupt bewusst, dass Toni mit ihrem Karriereende und ihrem Handicap besser klarkommt als du?«

»Aber, ich ...«

Julia stand auf, ging zu ihrer Mutter und legte eine Hand auf ihren Arm. »Sieh doch das Positive darin, dass ich mich gegen das Hotel entschieden habe. So konnte Toni die Chance nutzen, das zu tun, was sie schon immer wollte, nämlich ins Familienunternehmen einsteigen. Sie liebt das Hotel und ihren Job. War es nicht immer das, was du dir für mich gewünscht hast?«

Ihre Mutter nickte.

»Warum sollte deine andere Tochter dir diesen Wunsch nicht auch erfüllen können? Es kann schließlich immer nur eine den Hut aufsetzen. Und ich finde, Toni steht er eindeutig besser als mir.«

Endlich! Endlich war Julia ein paar Dinge losgeworden, die ihr schon so lange auf der Seele brannten. Sie lächelte und widmete sich wieder den Servietten, als sie die leise Stimme ihrer Mutter hörte:

»Du kannst mich immer um Rat fragen, Schatz.«

KAPITEL 23

»Maxl, willst du mir nicht sagen, was mit dir los ist? Du bist so ruhig und siehst schlecht aus. Geht es dir nicht gut? Und warum ist Julia nicht mitgekommen? Sie hätte das Baby doch sicherlich auch gern gesehen.« Trotz ihrer Sorge um ihren Sohn schlich sich ein verträumtes Lächeln in Susannes Gesicht, wenn sie von ihrem neugeborenen Enkel sprach.

»Ich hatte einfach ein paar anstrengende Tage, Mama. Mir geht es gut, keine Sorge.« Er sollte endlich damit aufhören, seine Mutter anzulügen. Ihm ging es dreckig und daran war die Frau, die seine Mutter gern an seiner Seite gesehen hätte, nicht gerade unschuldig. Seitdem er Julia im Hotel begegnet war, begleitete ihn die ständige Versuchung, sie anzurufen. Noch war er sich aber nicht im Klaren darüber, ob er sie wegen ihres Verrats an Weigel anschreien oder wegen seiner Dummheiten um Verzeihung anflehen würde.

Nachdem er seine Schwester am Tag nach der Entbindung im Krankenhaus besucht und ihr Blumen gebracht hatte, saß er auf der Terrasse seines Elternhauses und trank Kaffee mit seiner Mutter. Er war mit dem Ziel hergekommen, sich an den Plan zu halten und seine Familie wissen zu lassen, dass Julia und er sich getrennt hatten. Sein Vater hatte bisher Wort gehalten und niemandem von seiner Entdeckung berichtet. Obwohl er es nicht gutgeheißen hatte, dass Julia und er diese kleine Show aufgeführt hatten, war er nicht nachtragend.

Mit jeder Minute, die Max hier war, fiel ihm das Eingeständnis schwerer, doch er durfte es nicht länger aufschieben. »Es gibt da wirklich etwas, das ich dir sagen muss, Mama. Es ist … Ähm …«

»Warum stotterst du denn, Maxl? Sag mir einfach, was dich bedrückt.«

»Das ist nicht so einfach.« Gestresst fuhr er sich durch die Haare. »Es ist …« Prima, er stotterte schon wieder. »Julia und ich … wir sind nicht mehr zusammen.« Ihm wurde schwer ums Herz und er wusste, dass das folgende Geständnis längst überfällig war. »Genaugenommen waren wir es auch nie. Julia und ich waren nur Kollegen und ich habe sie gebeten, ein Wochenende lang meine Freundin zu spielen.« Schuldbewusst sah er seine Mutter an. »Es tut mir unendlich leid, dass wir dich angeschwindelt haben.«

Susanne schnitt ein Stück des Zitronenkuchens ab, der auf der Mitte des Tisches stand, und schob Max den Teller zu. »Um ehrlich zu sein, dachte ich mir so etwas schon.«

»Ach ja?«, hakte er irritiert nach. »Du hast kein Wort gesagt.«

»Ich dachte mir halt, dass du schon deine Gründe dafür hast.« Sie neigte den Kopf und lächelte. »Julia ist eine ganz bezaubernde junge Frau, die gut zu dir passen würde. Noch dazu müsste ich mich schwer täuschen, wenn da zwischen euch nicht mehr war. Selbst ich habe gemerkt, wie es zwischen euch geknistert hat.« Beschwichtigend hob sie die Hände. »Aber das geht mich nichts an. Ich will nur wissen, warum?«

»Mama, ich liebe dich von Herzen und würde alles für dich tun. Aber einen weiteren Verkupplungsversuch hätte ich nicht durchgestanden.« Liebevoll legte er seine Hand auf ihre und drückte sie. »Ich weiß, du meinst es nur gut mit mir. Verzeih mir bitte, dass ich dich angeschwindelt habe.«

»Ach, mein Junge, du bist nicht der Einzige, der um Verzeihung bitten sollte. Auch ich muss mich bei dir entschuldigen. Vermutlich habe ich es in letzter Zeit ein wenig damit übertrieben, dir eine Frau zu suchen. Ich wollte doch nur, dass du glücklich bist. Dabei hast du eindeutig bewiesen, dass du dir selbst jemanden fürs Herz suchen kannst. Und damit meine ich nicht Vanessa. Dass ihre Eltern sie zur Feier mitgebracht haben, fand ich sehr unpassend. Kein Wunder, dass Julia so schnell das Weite suchte.«

Es freute ihn zu hören, dass seine Mutter genauso dachte, wie er. »Nichtsdestotrotz, Julia und ich waren nie ein Paar und jetzt hat sie auch noch unsere berufliche Beziehung beendet.«

»Sie hat was?« Überrascht sah Susanne ihn an und zog ihre Hand zurück. »Aber warum? Hattet ihr Streit?«

Seine Beichte sollte schnell ein größeres Ausmaß annehmen. Doch ihm stand nicht der Sinn nach noch mehr Lügen und Flunkereien. »Ja, wir hatten Streit und ehe du fragst, es war meine Schuld.«

»Was hast du getan, Maxl?«

Der fassungslose Blick seiner Mutter amüsierte Max beinahe. Sie sah ihn an, als ob sie dem meistgesuchten

Verbrecher Deutschlands Unterschlupf gewährte. Dabei hatte er nichts getan, und das war das Problem.

»Ich habe Julia eine wichtige Information verschwiegen und sie hat sich dadurch gerächt, dass sie kündigte und zu unserem größten Konkurrenten wechselte.«

»Ja, aber … hast du dich nicht bei ihr entschuldigt?«

»Das habe ich. Aber es war schon zu spät. Erschwerend kommt hinzu, dass sie gesehen hat, wie Vanessa mich auf der Feier geküsst hat.«

»Um Himmels willen. Vanessa hat was?«

»Sie hat mich geküsst.«

»Kein Wunder, dass die Ärmste so geknickt war bei ihrer Abfahrt.« Susanne richtete sich auf und sah ihren Sohn ernst an. »Maxl, du musst das wieder in Ordnung bringen.«

»Wer sagt, dass ich das will?« Frustriert stand er auf und ging ein paar Schritte. »Für den Kuss kann ich nichts und für die andere Geschichte habe ich mich nicht nur einmal entschuldigt. Leider kann ich es nicht mehr rückgängig machen. Aber das entschuldigt noch lange nicht, dass sie von einem Tag auf den anderen alles hinwirft und mich im Stich lässt. Klar, ich habe vielleicht ein paar organisatorische Aufgaben zu viel auf sie abgewälzt. Dafür habe ich aber mein Wissen mit ihr geteilt, und versucht, ihr alles beizubringen. Und das ist der Dank dafür? Ich dachte, wir wären ein Team. Eines, das durch dick und dünn geht, aber da habe ich mich wohl getäuscht.« Hilflos sah er seine Mutter an. »Ich fühle mich … Ich weiß nicht, wie ich mich fühlen soll.«

Auch Susanne war aufgestanden. Sie ging zu ihrem Sohn und legte ihren Arm um seine Taille. »Darf ich dir sagen, wie ich darüber denke?«

Max lachte kurz auf. »Als ob dich irgendjemand daran hindern könnte.« Liebevoll küsste er die Schläfe seiner Mutter, die gut einen Kopf kleiner war als er.

»Da hast du recht. Nichts könnte mich davon abhalten, dir zu sagen, wie blind du bist.«

»Blind? Ich? Warum?«

»Weil du bis über beide Ohren verliebt bist und versuchst, deine Gefühle für Julia zu unterdrücken, anstatt ihr genau das zu sagen.«

Hatte er sich zuvor schon in Rage geredet, sorgte die Behauptung seiner Mutter dafür, dass sein Puls noch weiter in die Höhe schoss. Zuerst sein Vater, der bei seinem Besuch in München schon so etwas angedeutet hatte, und jetzt auch noch seine Mutter? Warum glaubten die beiden, mehr zu wissen als er? Wenn er in Julia verliebt wäre, würde er es doch wissen. Oder nicht?

»Ich weiß, du glaubst mir nicht, weil dein Kopf versucht, gegen deine Gefühle anzukämpfen. Aber fühl mal.« Sie nahm seine Hand und legte sie auf sein Herz. »Das passiert, wenn du an sie denkst.«

Zu fühlen, wie wild und ungestüm sein Herz gegen seine Brust schlug, war irritierend und aufregend zugleich. Jeder Gedanke an Julia ließ es schneller schlagen. Doch bewies sein Herzschlag, dass er sich tatsächlich verliebt hatte? Allein die Frage brachte ihn zum Lächeln, was gleichzeitig bedeutete, dass er die Antwort bereits kannte.

»Siehst du, Maxl. Dein Herz lügt nicht.« Seine Mutter sah ihn wissend an und setzte sich wieder an den Tisch, wo sie einen Schluck ihres Kaffees trank, der zwischenzeitlich kalt sein musste. »Du bist ein kluges Köpfchen. Dir wird schon einfallen, wie du Julias Herz zurückerobern kannst.«

»Was ist, wenn sie nicht das Gleiche für mich empfindet und ich mich zum Idioten mache?« Tatsächlich ging es weniger darum, dass er sich zum Idioten machen könnte, als dass Julia seine Gefühle nicht erwiderte.

»Wenn sie nicht ebenso in dich verliebt wäre, wie du in sie, hätte sie nicht gekündigt und es hätte sie auch nicht gestört, dass Vanessa dich geküsst hat. Hab Vertrauen.«

Aus dem Mund seiner Mutter hörte sich das so einfach an. Dabei konnte er sich gut vorstellen, dass Julia nicht einmal mit ihm reden wollte – wenigstens nicht im Moment. Egal. Er würde es versuchen, sobald er wieder zurück in München war, und hartnäckig bleiben. Schließlich gab es Regel Nummer vier nicht umsonst: Geduld zahlt sich aus.

Seine Mutter deutete bestimmend auf den Stuhl, auf dem er zuvor gesessen hatte. »Und jetzt setzt dich, und iss deinen Kuchen.«

Max kochte vor Wut, als er wenige Stunden später in seinem Auto saß und zurück nach München fuhr. Der Grund für seine Stimmung war aber weniger, dass Klemens ihn angerufen und gebeten hatte, sich an diesem Abend noch mit ihm zu treffen. Vielmehr war es die Information, dass Julias Chef direkt mit ihm in Kontakt getreten war, und das mit hoher Wahrscheinlichkeit ohne ihr Wissen. Der Mistkerl hatte sie übergangen. Aber warum? Ging es ihm nicht schnell genug? Hatte er das Geld so dringend nötig?

Für Max war das Vorgehen absolut inakzeptabel. Zwar wollte er nicht, dass Julia den Vertrag mit Klemens abschloss, aber nur aus dem Grund, weil am Ende automatisch auch Weigel davon profitierte. Ihr persönlich hätte er den Erfolg von Herzen gegönnt, auch wenn verlieren nicht gerade zu seinen Stärken zählte. Natürlich wäre es ihm am liebsten gewesen, wenn sie sich als Team diesen Erfolg hätten zuschreiben können.

Weigels Vorgehen überraschte ihn jedoch nicht. Max hatte ihn als absolut skrupellosen Menschen, mit falschem Lächeln und äußerst fragwürdigen Wertvorstellungen kennengelernt. Umso wichtiger war es ihm, Julia davon zu überzeugen, ihre Entscheidung noch einmal zu überdenken. Nicht wegen ihm oder weil er damit bezwecken wollte, dass sie zu ihm zurückkam. Sondern ihretwillen. Er müsste sich schon sehr stark in ihr getäuscht haben, wenn sie sich in diesem Umfeld und mit diesen Methoden wohlfühlen würde.

Das Gespräch mit Klemens würde vermutlich eine ganze Zeit lang dauern und er fragte sich, ob er im Anschluss daran noch zu Julia fahren sollte. Eigentlich hatte er geplant, direkt zu ihr zu fahren, sobald er wieder in München war. Da war er aber noch davon ausgegangen, dass er erst am Sonntag wieder von Tegernsee zurückfahren würde. Konnte er so spät noch an ihrer Tür klingeln, oder sollte er sein Vorhaben besser auf den nächsten Tag verschieben? Er würde einfach spontan entscheiden. Je nachdem, wie lange sein Gespräch mit Klemens dauern würde und welchen Ausgang es nahm.

Als Max die Hotelbar betrat, schlug ihm ein stimmungsvoller Geräuschpegel entgegen. Die Bar war voll, aber da Klemens mit seiner Größe von über zwei Metern überall hervorstach, hatte Max keine Bedenken, ihn zu finden. In der Tat entdeckte er ihn sofort beim Betreten des Nebenraums. Er saß dort in einer Fensterplatznische und hatte ihm den Rücken zugewandt. Zielstrebig ging er auf ihn zu und begrüßte ihn mit einem kameradschaftlichen Klopfen auf die Schulter.

»Hey, Klemmi. Hier versteckst du dich …« Mehr brachte Max nicht über die Lippen, denn er bemerkte, dass Klemens nicht allein war. Ihm gegenüber saß keine Geringere als Julia. Sie trug eine quietschbunte Bluse und hatte ihre Haare zu einem provisorischen Dutt auf dem Kopf gebunden. Sie sah müde und blass aus, und Max ertappte sich dabei, dass er sie am liebsten in die Arme gezogen hätte.

»Mensch, wenn das mal nicht mein Buddy, der einzig wahre Maxi King ist.« Klemens lachte fröhlich, stand auf und bot Max einen Handschlag an.

Unterdessen hatte dieser seinen Blick noch immer auf Julia gerichtet, deren Lippen zitterten. Er wusste genau warum, was ihm ein Schmunzeln entlockte.

»Keine falsche Scham, Julia. Lass es ruhig raus.« Es fühlte sich seltsam an, sie mit ihrem Vornamen anzusprechen, doch er hatte nicht vergessen, dass sie bei ihrer letzten Begegnung darauf bestanden hatte. Vielmehr fragte er sich, wie der Abend verlaufen würde. Jetzt, da er nicht mehr darüber nachdenken musste, ob er noch zu ihr fahren sollte und … Allein der Gedanke daran, ihr seine Gefühle zu gestehen, sorgte für einen riesigen Schmetterlingsschwarm in seinem Bauch.

Zu sehen, wie es lachend aus ihr herausbrach, berührte ihn und zeigte ihm einmal mehr, dass er sie vermisst hatte. Wie hatte er nur die ganze Zeit so ahnungslos sein und nicht bemerken können, dass er sich in sie verliebt hatte?

»Maxi King? Echt jetzt?«

»Ist mir erst vor ein paar Wochen eingefallen. Gefällt dir mein Spitzname für ihn?« Klemens lachte und setzte sich wieder, allerdings nicht, ohne Max zuvor ebenfalls einen Stuhl anzubieten.

»Gefallen? Ich könnte mir in den Hintern beißen, dass ich nicht schon längst darauf gekommen bin.« Sie schüttelte amüsiert den Kopf und wiederholte den Namen ein weiteres Mal. »Maxi King.«

»Verstehe schon, ihr findet es beide lustig.« Ihre Laune schien besser zu sein als bei ihrem letzten Aufeinandertreffen, was er als gutes Zeichen deutete und was ihn darin bestärkte, das Gespräch mit ihr zu suchen.

»Nur ein bisschen«, gestand Julia, während sich ihre Blicke trafen.

Der Schmetterlingsschwarm in seinem Bauch verwandelte sich augenblicklich in eine Insektenkolonne, die dort Limbo tanzte.

»Willst du auch was trinken?« Klemens hob schon seine Hand, um die Chance nicht verstreichen zu lassen, die vorbeieilende Servicekraft aufzuhalten.

Max deutete auf die beiden Gläser auf dem Tisch. »Ich nehme auch so eine Fruchtsaftschorle wie die beiden.«

»Ein Himbeer-Fizz mit Zitrone für den Herrn. Kommt sofort.«

»Ähm …« Ehe Max seine Meinung revidieren konnte, war der Kellner schon davongeeilt. »Himbeer-Fizz mit Zitrone? Was trinkt ihr da?«

Klemens nahm sein Glas und nuckelte ein paar Mal an dem Papier-Strohhalm. »Das schmeckt gar nicht so schlecht. Probier mal.«

»Ist schon gut. Ich glaub dir ja.« Er lehnte sich in

seinem Stuhl zurück und wartete, bis Klemens sein Glas wieder abstellte, ehe er fortfuhr. »Wollen wir gleich zum Grund kommen, weshalb wir hier sind?«

»Ihr seid hier, weil mich dieser Weigel verrückt macht.« Klemens sah zu Julia. »Nichts gegen dich. Aber dein Chef treibt mich in den Wahnsinn. Wie kommt er überhaupt dazu, mich mit Nachrichten zu bombardieren? Und dann steht der Kerl plötzlich im Hotel und quatscht mich voll. Ich werde sicher keinen Vertrag unterschreiben, an dem er auch nur einen Cent verdient.«

»Verstehe. Das kann ich sehr gut nachvollziehen.«

Max war überrascht, wie professionell und distanziert Julia auf diese Hiobsbotschaft reagierte. Immerhin ging es um ihren Job, ihre Provision und ihre Reputation.

»Trotzdem ist es Bullshit. Ich will mit dir zusammenarbeiten, Julia.« Klemens wandte sich an Max. »Und du weißt ganz genau, dass das Gleiche auch für dich gilt.« Er seufzte. »Der Einzige, mit dem ich definitiv nicht zusammenarbeiten möchte, ist Mario Weigel.«

»Da sind wir einer Meinung. Ich will das auch nicht mehr.«

Max hätte schwören können, dass ihm in dem Augenblick, als Julia das ausgesprochen hatte, die Kinnlade nach unten fiel. Sie wollte nicht länger für Weigel arbeiten? Am liebsten wäre er vor Freude aufgesprungen, doch er fragte sich ernsthaft, wie es zu ihrem Sinneswandel gekommen war. Wie genau sahen ihre Zukunftspläne aus? Hatte er sich den ganzen Nachmittag umsonst abgemüht, Jan Wellbrock zu erreichen, um ihn von einem Treffen mit Julia zu überzeugen?

Mit wild pochendem Herzen stellte er ihr die Frage, die ihm auf der Seele brannte. »Was soll das heißen?«

Sie sah ihn mit kühlem und distanziertem Blick an. »Das bedeutet, dass ich Mario Weigel am Nachmittag darüber informiert habe, dass ich am Montag meinen Firmenlaptop und mein Firmenhandy abgeben werde.«

»Du hast gekündigt?« Er kannte die Antwort zwar schon, doch er musste es aus ihrem Mund bestätigt wissen.

»Ja.«

Sein Grinsen wurde breiter. »Du hast dich richtig entschieden.«

»Ich weiß.«

Der Kellner stellte ein gefülltes Glas vor Max ab und verschwand wieder.

Sofort animierte Klemens die beiden, mit ihm anzustoßen. »Wenn das mal kein Grund zum Feiern ist. Das Dreamteam ist endlich wieder vereint. Und ich muss mich nicht zwischen euch entscheiden.«

Da Julia seinem Blick auswich, war Max schnell klar, dass es so nicht kommen würde. »Ich befürchte, da freust du dich zu früh, Klemmi. Oder, Julia?«

Sie nahm einen tiefen Atemzug und nickte. »Ich werde nicht zu *Sportwerk* zurückkehren.«

Fassungslos sah Klemens sie an. »Aber … Aber … Warum nicht?«

»Weil es besser so ist.«

Seltsamerweise wusste Max genau, was sie meinte, obwohl er die Sache anders sah. Doch es ging nicht darum, was er wollte. Es ging darum, was für Julia die richtige Entscheidung war.

»Weil es so besser ist? Max, sag doch auch mal was«, forderte Klemens ihn auf.

»Das ist nicht meine Entscheidung.«

»Ihr beide treibt mich in den Wahnsinn.« Klemens schob seinen Stuhl zurück und stand auf. »Wisst ihr was, klärt das untereinander. Ich unterschreibe entweder bei euch beiden oder bei keinem. Gute Nacht.« Eingeschnappt stapfte er davon.

Julia lächelte zögerlich. »Wow. Der Kunde droht mit Auftrag. Das kommt auch nicht oft vor.«

»Klemmi beruhigt sich schon wieder. War wohl heute ein bisschen viel für ihn.«

Sie nickte nur.

»Ich habe dich vermisst.« Kaum hatte Max ausgesprochen, schoss sein Puls in die Höhe. Er hatte es gesagt. Einfach so. Und seltsamerweise hätte er auch nicht mehr viel länger warten können, sich ihr mitzuteilen. Vielmehr überkam ihn ein wohliger Schauder, bei Julias darauffolgenden Worten.

»Du hast mir auch gefehlt.«

Sein Lächeln wurde breiter, sein Herz schlug schneller und er wusste, es würde keinen besseren Zeitpunkt geben, sich mit ihr auszusprechen, als diesen.

»Wollen wir zur Isar und ein paar Schritte gehen? Ich denke, wir haben einiges zu bereden.«

KAPITEL 24

Als Julia aus dem Hotel trat, war sie überrascht, wie frisch es geworden war. Sie hätte gut daran getan, eine leichte Jacke mitzunehmen. Allerdings hatte sie bei Klemens' Anruf am späten Nachmittag und ihrer überraschenden Abreise aus Bad Reichenhall noch nicht gewusst, dass sie ausgerechnet auf Max treffen und dieser sie zu einem Spaziergang einladen würde. Viel eher hatte Klemens sie mit der Nachricht überrascht, dass sich noch ein weiterer Teilnehmer zu ihnen gesellen sollte.

Anfangs hatte sie mit dem Gedanken gespielt, die Flucht zu ergreifen. Aber das wäre feige gewesen und wenn dieser Tag ihr eines gezeigt hatte, dann auf jeden Fall, wie mutig sie sein konnte.

Zwischen dem Gespräch mit ihrer Mutter und der Entscheidung, hinter das Kapitel mit Weigel schnellstmöglich einen Punkt zu setzen, hatte ihr das Gespräch mit Toni gezeigt, dass es noch mehr für sie zu klären galt. Sowieso, seit sie am frühen Abend einen unerwarteten Anruf erhalten hatte.

»Es ist ganz schön frisch heute Abend und du hast keine Jacke dabei.« Max sah sie fragend an und deutete zum Eingang. »Wollen wir lieber hierbleiben oder …« Er brachte den Satz nicht zu Ende, zog stattdessen jedoch seinen Blazer aus und bot ihr an, hineinzuschlüpfen. »Wenn du möchtest.«

Kurz zögerte sie. Neben Max zu stehen war das eine und machte sie schon nervös genug. Jetzt auch noch seinen Blazer zu tragen, seine darin gespeicherte Körperwärme zu spüren und den herben Duft seines Parfums einzuatmen, brachte sie völlig aus dem Konzept. Sie ertappte sich bei dem Gedanken, sich einfach an ihn zu schmiegen, ihn zu umarmen und zu küssen. Hatte sie sich bisher nicht viel aus seinen Designer Anzügen gemacht, gefiel ihr, wie er ohne Krawatte und mit geöffnetem Kragen vor ihr stand – vor allem wie er sie anblickte, was sie am ganzen Körper ein Kribbeln spüren ließ.

Sie nickte und nahm sein Angebot an, ihr beim Überziehen des Blazers behilflich zu sein. Dabei kam es exakt so, wie sie vorhergesehen hatte: Sie spürte seine Wärme und sein typischer Duft umhüllte sie. Die Jacke war zu groß, aber das störte Julia nicht weiter. Sie schlang sie sich um die Taille.

Schweigend gingen sie die Straße entlang, die an einem Regierungsgebäude und dem Maxmonument vorbei zur Isar führte. Sie überquerten die Kreuzung an der Maximilianbrücke und erreichten die großen, rauschenden Isarkaskaden. Sie spazierten ein paar Schritte flussabwärts, ehe Max stehenblieb und sich gegen die Brüstung lehnte. Seine Nervosität war greifbar, weshalb Julia entschied, es ihnen beiden leichter zu machen. Doch egal, was er ihr sagen wollte oder glaubte, ihr sagen zu müssen, sie hatte sich fest vorgenommen, ihm zu gestehen, dass sie sich in ihn verliebt hatte. Selbst wenn er ihre Gefühle nicht erwiderte, war es besser, das zu wissen, als es niemals ausgesprochen zu haben.

»Wenn ich es richtig mitbekommen habe, bist du Onkel geworden. Geht es Anja und dem Kind gut? Und dem Rest deiner Familie?«

Verwundert sah Max sie an. »Woher weißt du, dass das Baby da ist? Hat Anja dir geschrieben? Oder Chris?«

Sie schüttelte den Kopf. »Nein, von deiner Mutter. Ich hatte sie gebeten, mir Bescheid zu geben, wenn das Kind da ist.«

»Merkwürdig. Sie hat mir heute Nachmittag kein Wort davon erzählt, dass sie dich benachrichtigt hat. Aber vielleicht war sie auch einfach nur zu sehr davon abgelenkt, dass ich ihr unseren Schwindel eingestanden habe.«

Nun war es an Julia überrascht zu sein, und das durchweg angenehm. »Du hast ihr die Wahrheit gesagt und es nicht einfach dabei belassen, dass wir uns getrennt haben?«

»Das war ich meiner Familie und dir schuldig.« Er schüttelte den Kopf. »Ich fasse es immer noch nicht, dass wir uns darauf eingelassen haben. Das Ganze war von vornherein zum Scheitern verurteilt. Auch wenn es ein paar Dinge gibt, die ich nicht bereue.«

Es war zwar schon nach einundzwanzig Uhr und die Sonne verabschiedete sich, Julia konnte dennoch das Funkeln in seinen hellblauen Augen erkennen. Sie schluckte hart. »Zum Beispiel?«

»Zum Beispiel, dich kennengelernt zu haben.«

»Das ist nicht ganz richtig. Immerhin kennen wir uns schon fast ein Jahr. Wir haben nur erst vor wenigen Monaten angefangen, zusammenzuarbeiten.«

»Mag sein, aber ich habe mir nie die Frage gestellt,

wer Paul wirklich ist.«

Zu hören, dass er sie wieder Paul nannte, bescherte ihr eine Gänsehaut. Noch vor Kurzem hatte sie darauf bestanden, dass er sie Julia nannte, nun bereute sie es jedoch. Das machte ihre Beziehung zu etwas Besonderem und fühlte sich seltsam vertraut und richtig an. »Und wer bin ich?«

»Du bist die Frau, die ich paradoxerweise verloren habe, weil ich sie nicht verlieren wollte. Ich war egoistisch und kann dir gar nicht oft genug sagen, wie leid es mir tut, dir wegen Wellbrocks Projekt nicht die Wahrheit gesagt zu haben. Ich danke dir jedenfalls dafür, dass du mir die Chance zu diesem Gespräch gegeben hast. Nach unserer Begegnung neulich im Hotel, habe ich nicht mehr damit gerechnet. Ähm … was natürlich nicht heißen soll, dass ich automatisch davon ausgehe, dass du mir verzeihen wirst.«

»Ich war so wütend und enttäuscht.«

»Das verstehe ich. Zwar kann ich es nicht mehr rückgängig machen, dafür habe ich endlich die Zusage von Wellbrock bekommen, dass er sich bei seinem nächsten Besuch in München gern mit dir treffen würde.«

Verwundert sah sie ihn an. »Aber wie … Ich habe da angerufen und es sind keine passenden Positionen mehr frei.«

»Vermutlich müssen wir ein wenig kreativ werden. Aber ich sehe da kein Problem. Vor allem jetzt nicht mehr, da du bei Weigel gekündigt hast.«

»Wir? Max ich werde nicht wieder zu *Sportwerk* zurückkommen.« Hatte er etwa angenommen, sie könnten so weitermachen wie bisher? »Zugegeben, ich weiß noch nicht, wo mich mein Weg hinführen wird, aber sicher nicht wieder zurück in mein altes Büro.«

»Mein angebotenes *wir* setzt nicht voraus, dass wir wieder Kollegen werden. Egal wie deine Pläne aussehen, ich werde dich unterstützen.« Zögernd griff er nach ihrer Hand und drückte sie. »Und bei Wellbrock fangen wir an.«

Julia wurde von einer Wärme durchflutet, die ihresgleichen suchte.

»Hast du schon einmal mit dem Gedanken gespielt, dich selbstständig zu machen? Fokussiert auf Athleten mit Handicap?«

Sie schmunzelte, denn ihr wurde wieder einmal bewusst, in wie vielen Dingen Max und sie unterschiedlich tickten und in wie vielem sie sich erschreckend ähnlich waren. »Um ehrlich zu sein, ja. Ich habe da auch schon ein paar Ideen.«

»Vielleicht willst du sie mit mir teilen?«

»Wer weiß.« Lässig zuckte sie mit der Schulter. »Vielleicht werde ich das tun.« Während sie ihre Hand aus seiner löste, an die Brüstung trat und das reißende Wasser beobachtete, das sich ein paar Meter flussaufwärts an den Stufen brach, fragte sie sich, ob nun der Moment gekommen war, ihm zu gestehen, dass sie sich in ihn verliebt hatte? Oder sollte sie noch warten? Nachdenklich zog sie ein weiteres Mal das Sakko, das nach ihm roch, enger um sich.

»Da ist noch etwas, das ich dir sagen muss.« Er atmete tief ein und aus. »Und ich hoffe sehr, du glaubst mir.«

Julia spürte seine Hand auf ihrem Oberarm. Max stand so dicht hinter ihr, dass sie froh darüber war, sich an der Brüstung festhalten zu können, denn ihre Knie drohten einmal mehr nachzugeben.

»Das, was du auf der Feier meiner Eltern gesehen hast, was zwischen Vanessa und mir passiert ist, das … es … sie hat mich geküsst, nicht umgekehrt.« Er lehnte seine Stirn gegen ihren Hinterkopf.

Schmunzelnd drehte sie sich zu ihm um. »Ich weiß es seit Kurzem.«

»Aber … Wie … Ich verstehe nicht …«

»Ich habe kurz vor deinem Eintreffen in der Hotelbar einen Anruf einer äußerst begnadeten Kupplerin erhalten, die mir nicht nur stolz von ihrem jüngst geborenen Enkelsohn berichtet hat. Sie hat mir noch dazu gesagt, dass du ihr erzählt hast, Vanessa habe dich geküsst und nicht anders herum.«

»Mama.« Frustriert strich sich Max durch die Haare, was automatisch zur Folge hatte, dass Julias Herz vor Freude hüpfte. Sie mochte es, dass er mit nur einem Handgriff seine ganze sittsame Frisur zerstört hatte.

»Und sie hat mich gebeten, dir zu vertrauen.«

»Und? Glaubst du mir, wenn ich dir sage, dass ich sie nicht geküsst habe und sie mich völlig überrumpelt hat?« Die Unsicherheit in seiner Stimme war nicht zu überhören.

Natürlich glaubte sie ihm. Trotz allem wollte sie wissen, warum ausgerechnet Vanessa ihn kürzlich begleitet hatte, wenn doch nichts zwischen ihnen war. Letzte Zweifel blieben und vielleicht kannte Susanne auch nicht die ganze Geschichte.

»Als wir uns im Hotel begegneten, war Vanessa an deiner Seite. Warum?«

Er seufzte. »Weil sie manchmal ganz schön nerven kann.«

Das war nicht unbedingt die Antwort, die Julia hören

wollte. »Vermassle es jetzt nicht.« Ihre Drohung war allerdings nicht ernst gemeint, was ihr schiefes Lächeln erkennen ließ.

»Ich war doch noch überhaupt nicht fertig.« Er zog die Augenbrauen nach oben. »Es war nur ein Geschäftsessen, weil sie darauf spekuliert hatte, die Kanzlei meines Vaters zu übernehmen. Ich habe ihm jedoch abgeraten.«

»Dein Vater gibt seine Kanzlei auf? Das wusste ich nicht. Warum?«

»Ich werde jetzt nicht über meinen Vater reden, Julia.« Er beugte sich zu ihr, legte seine Hände an ihre Wangen und sah ihr tief in die Augen. »Sag mir bitte, dass du mir glaubst.«

Julias Puls lief auf Hochtouren und die Nähe zu ihm verschlug ihr den Atem. Sie starrte auf seine Lippen, von denen sie bis vor Kurzem nicht gedacht hätte, sie ein weiteres Mal zu küssen. Er würde sie doch küssen, oder nicht?

»Sag es, bitte.«

»Küss mich.«

Max sah sie perplex an und lachte, ohne auch nur einen Millimeter zurückzuweichen. »Das war eigentlich mein Plan, beantwortet meine Frage aber nicht.«

Seine Frage? Was war noch die Frage? Verwirrt sah sie ihm in die Augen. Ach ja, ob sie ihm glaubte, dass er Vanessa nicht geküsst hatte. »Ja. Ja, ich glaube dir.«

Seine Lippen auf ihren zu spüren, fühlte sich unfassbar gut und richtig an. Wie hatte sie es nur so lange ohne seine Küsse ausgehalten? Sich nach ihm verzehrend schlang sie ihre Arme um seinen Nacken, presste sich an ihn und hätte ihn am liebsten mit Haut und Haar verschlungen. Ihr ganzer Körper kribbelte und sie konnte und wollte nicht länger warten, Max endlich ihre Gefühle zu gestehen. So leid es ihr tat, sie musste diesen Kuss unterbrechen, damit sich der nächste noch besser anfühlen konnte.

Allerdings hatte sie nicht damit gerechnet, dass Max das Wort ergriff. »Ich muss dir noch dringend etwas sagen.«

Ach herrje, er wollte ihr noch etwas sagen? Hatten sie nach den turbulenten letzten Wochen nicht so langsam ihr Happy End verdient? Zerknirscht sah sie ihn an und machte sich auf das Schlimmste gefasst. »Du machst mir Angst.«

»Und du machst mich unendlich glücklich.« Zärtlich strichen seine Lippen über ihre. »Du hast es geschafft, dass ich mich Hals über Kopf in dich verliebt habe.«

Ein tiefes und übermächtiges Glücksgefühl machte sich in Julia breit. Sie zitterte am ganzen Körper und blinzelte das brennende Gefühl in ihren Augen weg. Zu hören, dass er ebenso für sie empfand wie sie für ihn, erfüllte ihr Herz mit noch mehr Liebe und Dankbarkeit. »Klingt es blöd, wenn ich das jetzt auch sage?«

Sein strahlendes Lächeln ging ihr durch und durch. »Lass es auf einen Versuch ankommen.«

»Ich habe mich in dich verliebt, Max.«

Ungestüm schlang er seine Arme um sie, zog sie eng an sich und schenkte ihr den mit Abstand leidenschaftlichsten, aufrichtigsten und zugleich hingebungsvollsten Kuss ihres Lebens.

EPILOG

»Ich hätte nie gedacht, dass Esken das wirklich macht.« Amüsiert starrte Julia auf Max' Handydisplay und startete erneut das lustige Video, dass ihren ehemaligen Kollegen in einer äußerst peinlichen Situation zeigte.

»Er hatte immerhin drei Monate Zeit, sich darauf vorzubereiten. Eine Wette ist nun mal eine Wette. Ich kann doch nichts dafür, dass wir beide mit Trautwein einfach besser und schneller waren. Robert hat verloren, also ...« Max lenkte seinen Wagen unbeirrt weiter über die Straße und legte beiläufig seine Hand auf Julias Oberschenkel, den er zärtlich streichelte. »Ich dachte mir schon, dass du dich freust, wenn ich dir die Aufnahmen zeige. Schade, dass du nicht live dabei sein konntest.«

»Tatsächlich hätte ich gern miterlebt, wie er mit seinem Verlierer-Umhänge-Schild von Büro zu Büro geht, allen Kollegen Kaffee und ein belegtes Brötchen bringt und dann noch den Spruch aufsagt, den wir für ihn gereimt haben. Am meisten hätte ich mich aber gefreut, seinen Verlierer-Tanz beim Wochenmeeting mit den Geschäftsführern live zu sehen.« Sie beugte sich zu ihm, küsste ihn auf die Wange. »Deshalb danke, dass du es für mich gefilmt hast. Wenn schon nicht in echt, trösten mich deine Videos darüber hinweg.« Ihre Lippen kribbelten und am liebsten hätte sie nicht aufgehört, ihn zu küssen. Drei Monate waren inzwischen vergangen, seit sie sich ihre Gefühle füreinander gestanden und zueinandergefunden hatten, und Julia bekam noch immer nicht genug von ihm. Sie war Hals über Kopf in ihn verliebt und mit jedem Tag wuchs ihre Zuneigung. Der tiefe Wunsch, ihm endlich die drei Worte zu sagen, von denen sie wusste, sie würden ihr Leben noch einmal ordentlich durcheinanderwirbeln, wurde übermächtig. An diesem Wochenende wollte sie sie endlich aussprechen.

»Sehr gern, auch wenn es mir leidtut, dass die Videos so verwackelt sind. Aber lachen und filmen gleichzeitig, hat nicht so gut funktioniert.« Er drehte den Kopf zu ihr, ohne den Blick von der Straße zu wenden, und schürzte die Lippen.

»Das schlag dir mal ganz schnell aus dem Kopf. Wenn ich erst einmal anfange, dich zu küssen, werde ich so schnell nicht mehr aufhören.«

Max grinste und richtete den Blick wieder nach vorn. »Ich hoffe mal, dass du die Drohung bei nächster Gelegenheit wahrwerden lässt.«

Julia giggelte vergnügt und nahm sich einen Fruchtgummi-Frosch aus der Verpackung. »Sieh es weniger als Drohung, sondern eher als Versprechen.« Der Frosch verschwand in ihrem Mund und sie kaute genüsslich darauf herum.

»Vielleicht sollte ich von der Straße abfahren und überprüfen, ob du Wort hältst?«

»Also erstens, ich halte immer mein Wort, wie du weißt. Und zweitens, wir sind echt schon spät dran. Anja reißt uns den Kopf ab, wenn wir nicht rechtzeitig in der

Kirche sind. Außerdem wollten wir vor der Taufe noch …«

Max setzte unvermittelt den Blinker und fuhr von der Straße ab.

Verdutzt sah Julia ihn an und fand sich einmal mehr auf dem Parkplatz am Bahnhof von Sauerlach wieder. Nur machte sich Max dieses Mal nicht die Mühe, bis zum lachsfarbenen Bahnhofsgebäude vorzufahren. Er wählte die erstbeste Parkbucht und stellte seinen Wagen dort ab.

»Was wird das?«, fragte Julia ihn und die Vorfreude auf seine Antwort ließ ihren ganzen Körper kribbeln.

»Wonach sieht es aus?«

Ihr Brustkorb hob und senkte sich schneller. »Nach einer Verzögerung, die wir uns nicht leisten können.«

»Nichts erscheint mir im Moment wichtiger, als dass du dein Versprechen einlöst.«

Beim Klang seiner rauen Stimme bildete sich auf ihrem ganzen Körper eine Gänsehaut. Seine Lippen kamen ihren immer näher und als sie sich schließlich berührten, zeigte sich noch immer der gleiche Zauber wie zu Beginn ihres Abenteuers. Sie konnte von seinen Küssen nicht genug bekommen und liebte es, wie gefühlvoll und zugleich leidenschaftlich er war. Ihre Zungen trafen sich und ihr entfuhr ein lustvolles und zufriedenes Stöhnen.

Der einzige Grund, der sie zurückhielt, nicht an Ort und Stelle über ihn herzufallen, waren ausgerechnet Ort und Stelle. Auch wenn es sich fantastisch anfühlte, seine warmen Hände zu spüren, die unter ihre Bluse glitten und ihre nackte Haut streichelten, der Parkplatz war nicht leer. Auf Zuschauer konnte sie verzichten.

»Wir müssen damit aufhören, Max.«

»Ich weiß«, raunte er ihr zwischen zwei Küssen zu.

»Ich kann und will aber nicht.«

Er sprach ihr aus der Seele, doch es half nichts. Am Bahnhof in Sauerlach war an diesem Sonntag eindeutig zu viel los und noch dazu sollten sie sich nicht verspäten. So sehr sie es auch bedauerte, sie presste ihre Hände gegen seine Schultern und drückte ihn von sich.

»Du bist ganz schön fies.« Frustriert ließ sich Max zurück in seinen Sitz fallen und atmete tief aus. »Nur noch fünf Minuten.«

Julia lachte laut auf. »Weil dir fünf Minuten reichen würden?« Da deutlich zu erkennen war, dass sie nicht die Einzige war, die der Kuss erregt hatte, konnte sie sich die Anspielung nicht verkneifen.

Seufzend startete Max den Wagen und fuhr vom Parkplatz. »Mir würde nicht einmal der ganze restliche Sonntag reichen.«

Sie wusste, dass das keine Lüge war. Immerhin lagen schon ein paar Wochenenden hinter ihnen, die sie ausschließlich im Bett verbracht hatten. »Das nächste Wochenende gehört wieder uns ganz allein. Dann sind wir allen familiären Verpflichtungen fürs Erste nachgekommen.«

»Zwei Wochenenden hintereinander die Familien zu besuchen ist ziemlich anstrengend, auch wenn ich sagen muss, dass ich das letzte Wochenende in Bad Reichenhall genossen habe.« Max legte seine Hand in Julias. »Ich freue mich sehr für dich, dass sich deine Familie einander wieder annähert und du dich mit deiner Mutter besser verstehst.«

»Ich bin auch erleichtert, dass sich unser Verhältnis von Mal zu Mal verbessert.« So viele Missverständnisse und gekränkte Eitelkeiten hatten inzwischen aus der

Welt geschafft werden können, dass Julia im Nachhinein nicht mehr verstehen konnte, warum sie so lange gezögert hatte, das Gespräch mit ihrer Mutter zu suchen. Und zu wissen, dass sich ihre Schwester nicht einfach mit ihrem Schicksal abgefunden hatte, sondern ihren Job im Hotel wirklich liebte, bestärkte Julia darin, auch in Zukunft weiterhin ihrem Weg zu folgen. Der Weg, der sich für sie richtig anfühlte. »Und ich freue mich schon darauf, wenn sich unsere Familien in zwei Wochen endlich kennenlernen werden.«

»Da fällt mir noch ein, dass mich meine Mutter gefragt hat, womit sie dir zum Geburtstag eine Freude machen kann. Sie will nicht mit leeren Händen nach Bad Reichenhall fahren.«

»Ich habe schon alles, was ich will und brauche.« Julia sah zu Max und kämpfte gegen die aufsteigenden Tränen an. Sie war so glücklich wie noch nie in ihrem Leben und wusste, wie dankbar sie darüber sein durfte. Angefangen bei ihrer Familie und ihrer Entscheidung, sich selbstständig zu machen, auch wenn der finale Abschluss mit Wellbrock noch ausstand. Doch selbst, wenn sie nicht zusammenkommen würden, wäre das nicht das Ende der Welt. Julia sprudelte vor Ideen über und die Beteiligung an der Provision von Trautwein half ihr vorerst, sich finanziell über Wasser zu halten. Sie war in Max' Familie mit ebenso offenen Armen aufgenommen worden wie er in ihre. Und ja, da war er: Max, der den Himmel stets blauer machte, die Sonne heller strahlen ließ und ihr Herz aus dem Dornröschenschlaf geküsst hatte, sodass sie bereit dazu war, es ihm für immer zu schenken. »Aber über ihren leckeren Zitronenkuchen zum Kaffee würde ich mich sehr freuen.«

Max lachte. »Mit dieser Antwort beschenkst du sie mehr als sie dich.«

»Und daran ist überhaupt nichts verkehrt.«

* * *

Anerkennend klopfte Max seinem Neffen auf die Schulter, der das Baby sicher im Arm hielt und mit stolzgeschwellter Brust in den Schlaf wiegte. »Du machst das gar nicht mal so schlecht. Beinahe so gut wie ich damals bei dir.«

»Ich kann immer noch nicht glauben, dass Tante Anja und Onkel Chris ausgerechnet mich gefragt haben, ob ich Pate werden will. Du bist doch nicht etwa sauer deswegen?«, fragte Lukas unsicher.

»Sauer?« Max sah seinen Neffen ernst an. »Ich bin unfassbar stolz auf dich und darauf, dass du von nun an immer ein Auge auf den kleinen Mucki haben wirst.«

»Glaubst du, er wird seine Eltern eines Tages für ihre Vorliebe für alte, traditionelle bayerische Namen hassen? Katharina und Theresia sind ja noch okay. Aber Xaver Nepomuk Brandner? Ich weiß ja nicht.«

»Wenn er sich jemals bei dir darüber beklagt, mach ihm einfach klar, dass es ihn hätte schlimmer treffen können. Nicht auszudenken, wenn sie in Kasper genannt hätten.« Den kleinen Spaß an die Anlehnung von Franz von Kobells Erzählung *Die Geschichten vom Brandner Kasper* konnte sich Max nicht verkneifen, den Lukas sofort verstand.

»Was lacht ihr hier so? Heckt ihr beiden etwas aus?« Julia kam über die Terrasse auf sie zu und deutete auf das schlafende Baby. »Entschuldigt bitte, ihr drei natürlich.«

Max bot ihr sogleich seine Hand an und zog sie an sich, als sie seiner Einladung folgte. »Wir sprachen gerade über die ausgefallene Namenswahl von Mucki.«

»In der Tat sind das zwei sehr alte Namen. Über Nepomuk habe ich mich auch gewundert, aber Xaver lag eindeutig auf der Hand, oder nicht?«

Mit zusammengekniffenen Augenbrauen sah Max sie an. Wusste Julia wieder einmal mehr als er? »Wie kommst du darauf?«

Er folgte ihrem Blick zur feierlich eingedeckten Kaffeetafel, an der seine und Christians Familie saßen. Natürlich hatte es sich seine Mutter nicht nehmen lassen, die engsten Verwandten nach dem gemeinsamen Mittagessen noch zu einem Kaffee auf ihre Terrasse einzuladen. Sie nickte in die Richtung, wo sein Vater und Christians Vater saßen und mit den Zwillingen ein Kartenspiel spielten, doch er verstand noch immer nicht, worauf sie hinauswollte. »Hilf mir bitte, ich stehe auf dem Schlauch.«

»Na, das ist doch ganz einfach. Beide Großväter heißen Franz und da Anja und Chris eine Vorliebe für alte ausgefallene Namen haben, bedienten sie sich dem, der Franz am nächsten stand.« Entrüstet sah sie Max an. »Jetzt sag bloß nicht, dass du den heiligen Franz Xaver nicht kennst. Dabei bin nicht ich diejenige, die religiös erzogen wurden.«

»I-Ich … Woher weißt du das?«

Da Julia sich ein schelmisches Grinsen nicht länger verkneifen konnte, war ihm klar, dass sie ihn vorgeführt hatte. »Sehr witzig, mein Schatz. Anja hat es dir erzählt, stimmts?«

»Wundert mich, dass sie es euch nicht erzählt hat.« Liebevoll strich sie dem Baby über die Wange. »Er ist so süß. Und diese dicken Pausbäckchen. Ach …«

»Ähm, bevor ihr hier jetzt gleich in die Familienplanung startet, leg ich Mucki in seinen Kinderwagen. So langsam wird er echt schwer.«

»Genieß die Zeit, in der du noch nicht stundenlang hinter ihm herrennen musst. Das wird sich bald ändern.« Schadenfreudig und zugleich unendlich stolz sah Max Lukas hinterher, wie er zum Kinderwagen ging, der neben Anja auf der Terrasse stand.

»Das macht er ziemlich gut«, lobte ihn Julia.

»Ja, das stimmt.« Max strich sich durch seine Locken. In den letzten Monaten hatte er auffällig oft auf sein Haargel verzichtet, wusste er doch, wie sehr Julia seine wilden Locken mochte.

»Verrätst du mir noch, worüber du und Steffi vorhin getuschelt habt? Oder ist das ein Geheimnis?«

Max sah sich kurz um, ob er und Julia unbeobachtet waren, und bat sie, ihr unauffällig zu folgen. Sie gingen unbemerkt ins Haus, eilten die Treppen nach oben und kurz darauf schloss Max seine Zimmertür hinter sich.

Julia hob warnend ihren Zeigefinger in die Höhe. »Wenn du glaubst, du und ich … also jetzt … dann …«

Obwohl es äußerst verführerisch war, sich mit Julia aufs Bett fallen zu lassen oder dort weiterzumachen, wo sie auf dem Parkplatz am Bahnhof aufgehört hatten, war sein Plan ein anderer. »Keine Sorge, ich werde dich schon nicht verführen. Nicht jetzt.«

Sie seufzte. »Schade.«

Er schmunzelte und gab ihr einen Kuss, ehe er sie bat, ihr auf den Balkon zu folgen und zum Dach deutete. Von unten waren die Stimmen der Familie zu hören, weshalb sie sich ohne Worte verständigten, um unbemerkt zu bleiben. Inzwischen war Julia schon häufiger zu Gast im Haus seiner Eltern gewesen, und bewegte sich nun viel sicherer beim Erklimmen des Dachs.

Sie hatten sich kaum gesetzt, als sie interessiert nachfragte, was es mit ihrem kleinen Ausflug auf sich hatte. »Jetzt erzähl schon, warum sind wir hier oben?«

»Du hast mich doch nach meinem Gespräch mit Steffi gefragt und ich wollte unten nicht darüber sprechen.«

»Ist etwas passiert?« Alarmiert richtete sich Julia auf und auf ihrem Gesicht war deutlich eine Anspannung zu erkennen.

»Noch nicht.«

»Mach es doch nicht so spannend, Maxi King.«

»Paul …«

»Jetzt erzähl schon«, forderte sie ihn ungeduldig auf.

»Schon gut, schon gut.« Ergeben hob er die Hände. »Meine Mutter rief mich kürzlich an und hat mir ihr Leid geklagt, wie anstrengend es ist, dass mein Vater so viel zu Hause ist. Du weißt ja, die Frage mit der Kanzleiübergabe ist noch offen, nachdem ich ihm die wahre Geschichte über die Trennung von Vanessa und mir erzählt habe und er meinen Rat beherzigte, und nicht an die Obermayers verkauft hat. Er arbeitet nur noch ein paar alte Fälle ab und nimmt keine neuen mehr an.«

»Ich dachte, Susanne würde sich darüber freuen.«

»Das dachte sie auch, aber langsam wird es ihr zu viel. Mein Vater meint es zwar gut, aber er bringt im Haus alles durcheinander. Und ich vermute mal, dass das ein bisschen mit Langeweile zu tun hat.«

Julia nickte zustimmend. »Das kann ich mir durchaus vorstellen.«

»Jedenfalls kam Steffi auf mich zu und hat mich gefragt, wie ich es finden würde, wenn sie ihr Jura-Studium wieder aufnehmen würde. Lukas ist inzwischen alt genug und …«

»Sie hat was?« Julia sah ihn mit großen Augen an. »Aber das ist doch fantastisch.«

»Das finde ich auch. Nur würde es noch eine ganze Weile dauern, bis es so weit wäre. Sie hat damals zwar hochschwanger noch das erste Staatsexamen abgelegt, doch vermutlich muss sie es wiederholen. Hinzu kämen die Referendariatszeit und das zweite Staatsexamen. Wir sprechen da locker von drei Jahren.«

Zerknirscht sah Julia ihn an. »Ich kann mir nicht vorstellen, dass dein Vater noch drei Jahre Vollzeit in der Kanzlei bleibt.«

Max griff nach Julias Hand. »Ich würde meinem Vater gern anbieten, ihn in der Kanzlei zu unterstützen, wenn er sich bereit erklärt, in den kommenden drei Jahren mit mir zusammenzuarbeiten. Oder wenigstens so lange, bis Steffi ihre Zulassung hat. Sie würde die Kanzlei gern übernehmen.«

»Aber was ist mit deinem Job als Sportagent?«

»Den werde ich natürlich behalten. Ich kann vielleicht nicht mehr so viele Klienten wie bisher betreuen und vermutlich kann die Kanzlei auch nicht so viele Fälle übernehmen wie früher, aber für mich fühlt es sich gut an.« Nervös sah er Julia an und konnte es kaum erwarten, ihre Meinung dazu zu hören. »Was sagst du dazu?«

Liebevoll strich sie über seine Hand. »Max, das ist deine Entscheidung, nicht meine. Wenn es sich für dich richtig anfühlt, dann solltest du es auch tun. Rede mit Steffi und deinem Vater. Ich bin mir sehr sicher, dass er mit diesem Vorschlag nicht gerechnet hat und sich sehr darüber freuen wird.«

»Dann hast du nichts dagegen? Ich meine … ich wäre dann öfter am Tegernsee und du … Ändert das etwas zwischen uns?« Er hasste es, wenn man ihm seine Unsicherheit anmerken konnte. Zumal noch ein wichtiges Bekenntnis von ihm ausstand, das er ihr seit Wochen schon sagen wollte. Nur um sie nicht zu überrumpeln, hatte er es bisher nicht ausgesprochen. »Ich muss es wissen, weil …«

»Nichts wird sich zwischen uns ändern, außer einer Kleinigkeit.«

Eine Kleinigkeit? Was meinte sie? Was würde sich ändern? Ihm wurde flau im Magen und er drückte Julias Hand noch fester. »Was bedeutet das?«

Während sie sich zu ihm lehnte und sein Gesicht zärtlich in ihrer Hand barg, brannte sich ihr zufriedenes Lächeln in sein Herz und am liebsten hätte er sich in ihren Augen verloren. »Das bedeutet, dass ich dich liebe. Und zwar von ganzem Herzen.«

»Du liebst mich?«

Ihr Lächeln verwandelte sich in ein breites Grinsen und ihr Nicken bestätigte ihm, dass er sich nicht verhört hatte.

Ausgerechnet die Worte, die er wochenlang zurückhalten musste, sprudelten jetzt aus ihm heraus. »Ich liebe dich mehr und das sage ich jetzt nicht, weil du es gesagt hast, sondern weil ich …«

Julia unterbrach ihn mit einem zärtlichen Kuss, der ihn wissen ließ, dass er sich nicht erklären musste. Bei ihr durfte er einfach er selbst sein. Max vom Tegernsee, der eine wundervolle Frau namens Paul liebte.

BONUS

Ich hoffe sehr, dass dir die Geschichte von Julia und Max gefallen hat und du eine großartige Zeit am wunderschönen Tegernsee verbracht hast.

Nach all den turbulenten Lesestunden hast du immer noch nicht genug von den beiden? Dann habe ich eine tolle Nachricht für dich! Melde dich auf meiner Website zum Newsletter an und erhalte exklusiven Zugriff auf den Bonusbereich, wo dich ein Bonuskapitel zu »Wer ist Paul? Liebe und andere Missverständnisse« erwartet.

Ich wünsche dir viel Spaß mit dem kostenlosen Bonuskapitel: www.finny-ludwig.de/newsletter

DANKE

Jede Geschichte, die ich schreibe, gleicht für mich einem neuen Abenteuer. Ich bin sehr glücklich, dass mich so viele großartige und liebe Menschen hierbei begleiten. Ihnen möchte ich von Herzen »Danke« sagen:

Herzlichen Dank an meine wundervolle Lektorin Sabrina Cremer, für ihre Ausdauer und Geduld mit mir. Die Entstehung von »Wer ist Paul?« hat mich vor einige Herausforderungen gestellt, und ihre aufbauenden Worte und ihre tolle Arbeit waren für mich eine ganz besondere Hilfe und Unterstützung. Außerdem liebe ich ihre witzigen Kommentare und die vertrauensvolle Zusammenarbeit mit ihr.

Das wunderschöne Cover verdanken wir einmal mehr dem lieben Torsten Sohrmann von Buchgewand. Was soll ich sagen … Ich liebe es! Deshalb auch ein großer Dank an Torsten, der dafür sorgte, dass das Cover wieder einmal perfekt zur Geschichte passt.

Ein herzlicher Dank für ihre Unterstützung beim Korrektorat geht an die liebe Stefanie (SF Korrektorat).

Vielen lieben Dank an meine Schwester, die all meine Manuskripte als Erste lesen darf und mich immerzu mit unglaublicher Geduld, Ehrlichkeit und Offenheit unterstützt.

Ich danke meiner wundervollen Familie, für ihren bedingungslosen Rückhalt und ihre immerwährende Unterstützung.

Meinem tollen Blogger-Team möchte ich ebenfalls danken, dass sie mich auch auf die Reise an den Tegernsee begleitet haben. Der offene und ehrliche Austausch, ihre Unterstützung, und ihre wundervollen Rezensionen bedeuten mir unendlich viel.

Am Ende gilt mein größter Dank meinen lieben Leserinnen und Lesern. Die wundervollen Nachrichten, die mich erreichen und euer Interesse an meinen romantischen Liebesgeschichten lassen mich dankbar auf die vergangenen Jahre zurückblicken. Gleichzeitig freue ich mich, wenn ich euch auch zukünftig mit meinen Romanen unterhalten darf.

Lieben Dank für eure Treue und euer Vertrauen!

Bleibt hoffnungslos romantisch …

Love, Finny

MEHR VON FINNY LUDWIG

Wenn du gern mehr über mich, meine Bücher und meine neuesten Projekte erfahren möchtest, lade ich dich ein, meine Website zu besuchen: **www.finny-ludwig.de**

Melde dich für meinen **Newsletter** an und verpasse zukünftig keine Neuigkeiten mehr von mir. Ob Neuerscheinungen, Coverenthüllungen, Preisaktionen, Termine oder Gewinnspiele – du erfährst es immer zuerst.
Außerdem erhältst du als Newsletter-AbonnentIn exklusiven Zugang zu meinem Bonusbereich, wo es unglaublich viele interessante Dinge zu entdecken gibt.

Als Selfpublisherin ist es oftmals schwierig auf dem Büchermarkt gesehen und entdeckt zu werden. Wenn dir also die Geschichte von Julia und Max gefallen hat, würde ich mich sehr freuen, wenn du mich mit deiner Bewertung unterstützen würdest. Jede Rezension hilft mir dabei, Stück für Stück meine Sichtbarkeit auszubauen. Vielen lieben Dank!

Du nutzt **Social Media?** Dann sehen wir uns hoffentlich bei Instagram, Facebook, Pinterest oder TikTok.

ROMANE VON FINNY LUDWIG

Ein Holzkopf zum Verlieben
ISBN: 978-3-75782-045-9
Erschienen 07.07.2024 | 14,99€

Baustelle: Liebe! Ein Tor auf Umwegen
ISBN: 978-3-74948-255-9
Erschienen 05.09.219 | 10,99€

Single Hike – Ein Hinterwäldler zum Küssen
ISBN: 978-3-75197-866-8
Erschienen 28.08.2020 | 10,99€

ROMAN-REIHEN VON FINNY LUDWIG

Sweet Kiss 1: Kekse Küsse Mühlenzauber
Sweet Kiss 2: Freunde Küsse Liebeszauber
Sweet Kiss 3: Fremde Küsse Winterzauber
Sweet Kiss 4: Hoffnung Küsse Sternenzauber
Sweet Kiss 5: Träume Küsse Schicksalszauber

Heartwell Tales 1 - Deal oder Liebe
Heartwell Tales 2 - Rache oder Liebe
Heartwell Tales 3 - Lüge oder Liebe
Heartwell Tales 4 - Chaos oder Liebe

All for Love – Lisa & Sam (Big Lake Romance 1)
All for Love – Phoebe & Luke (Big Lake Romance 2)
All for Love – Gwen und Daniel (Big Lake Romance 3)